KB251404

앵무조개, 만지다

앵무조개, 만지다

# 앵무조개, 만지다

김영옥 단편소설집

실천문학

# 차례

# 산의 미소

산의 미소

1

자동차에서 내린 남자들은 이차선 도로를 건너 산으로 올라갔다. 무슨 일이지. 은이는 비닐하우스로 가면서도 그들을 계속 주시했다. 키 작은 나무와 덤불에 가려 더 이상 보이지 않을 때쯤 컨테이너에서 노인의 아들이 나왔다. 컨테이너 앞에 세워 놓은 자동차에 엉덩이를 걸치더니 산을 올려다보았다. 노인이 산에 있는 걸까. 그래서 찾으러 간 건가. 짐승이 길게 엎드려 있는 듯한 그 산 위로 두세 겹의 산이 푸르스름하게 물러나 있었다. 산봉우리 근처에는 조각구름이 흩어져 있고, 흰 구름 한 줄기는 하늘의 높은 곳까지 이어져 있었다.

은이는 비닐하우스의 첫 열기를 견디기 힘들었으나 낮으

로 꽃대를 잘라 나갔다. 전지가위보다 조선낫이 쓰기에 편했다. 다행히 녹색의 중심부가 받쳐주는 흰 국화꽃은 크고 볼륨감이 있었다. 주문이 들어왔지만 꽃이 입을 덜 벌린 상태여서 두 두둑에만 차광막을 내리고, 온도를 높이고, 밤에도 전구를 켜 국화를 속였다.

이랑에 군데군데 쌓여 있는 국화꽃 무더기를 나무 탁자로 옮기면서도 은이는 향기나 꽃의 존재를 느끼지 못했다. 꽃을 키우려면 시간과 돈과 노동력과 인내력이 필요했다. 다 옮긴 꽃 무더기를 크기와 무게에 따라 20송이씩 갈라 줄로 묶고, 낫으로 맨 아랫부분의 잎을 훑어서 팔팔 끓고 있는 물에 담갔다가 꺼냈다. 끝이 단단해진 꽃 무더기를 품 가득 안고 비닐하우스 밖으로 나갔다.

노인의 아들이 여전히 자동차에 엉덩이를 걸친 채 은이네 비닐하우스 쪽을 보고 있었다. 올 초 공터에 컨테이너가 세워지더니 노인과 삼사십 대쯤의 아들이 살기 시작했다. 좁은 농로를 사이에 두고 비닐하우스 단지와 대치하는 곳이어서 신경이 쓰였다.

봉고에 꽃 무더기를 쌓아 나가던 은이는 아무래도 탐색당하는 것 같아 꼿꼿한 시선으로 남자의 시선을 맞받아쳤다. 남자는 그들이 올라간 산으로 시선을 숨겨 버렸다.

청사 앞에 마련된 임시 분향소에는 시민들이 길게 줄을

서 있었다. 은이는 별로 실해 보이지 않는 느티나무 아래 봉고를 정차했다. 담당 공무원이 천막 쪽을 가리키며 그곳에 부려놓으라고 했다. 꽃 키우는 노동자인 은이는 꽃 무더기를 품 가득 안고 가 분향소 뒤에다 부려 놓기 시작했다. 반나절 내내 꽃을 나르고 부려 놓는 일만 반복하고 있는 셈이었다.

C시를 잘 살게 해주었다는 국회의원은 흰 국화꽃에 둘러싸인 채 사진틀 안에서 근엄하고 안전하게 웃고 있었다. 시민들은 자기 차례가 되면 심각하고 정중한 얼굴로 흰 국화꽃 한 송이를 헌화하며 갑작스레 세상을 떠난 국회의원을 애도했다. 은이도 국화꽃 한 송이를 들고 가 헌화를 하고 싶었다. 청사 안까지 둥그렇게 이어져 있는 줄을 새치기하지 않으면 삼십 분 이상은 기다려야 할 게 분명했다. 그때 스마트폰만 들여다보고 있던 담당 공무원이 은이에게 다가와 경리과에 청구서 제출하고 돈 받아 가라고 했다. 공무원은 청구서를 확인도 하지 않았다. 100송이쯤 더 적었어도 저 공무원과는 상관없는 일이었다.

마을이 가까워지자 대여섯 겹쯤 포개진 채 푸르스레하게 물러나 있는 산맥이 보였다. 골이 진 산이 있었는데 골진 부분마다 비밀을 숨기고 있을 것 같았다. 맨 앞의 산은 산봉우리가 석회 암벽으로 삐죽삐죽 솟아 있고, 뾰족한 봉우리에는 쇠한 태양 빛의 부스러기가 떨어져 있었다. 맨 뒤의 산은 어렴풋해 하늘에 속해 있는 듯했다.

산에서 내려온 남자들이 컨테이너 앞으로 온 것은 은이가 비닐하우스 앞에 봉고를 주차시키고 난 뒤 농로를 건넜을 때였다. 그들의 쭈글쭈글한 바지와 바짓가랑이에는 풀과 흙이 묻어 있었다. 한 남자가 들고 있던 막대기를 풀 더미 쪽으로 던져 버렸다. 놀란 풀벌레들이 튀어 오르거나 도망갔다.

"컨테이너 밑을 파봐야 하는 거 아니야."

"그렇게까지 했겠어. 저도 인간인데."

"그놈은 인간이기를 포기했어. 일부러 수염을 기르고 정신없는 것처럼 헛소리를 하면서, 지가 불리하면 잇몸을 있는 대로 드러내고 씨익 웃어."

"빌라도 싹 팔아치우고, 챙길 거 다 챙겼잖아."

"차마 내다 버리지는 못하고, 나가게 유도한 걸까?"

"산에 잘 올라가는 걸 알고 있으면서, …… 방조한 거지."

한 남자가 컨테이너를 사납게 훑어보며 담뱃갑을 꺼냈다. 그들은 전봇대 쪽에서 담배 한 대씩을 피운 뒤 떠났다. 자동차 소리에 전봇대에 앉아있던 까마귀들이 앙칼진 소리를 흘리며 흩어졌다.

비닐하우스 쪽을 보는 척하며 서 있던 은이는 몸을 돌려

산을 올려다보았다. 산은 쇠락해가는 태양 빛을 받아 뿌옇게 떠올라 있었다. 노인은 농로에 나와 비닐하우스 단지를 싸고 있는 높이 치솟은 산을 올려다보거나 드물게 은이에게 말을 걸기도 했다. 이월 말쯤이었을 것이다. 눈이라도 한바탕 퍼부을 것처럼 스산하고 쌀쌀한데도 은이는 국화눈을 땄다. 국화는 잎이 난 곳마다 꽃눈이 한 개씩 나오는데 가장 가운데 있는 꽃눈 한 개만 남겨두고 다른 것은 모두 따주어야 했다. 이 작업을 보통 세 번은 해야 했다. 한 두둑을 따고나자 더 이상 손을 놀리기 싫어 장갑을 벗어 던졌다. 밖에는 은이가 감각한 대로 눈이 내리고 있었다.

비닐하우스 단지도 그사이 살진 애벌레들이 웅크리고 있는 것처럼 변해 있었다. 눈에 지워져 가고 있는 듯한 컨테이너의 문이 열리더니 남색 양복에 맥고모자를 쓴 노인이 나왔다. 노인은 하얗게 변한 산을 올려다보며 느릿느릿 걸음을 옮겨 갔다. 산에 올라가려는 걸까. 은이는 애가 탔다.

농로에는 국화꽃 모양의 길고양이 발짝이 두 줄로 총총 찍혀 있었다. 배고파서 먹이를 구하러 돌아다닌 흔적이었다. 눈은 계속 내리고 있었다. 이차선 도로를 털레털레 걸어온 노인은 컨테이너 앞에 쪼그리고 앉았다.

"어르신, 추운데 안으로 들어가세요."

노인은 크고 동그란 눈으로 마치 그리워하던 사람을 보

듯이 은이를 쳐다보았다.  노인은 키가 크고, 군살이 없는 몸에, 피부가 매끄럽고, 얼굴은 미남형이었다.

"옷도 얇아 보여요."

"배고파, 설탕이 먹고 싶어."

노인은 손을 뻗어 눈을 받았다. 다치거나 굶주린 길고양이를 보면서도 어쩌지 못하고 도망치듯이 은이는 얼른 그곳을 빠져나왔다.

눈이 그치고 태양이 높이 떠오른 날, 노인은 이차선 도로를 걸어가고 있었다. 죽지 않고 살아있어서 은이는 안도했다. 눈 좀 맞는다고 죽는 건 아닌데, 은이는 제 호들갑스런 마음을 나무랐다.

노인은 아침나절이면 컨테이너에서 나와 도로를 걷거나 산으로 올라갔다. 해가 져서야 컨테이너로 돌아왔다. 컨테이너는 좁고, 춥고, 더럽다고 했다. 가끔 도로 위에 서 있기도 하고, 도로 위를 허청허청 걷기도 했다. 뒤에서 달려오던 트럭이 아슬아슬하게 칠 뻔해도 노인은 돌아보지 않았다. 이, 미친 영감탱이가 뒈질라고 환장했나. 운전자가 고개를 빼고 욕을 하면 노인도 지팡이로 운전자의 눈을 팍팍 찌르는 시늉을 하며 맞고함을 쳤다. 이 호로 새끼야, 뒈질 놈은 너지, 왜 내가 뒈져.

오월 중순쯤, 전날 인부를 사서 만들어 놓은 두둑 위에 나무 자를 대고 10cm 간격으로 철사를 놓는 작업을 하던 은이는 자신도 모르게 옆을 돌아보았다. 노인이 농로에서 내려와 백합 밭 위쪽의 둔덕에 앉아 있었다. 노인이 산 쪽을 보고 있어서 은이는 계속 철사를 놓았다.

설마 눈길이 나에게 닿아 있는 건 아니겠지. 은이는 의심스러운 시선으로 돌아보고 말았다. 노인이 초점 맞는 눈으로 씩 웃었다. 은이는 얼른 고개를 숙이고 모눈종이처럼 만들어놓은 칸칸이 중 한 칸에 백합 구근을 열 개씩 심었다. 여름 백합인데 일본의 오봉절인 8월 15일에 맞춰 노지재배를 했다. 노지재배는 응애와 진딧물이 골칫거리였는데 다행히 효소 제제를 써 방재를 하는 새로운 방법이 생겼던 것이다.

"꽃은 말이여, 진달래꽃이 최고야. 지금쯤 산에 가면 진달래꽃이 매 지천일 거여."

노인은 달이 가는 것도 모르는 모양이었다.

"처자는 꽃을 좋아하지. 맨날 꽃밭에 있는 거 보면. 꽃을 좋아하니까, 내가 산에 가면 진달래꽃을 꺾어다 줄게. 그니까 그만 쉬어. 나랑 놀아."

"말씀하세요. 일하면서 들을 테니까요."

"고맙네. 처자는…… 옆모습이 울 어머니를 닮았어."

네? 은이는 노인을 퍼뜩 올려다보았다. 노인은 은이를 보고 있지 않았다. 시선은 어디를 향해 있는지 알 수 없었다.

"내가 학도병으로 갈 때, 울 어머니가 보리쌀을 돈 사 운동화를 사줬어. 난 말이야, 상이용사야. 이 조끼 봐봐."

노인은 흰 챙 모자에, 호주머니 쪽은 그물망으로 된 남색 조끼를 입고 있었다. 흰 모자에는 국가유공자라는 빨간 글씨가 새겨져 있고, 조끼 호주머니 위에도 태극기에 무궁화 문양으로 된 국가유공자 마크가 달려 있었다. 그러고 보니 날이 풀리자 노인은 계속 그 차림이었다.

"난 죽으면 현충원에 갈 거야."

노인이 자랑스럽게 말했다.

"네, 그러세요."

은이는 예의상 한마디 보탰다. 구근을 열 개를 심었는지 아홉 개를 심었는지 몰라 호미로 찍어가며 다시 세었다. 이 차선 도로를 감싸고 있는 산까지 구름이 만든 그림자가 줄무늬처럼 서늘하게 져 있는 것으로 보아서 시간이 꽤 흐른 모양이었다.

"우리 동네에서 13명이 학도병으로 갔어. 그런데 나 혼자 살아 돌아왔어. 1·4후퇴 때, 산으로 쫓겨 내려갈 때 사촌도 함께 있었어. 사촌은 발이 부어서 워커 뒤축을 잘라 신었는데 동상에 걸렸지. 다리가 통나무처럼 부어서 더 이상 못 간다고, 나 혼자 가라는 걸, 내가 끌고 내려갔어."

노인은 한숨을 쉬며 애타는 눈으로 산을 올려다보았다.

"어디가 어디인지도 모르고 무작정 밤을 새워 걸었어. 그런데 동녘에 태양이 민머리를 내미는데, 그만 푹 주저앉더니 그 길로 저 세상으로 가버렸어. 그니까 딱 신경 줄이 끊어지는 것처럼 아무 생각도 없고, 아무것도 무섭지 않았어. ……땅을 파고 또 파서, ……시신을 묻어주었지. 나도 그 자리에 딱 묻히고 싶었는데, ……울 어머니가 떠오르는 거야. 내 검정 고무신을 들고, ……잘 갔다 오라고 했거든. ……그래서 살아 내려와 우리 부대에 합류한 거야. 그 목숨 하나 주고는, 구십 평생 내게는 아무것도 주지 않았어. 자식새끼도 안 줬고, 돈도 안 줬고, 마누라라는 건 병들어 일찍 가버리고."

"그럼 컨테이너에 함께 사는 사람은요?"

듣는 둥 마는 둥 하던 은이는 자신도 모르게 묻고 말았다.

"엥, 그놈. 누가 포대기에 싸서 우리 집 앞에 가져다 놓았어. 난 반대했는데 마누라가 키워보고 싶다고 떼를 써서."

"네에."

은이는 백합 구근을 꼭꼭 심었다.

"백합 안에는 뱀이 들어가 있기도 하니까 잘 봐야 돼. 민들레도 흰 게 진짜배기야. 죽은 지네 백 마리 먹는 것보다 산 지네 한 마리 먹는 게 낫다고 하잖어."

구근을 심는 손길이 더 빨라졌다. 은이는 혼자 있고 싶었다.

"내가 학도병으로 가기 전에는 하루에 한 번은 산에 나무 하러 갔어. 안돌이 지돌이를 타고 다니면서 석이버섯도 많이 땄어. 어머니가 좋아하니까. 울 어머니는 뭣보다, 꽃을 참, 좋아했어. 그래서 내가 진달래나 산국화나 용담을 지게에 꽂아 내려와 어머니께 드리면, 어머니 얼굴이 함박꽃처럼 벌어졌더랬어."

노인은 비닐하우스 단지를 감싸고 있는 산 쪽을 보고 있었다. 죽을 때가 가까워지면 갓난아이 때처럼 엄마만 찾거나 엄마를 보고 싶어 한다는 말이 사실인 것 같았다. 노인의 시선이 산에 닿은 것인지 하늘에 닿은 것인지는 몰라도 이미 은이의 존재 따위는 잊어버린 얼굴이었다.

그런 노인이 왜 산에서 내려오지 못한 걸까. 은이는 휴대전화를 꺼내 검색해 보았다. 실종 경보가 떠 있었다.

7월 2일 20시. 최한종 92세. 치매.

남색 양복에 맥고모자를 쓴 사진 속의 사람은 노인이 맞았다.

컨테이너 문이 열리더니 남자가 나왔다. 남자의 품에는 삼각형인 얼굴과 귀와 목을 하얀 털이 풍족하게 감싸고 있는 스피츠가 안겨 있었다. 왜 남자들과 함께 산으로 올라가지 않은 걸까. 아까 남자 셋이 떠들 때도 컨테이너 안에 있었을 것이다. 은이는 이해가 가지 않으면서 은근히 화가 났다. 남자는 스피츠를 땅에 내려놓았다.

"밥만 먹고 운동도 하지 않으면 돼지처럼 살만 찌는 거야. 난 살진 게 제일 보기 싫거든."

남자는 뜀뛰기하듯 뛰면서 발목으로 스피츠의 엉덩이를 슬쩍슬쩍 찼다. 스피츠는 쫓기듯 앞으로 달아났다. 은이가 지켜보고 있는데도 남자는 돌아보지 않았다.

골목길 끝의 공간에는 여전히 푸르스레하게 하늘에 잠긴 뒷산이 담겨 있었다. 다섯 번째 집인 은이네 집 철 대문은 군데군데 헐고 녹슬어 있었다.

"저녁 일찍 먹자. 출출하다."

태블릿으로 유튜브를 보고 있던 아버지가 고개도 들지 않고 말했다. 아버지는 정치. 경제. 부동산 박사였다.

은이는 부엌으로 가 뚝배기가 놓여 있는 쪽의 가스레인지에 불을 켰다. 자꾸 딸깍딸깍 소리를 내면서 끝내 불이 켜지지 않았다. 가스버너에 된장찌개를 데우고, 백조기 두 마리를 구워 저녁상을 내갔다.

"이틀 동안 바쁜 모양이더라."

백조기 살을 발라먹던 아버지가 말했다. 돈은 얼마를 벌었는지 묻는 말이었다. 그런 돈은 부수입이지만 혼자 꿀꺽 삼키지 말고 내놓으라는 말이기도 했다.

"가스레인지도 갈아야 하고, 온수기도 갈아야 하고, 겨울이 오기 전에 지붕도 손보아야 해요. 대문도,"

"추워지면 할 일을 여름에 왜 미리 걱정하니?"

아버지는 흥분하며 은이의 말을 낚아챘다.

"넌 그게 문제야, 문제. 그 걱정스런 상판대기는 보는 사람도 괴롭다. 사람은 죽으면 끝이다. 사는 동안은 할 것 하고, 먹을 것 먹으면서 행복해지려고 노오력해야 하는 거야."

아버지는 이마의 굵은 주름을 꿈틀거리며 말했다. 노력을 강조하는 번들거리는 입술이 얄미워서 은이는 고통을 느꼈다.

"그래서요?"

은이는 백조기로 젓가락을 가져가며 간신히 물었다. 백조기 두 마리 다 대가리와 뼈만 남아 있었다. 살이 빠져나가니까 백조기도 해골 같았다.

"앞 동네에서 제일 큰 식당 하는 천 여사 딸, 결혼식이 있다. 그때 내가 아무거나 입고 갈 수 있나? 명색이 유지인데. 저기 라이온스 클럽 앞에 보면 30년 명장이 하는 양복점이 하나 남아 있다."

"양복을 맞추려고요?"

"천 여사 딸이 유치원 교산데, 사위될 사람도 고등학교 교사라 잔치를 크게 벌여. 유지들도 다 모인다."

교사라는 말을 참 자랑스럽게 했는데 꽃 농사짓는 걸 깔보는 뉘앙스를 풍겼다. 빈말이라도 너도 시집을 가야지, 라고 하지 않았다.

전신 전화국 직원이었던 아버지는 권고사직을 한 뒤 화훼 농사를 지었다. 시에서 빌려주는 육십 평 남짓한 땅에 비닐하우스를 세우고 국화꽃 재배에 들어갔다. 흰 국화꽃은 장례식장과 연결되면 돈을 엄청 벌게 되고, 그게 어렵더라도 흰 국화꽃은 사시사철 스테디셀러 같은 거라며 아버지는 자신만만해 했다. 그러나 경운기를 타고 가다가 논둑에 처박히는 사고가 나자 졸업은 했으나 취직을 못 하고 있던 은이를 내려오라고 했다. 졸업을 했다며 아버지가 더 이상 돈을 보내주지 않을 때이기도 했다.

경운기는 몸체와 핸들이 따로 놀 때가 많아 좁은 논둑에서는 위험했는데 아버지는 천만다행으로 머리를 다치지 않은 대신 오른쪽 다리에 깁스를 석 달 정도 하고 있었다. 그동안 은이는 아버지의 수발을 들고, 국화꽃을 키워야 했고, 주문을 받으면 봉고에 싣고 가 배달을 해야 했다. 다리가 완전히 회복되고 나서도 아버지는 아무 일도 하지 않았다. 화훼 농사에도 완전히 손을 떼버렸다. 걸핏하면 그때 머리를 다친 게 분명하다며 딱따구리가 쪼는 것처럼 머리가 쑤시고 아프다고 했다.

설거지를 마친 은이는 봉투에서 삼십만 원을 세어 아버지 앞에 놓아주었다. 그걸 세는 아버지의 뒤통수를 노려보다가 작은 방으로 들어왔다. 팔다리가 쑤시고, 몸이 천근같이 무거웠다. 길쭉하고 좁아 밤에 보면 관 같기도 한 옷장과 칸칸이 책장과 일인용 나무 침대가 전부인 작은 방에 갇힌 기분이 또 찾아왔다. 은이는 두 손바닥으로 눈을 가리며 흐느꼈다.


2


백합의 초록색 꽃대가 제법 길게 올라와 있고, 연두색 꽃봉오리도 맺혔다. 은이는 수도꼭지에 호스를 연결하여 황토색 흙에 물을 뿌렸다. 갈증으로 헐떡대던 흙이 물을 깊이 빨아들였다. 싹이 올라오고 나서부터는 계속 물을 주고 있었다. 생육 초기에 물이 부족하면 키가 크지 않았다. 수분의 흡수가 좋고 나쁨에 따라 품질에도 많은 영향을 미쳤다. 차례대로 여섯 두둑에 물을 주고 난 뒤 물뿌리개로 입을 꼭 오므린 연두색 꽃봉오리를 적셔나갔다. 배추가 커 나갈 때 잎사귀에 물을 충분히 뿌려주면 잘 자라듯이 백합도 그랬다. 사람도 마찬가지였다. 아버지가 은이에게 물을 충분히 주지 않듯이 노인도 아들에게 충분한 물을 주지 않았을 것이다.

어제 남자는 비어 있는 비닐하우스 단지 쪽에서 모형 비행기를 띄워 올렸다. 저게 꽤 비쌀 텐데. 은이는 늘 배가 고파 보이던 노인이 생각나 적의까지 느꼈다. 남자가 리모컨을 작동할 때마다 비행기는 벌새처럼 뱅뱅 돌아다녔다. 엄청난 연기를 내뿜던 모형 비행기가  바닥으로 곤두박질쳤다. 에잇, 씨. 남자는 주먹으로 손바닥을 치며 발을 굴렀다. 살을 덜렁거리며 뛰어가 모가지가 비틀어진 닭 같은 모형 비행기를 들고 나왔다.

산 입구에 자동차가 여러 대 서 있었다. 젊고 건강해 보이는 외국인들도 열 명 가까이 보였다. 모두 긴 막대기나 골프채를 들고 있었다. 저번에 온 스포츠머리에 안경을 쓴 남자가 그들을 지시했다. 저번에 본 두 사람도 있었다. 이제 노인을 찾을 수 있겠구나, 은이는 안도했다. 그런데도 마음이 편하지 않는 이유를 알 수 없었다.

비닐하우스로 들어온 은이는 한 번 잘라먹은 국화 중에서 쓸 만한 삽목묘만 골라냈다. 불안하고 사나운 마음이 조금씩 가라앉았다. 삽목묘를 검은 비닐에 뚫어놓은 구멍 안에다 꼭꼭 심었다.

꽃 농사를 떠안게 된 은이는 제 삶이 꽃에 갇힌 것만 같았다. 그렇다고 도시로 가서 회사원이 될 수 있는 것도 아니었다. 수학 문제집을 만드는 곳에 시험을 치러가는 날 아버지는 그럼 꽃 농사는 누가 짓느냐며 초를 쳤다. 꼭 그 탓만은 아니겠지만 그곳에서는 연락이 오지 않았다.

아주르라는 병에 걸려 점점 시력을 잃어가던 엄마는 대학 병원에서 진료를 받고 나오다 횡단보도를 못 건너고 교통사고를 당했다. 아버지의 성격을 잘 아는 엄마는 은이 대학 공부는 마쳐주어야 한다는 말을 유언으로 남겼다. 은이는 친구와 사귀어도 이상하게 나중에 보면 혼자가 되어 있었다. 무슨 일을 해도 되지 않고, 누구를 만나도 결국은 혼자였다. 그 누구와도 관계를 맺지 못했다. 이제 사회와의 그 희미한 관계마저 끊어졌다. 그래도 꽃이나 키우며 살 수는 없었다. 농촌 총각이 아니라 농촌 처녀가 된 자신의 삶을 이해할 수가 없었다. 이해하고 싶지도 않았다.

사방이 꽃뿐인 절벽 끝에 서 있는 기분이 유난히도 목을 틀어막아 은이는 밖으로 뛰쳐나오고 말았다. 숨은 쉬어졌으나 갈 곳이 없었다. 걷다 보니 산 앞이었다. 산으로 올라갔다. 아무 곳으로나 걸었는데도 그게 산길이 되어주었다. 종아리와 허벅지가 당길 때쯤 왼쪽 옆으로 터진 길이 보였다. 가파른 내리막길을 아슬아슬하게 내려갔다. 거칠게 얼크러져 있는 나무 잎사귀와 덩굴 사이사이로 저수지 수면이 빛으로 반짝이고 있는 게 보였다. 곧고 긴 오리나무들 사이로도 빛이 고여 있었다.

내리막길 오른쪽으로 긴 자루형의 저수지가 있었다. 저수지를 중심으로 삼면의 산들은 세 겹, 네 겹으로 겹쳐진 채 물러서 있었다. 은이가 올라왔던 산은 산등성이 두 개를 맞닿은 채 저수지 안에 깊숙이 들어와 있었다. 저수지를 채우고 있는 물은 평화롭고, 아무 일도 없다는 듯한 표정을 짓고 있었다. 줄이 흔들리거나 물이 숨 쉬는 소리는 저수지를 더 고요 속으로 빠뜨렸다. 거꾸로 잠긴 버드나무 가지들 속에는 새우깡 봉지, 나무토막, 인부용 장갑이 갇혀 있었다. 그 잡다한 쓰레기들에는 은이의 얼굴도 있었다. 은이는 한 발 한 발 저수지 안으로 걸어 들어갔다. 자신이 무엇을 하는지, 자신의 발끝이 어디로 향해 있는지 몰랐다.

"왜 이래요?"

크고 우악스러운 손이 은이의 어깨를 붙들었다. 은이는 짜증스런 시선으로 뒤를 돌아보았다. 밀짚모자를 눌러쓴 낚시꾼은 제 판단에 한 점 의심도 없이 은이의 손을 잡고 저수지가로 끌었다. 은이는 낚시꾼의 손에 이끌려갔다.

"여기 서 보세요."

낚시꾼은 은이를 저수지 안으로 조금 더 동그랗게 들어가 있는 땅 위에 세웠다. 그러고는 물에 드리워진 낚싯대 옆에서 작은 망을 들어올렸다. 망 안에는 세모꼴의 은빛 비늘이 단단하게 박힌 붕어들이 팔딱이고 있었다. 낚시꾼은 준비해 온 검은 비닐봉지 하나를 떼어내 붕어들을 쏟아 부었다. 비닐봉지의 입을 봉하고는 고리까지 만들어 은이에게 건넸다.

"가서 푹 고와 드세요. 몸이 실해지면 엉뚱한 생각 같은 건 안 하게 됩니다."

저기, 그게 아니라, 은이는 고개를 흔들었다. 낚시꾼은 자신이 잘못 해석했을 수도 있다고는 생각하지 못하고 은이의 손에 고리를 걸어주었다. 그러고는 은이의 등을 밀었다.

낚시꾼의 손에 등이 떠밀려 얼결에 저수지를 돌아 나온 은이는 고리를 풀고 비닐봉지를 들여다보았다. 붕어 여덟 마리가 제각기 굵은 비늘을 반짝이며 펄떡거리거나 잔 지느러미를 떨며 희미하게 발악하거나 약하게 절규했다. 살려주기에도 이미 늦었다. 아까 올라왔던 산이라서 내려가는 것은 어렵지 않았다.

대야에 담아둔 붕어를 보자 아버지는 부엌으로 가 식칼과 도마를 들고 나왔다. 오동나무 옆에 녹슨 양철을 둘러치고 걸어둔 스테인리스 솥에 들기름을 두르고 손질한 붕어를 넣어 푹 고와 곰국으로 마셨다. 마루에 힘없이 걸터앉아 그걸 보고 있자 아주 오래전부터 아버지랑 자신은 이런 행위를 하고 있었던 것만 같았다. 아버지가 곰국이 줄줄 흐른 턱을 손등으로 훔치자 은이는 기어이 울고 말았다. 낚시꾼은 산 아래가 아니라 여기로 등을 떠밀었을까. 잘못 들어선 길이라는 건 없는 걸까. 그 뒤로도 이상하게 그날의 산과 오리나무 사이로 보이던 저수지가 떠오르면 위로 한 줌을 건네받은 것 같았다.

산에서 내려온 그들은 주차된 자동차 곁으로 모여들었다. 젊은 외국인 열 명은 산 입구의 풀밭에 주저앉아 담배를 태우거나 캔 음료수를 마시거나 잡담을 했다.

"할아버지는 어떻게 되었어요?"

은이는 리더 격으로 보이는 스포츠머리에 검은 테 안경을 쓴 남자에게 물었다.

"아, 네, 열 세 명이나 올라갔는데도, 못 찾았어요."

스포츠머리의 남자는 은이가 관심을 보이는 게 기쁜 모양이었다. 남자는 서서 풀을 벨 때 쓰는 자루가 길고 날이 큰 낫을 들고 있었다. 사람 뒤에 낫을 든 해골이 서 있는 그림을 본 적이 있는데 그 낫과 비슷했다. 그러고 보니 젊은 외국인들 옆에서도 긴 낫을 두어 개 본 것 같았다.

"경찰서에서 본 CCTV에는 산으로 올라가는 것만 보여서 두 번이나 올라간 건데."

"지금 산이 많이 험하죠?"

"그새 칡덩굴이 더 뻗은 데다 풀도 더 자라 있었어요. 산세가 정말 험하더라고요. 건너편에도 산이 있는데, 거기까지는 가지 않았을 거고. 이쪽 산을 정말, 이 잡듯이 잡았어요. 냄새가 나는 곳이 있더라고요. 파보니 개가 죽은 거였어요. 우리 큰아버지랑 잘 아세요?"

"우리 비닐하우스 앞에 가끔 나오셨어요."

"아, 네."

스포츠머리의 남자는 긴 낫을 조심스럽게 트렁크에 실었다.

"형, 어차피 사람은 죽으면 산으로 가고, 흙으로 돌아가잖아."

얼굴이 넓대대하고 몸집이 큰 남자가 막대기를 풀 더미 쪽으로 집어던지며 말했다.

"그러니까 너무 애석해하지 말자. 가을이 되면 낙엽이 떨어지고 산이 헐헐해지니까 그때 한 번 더 찾아보기로 하고, 이제 그만 돌아가자."

"아흔셋이면 죽을 때가 가깝잖아⋯⋯. 실종이면 2년간은 연금이 그대로 지급된다고 하더라고. 현충원에는 5년 뒤에 가지만."

쌍꺼풀진 커다란 눈에 골프 옷을 입은 남자가 골프채를 거둬 트렁크에 실으며 말했다.

"넌 어째 그쪽으로만 촉이 뻗어? 그만 내려가자고."

몸집이 큰 남자가 약간 짜증을 냈다.

"그럼 그놈이 그 돈을 노리고, 나쁜 짓을 한 걸까?"

스포츠머리의 남자가 한쪽 눈을 가느스름하게 뜨며 진지한 얼굴로 물었다.

"큰외삼촌이 1일 아침 7시에 산을 올라갔는데, 실종 신고는 2일 저녁 8시에 한 거면 그사이 이틀이 비잖아. 산을 내려오는 장면은 희미해서 식별이 불가능하다고 하고."

"그놈이 컨테이너로 오기 전에 주택을 한 채 샀다고 했잖아. 그 집에 숨겨됐을까?"

"설마? ……넌 진짜 그쪽으로만 촉이 뻗는구나."

"그럼 왜 안 찾아? 하루하루 산을 뒤져보면, 벌써 한 달이 넘었는데 못 찾겠어? 지금도 코빼기도 안 보이는 거봐. 우린 돈만 이백만 원 날리게 됐잖아."

"찾으면 백만 원 더 주겠다니까, 정말 기를 쓰고 찾더라고. 그런데도 안 보이는 거 보면 산에는 없는 게 확실해."

골프 옷을 입은 남자는 또다시 그놈을 의심했다.

"이제 그만 밥이나 먹으러 가자. 고맙습니다."

스포츠머리의 남자가 은이에게 고개를 숙였다. 옆에 있던 두 사람도 은이에게 고맙다고 했다. 아무런 도움도 주지 못해서 은이는 미안해졌다.

컨테이너에서 고기 굽는 냄새가 났다. 아까 그들이 하는 말이 다 들어맞는 것 같아 은이도 화가 났다. 가서 멱살을 잡고 네 아버지 어디 있냐고 묻고 싶었다. 은이는 컨테이너 쪽으로 갔다. 뒤꼍의 야외파라솔 밑에서 남자는 숯불에 삼

겹살을 구워먹고 있었다. 친척들이 사람을 사서 노인을 찾은 것을 아는지 모르는지 고기를 날름날름 집어 먹고 캔 맥주를 들이켰다. 스피츠에게도 한 점 한 점 먹였다.

다 먹은 남자는 숯불에 물을 직직 뿌리더니 가자, 망고, 라며 컨테이너 위쪽으로 어슬렁어슬렁 걸어갔다. 산책을 나간다고 신났는지 스피츠는 바삐 따라갔다.

은이의 시선이 컨테이너 밑으로 향했다. 흙이 들린 곳이라거나 흙을 새로 팠다거나 하는 건 알 수 없었다. 은이는 컨테이너 앞으로 갔다. 컨테이너 밑에서 발광체 두 개를 발견했다.

길고양이가 뛰쳐나오는 바람에 뒤로 물러서던 은이는 자신을 노려보고 있는 남자와 하마터면 부딪칠 뻔했다. 은이는 얼른 옆으로 비켜났다.

"나한테 볼 일 있어?"

남자의 비릿한 눈빛은 지금 남자가 필요하냐고 묻고 있었다. 남자에게 남은 건 식욕과 물욕과 성욕뿐이었다. 컨테이너에서 물러나 골목길로 들어갈 때까지 은이는 자신의 등에 끈질기게 들러붙어 있는 남자의 시선을 느꼈다.

오늘 하루 너무 많은 일을 겪었는지, 사람들도 너무 많이 만났는지 머릿속이 복잡하게 헝클어져 있고 몸은 무겁고 피곤한데도 은이는 잠이 오지 않았다. 남자의 비릿한 눈빛이 또다시 눈앞에 어른거렸다. 노인은 어디로 갔을까, 라는 생각도 끈질기게 들러붙어 있었다. 은이는 마당으로 나갔다.

농도 100%의 검은 산 능선이 짙푸른 밤하늘에 날카로운 윤곽선을 드러내고 있었다. 하늘과 산은 한 덩어리로 얽히지는 않았다. 산은 점점 더 검게 변하면서 제 존재를 또렷하게 새기고 있었다. 서늘한 하늘은 점점 더 뒤로, 더 위로 물러나면서 검고 육중한 산을 앞으로 돌출시키고 있었다.

은이는 산으로 올라가고 있었다. 계속 오르막길을 걸어 올라가니까 다리가 아프고 숨이 찼다. 그래도 먼 당에 닿으려는 듯 계속 위로 올라갔다. 먼 당에 닿은 건지 거친 나뭇잎들 사이로 푸른 하늘이 속속 보였다. 뾰족하면서도 끝이 뭉툭한 큰 바위가 있었다. 좆바위구나, 은이는 말했다. 좆바위 꼭대기에서 빠짝 마른 염소가 아래로 내려오려고 발광을 했다. 바위 밑에 있는 진달래꽃을 따 먹으려던 염소는 그만 좆바위에서 추락하고 말았다. 은이는 나뭇가지를 모아 염소를 태웠다. 천장에 눈을 붙박고 있자 의식이 돌아오고, 정신이 깨어나고, 의지가 모여들면서 염소가 노인이라는 게 알아졌다.

아침을 먹으면서 은이는 아버지에게 산에 좆바위가 어디 있는지 물어보았다. 혹시 그렇게 부르는 바위가 있는가 싶어서.

"좆바위? 딸년이 애비 앞에서 잘하는 말이다. 그리고 좆바위가 어디 한두 군데냐? 끝이 뾰족하게 생겼으면 다 좆바위라고 하지."

아버지는 좆바위를 모르는 걸 인정하지 않고 항상 그렇듯이 엉뚱한 말로 은이를 몰아붙이며 자존심을 세웠다. 아버지와의 대화 방식에 은이는 또다시 숨이 막혔다. 그릇째 가져가 김치 국물을 꿀꺽꿀꺽 삼키는 아버지의 목울대를 누르고 싶어 고통을 느꼈다.

비닐하우스로 나가기 전에 은이는 182로 전화를 했다. 담당자에게 최한종 씨는 올라간 그 산의 남근바위 쪽에 있을지 모른다고 했다.

"그렇게 막연하게 말하면 어떡해요?"

담당자가 귀찮고 성가신 목소리로 대꾸했다.

"그러니까 바위 위주로 수색해볼 수 있지 않을까요?"

"우리도 해볼 거 다 해봤어요. 드론도 띄웠고, 수색견 데리고 백 명이 투입되어 수색도 다 했어요."

백 명 좋아하네, 열 명이나 올라갔으면 다행이지. 은이는 휴대전화 폴더를 거칠게 닫았다.


3


소나무, 전나무, 잣나무, 신갈나무, 물오리나무, 팥배나무, 떡갈나무, 상수리나무를 키우는 산은 풀숲에 은이의 몸 뚱이 반만 한 하늘을 떨어뜨려줄 뿐 어둡고 엄격했다. 은이 는 어두운 산에 들어와 있었다.

나무나 풀은 보름을 주기로 변화를 맞아서인지 그들이 훑었다는 오른쪽 산에는 군데군데 흔적이 남아 있었다. 계 속 이어지던 비탈길이 평평해지더니 터진 길이 나와서 왼 쪽 산으로 건너왔던 것이다.

바람에 두들겨 맞아 일제히 옆으로 반쯤 드러누운 듯한 사스레피나무 군락 앞을 지난 은이는 가늘고 긴 줄기를 가 진 소나무들이 촘촘히 들어차 있는 곳으로 들어갔다. 수령 이 오래된 거무튀튀한 소나무 줄기에는 옹이가 패여 있고, 송진이 주르르 흘러내리다가 응고된 곳도 있었다. 옹이 안 에 반 사발쯤 고여도 있었다. 풀을 거칠게 뒤덮고 있는 칡 덩굴이 소나무를 친친 휘감고 올라가고도 있었다.

소나무 사이로 난 좁은 산길을 올라가자 산바람이 부는 지 은이의 등에 멘 배낭 입 위로 삐죽 올라와 있는 국화꽃 묶음에서 옅은 향기가 났다. 꼭 찾을 수 있다고는 생각하지 않았지만 새벽에 비닐하우스로 가 국화꽃 스무 송이를 꺾 어왔다. 좁은 산길은 낙엽과 부러진 나뭇가지들과 솔방울 이 뒤덮고 있는 흙길로 이어졌다. 굵고 오래된 소나무와 키 큰 상수리나무가 섞여 있는 곳으로 빠졌다. 칡덩굴이 거칠게 얼크러져 있는 풀숲에서는 낫을 휘둘렀다. 아직까지 바위를 본 적은 없었다. 맹감나무 덩굴이 수북한 곳에도 낫을 휘둘렀다.

산을 반쯤은 올라왔을까. 은이는 물병을 꺼내 벌컥벌컥 들이켜고 팔뚝으로 이마의 땀을 훔쳤다. 오른쪽 산을 오른 노인이 이쪽 산으로 건너와 위로 올라갈 수 있었을까. 칡덩굴 속으로 굴러떨어져 엎어져 있는 걸 못 보고 지나친 게 아닐까. 다시 톺아서 내려갈까. 발길은 그러나 위로 향하고 있었다. 본능적인 몸짓이었다는 것은 위로 더 올라가면서 알게 되었다.

산은 점점 더 가팔라지고 높아졌다. 방향을 잃었을 때는 어딘가 위인지 아래인지  알 수 없지만, 죽을 때가 아니었다면 걸음이 아래로 향했을 텐데 노인의 걸음은 위로 향했기 때문에 못 내려왔을지도 몰랐다. 아래로 내려갔다면 아무리 못해도 하루 만에는 산에서 나왔을 것이다. 은이도 계속 위로 올라가고 있었다. 옳게 가고 있는 것인지 의문이 들기도 했다.

신갈나무들 사이로 분 끈끈한 바람이 은이의 얼굴에 달라붙었다. 손바닥으로 얼굴을 훑고, 웃옷을 들추어 바람을 넣어주었다. 산사나무 군락이 이어졌다. 그 속으로 들어가자 아무 소리도 나지 않았다. 이렇게 빈 곳이 있을 수 있구

나. 그 누구도 발길을 들여놓지 않은, 그냥 버려져 있는 곳. 사람에게도 알지 못하는 빈 곳이 있을 것 같았다.

편편한 암석이 펼쳐져 있었는데 물이 졸졸 흘러내리고 있었다. 은이는 암석 위에 퍼질러 앉았다. 저 멀리 올망졸망한 지붕들이 뭉쳐진 채 보였다. 저 마을로 내려간 걸까. 그럼 이 산에서 어디로 나가야 하지. 가능성이 없는 일이라고 고개를 젓던 은이는 암석 위쪽에 있는 으름나무 덩굴을 보았다. 으름을 따려면 높은 산으로 가야 한다던 말이 생각났다.

떡갈나무 군락 쪽에서 바스락거리는 소리가 났다. 은이의 귀가 그쪽으로 커졌고, 걸음도 빨라졌다. 빽빽이 들어찬 떡갈나무의 줄기를 그악스레 휘감고 있는 칡덩굴 때문에 보이는 것은 없었다.

산길이 가파르게 이어졌다. 풀숲 쪽에서 거무튀튀하면서 얼룩덜룩한 것이 느릿느릿 움직이고 있었다. 산 고양이였다. 저들은 산에서 쥐나 벌레를 잡아먹으며 살아가는 걸까. 호랑이의 길과 사람의 길이 일치한다는 말이 생각났다. 호랑이와 닮은 게 고양이니까 아쉬운 대로 저 고양이를 따라가볼까. 어느새 고양이는 보이지 않았다.

얼마나 올라왔을까. 소나무 사이사이에 하늘이, 빈 공간이 끼여 있었다. 무슨 손짓이라도 받은 듯 은이는 한달음에 달려 올라갔다. 자신의 발걸음이 믿어지지 않았다. 산봉우리였고, 옆으로 산세가 평평해지면서 길게 이어져 있었다. 산봉우리 주위에는 칡덩굴이 더 빽빽하고 더 거칠게 얼크러져 있었다. 낫을 휘두르면서 은이는 산의 수줍은 곳이 열려 노인을 보여주기를 기도했다. 칡덩굴 밑에는 아무것도 없었다.

편편하고 납작한 바위가 있었다. 은이는 그곳으로 접근하여 바위 주위를 한 바퀴 둘러보았다. 별다른 것은 없었다. 노인이 이 산봉우리를 거쳐 아래로 내려갈 수 있었을까. 올라온 반대편을 내려다보자 몸에 힘이 빠지면서 그만 주저앉을 것만 같았다.

하늘다람쥐가 잣나무 줄기를 타고 다녔다. 하늘에는 흰 줄을 위로 길게 그려놓은 듯한 구름이 떠 있었다. 아랫부분에는 구름이 옆으로 그려진 듯하여 마치 십자형으로 보였다. 산을 열어달라고 은이는 또다시 기도했다.

끝이 뾰족하거나 뭉툭하지는 않고 전체적으로 편편한데 서 있는 형상의 바위가 있었다. 쉴만한 곳, 등을 기댈 만한 곳을 찾던 은이의 눈이 번쩍 떠졌다. 요즈음은 나무를 하지 않기 때문인지 나무가 잘려나간 그루터기도 없었고, 덩굴 위에 앉을 수도 없었다. 그 바위 바로 뒤에도 비슷한 형태가 하나 더 있었다. 은이는 앞쪽 바위로 가서 등을 대고 주저앉았다. 노동으로 단련된 몸이지만 허리가 아프고 허벅지가 당기고 종아리가 당겼다. 무릎을 세워 두 팔을 힘없이 놓고 호흡을 가다듬었다. 생소한 향기가 코끝을 스쳤다. 산바람에 실려 온 솔향기나 풀 향기라고 여기며 배낭을 당겨 도시락을 꺼냈다. 단무지만 넣고 대충 싼 김밥을 손으로 집어먹었다. 먹을 만했다. 보온병을 열어 커피를 뚜껑에 따랐다.

향기가 강한 커피도 마셨지만 거칠면서 생소한 향기는 계속 났다. 은이는 배낭에 짐을 챙겨 넣고 나서 뒤쪽 바위로 가보았다. 가늘고 작은 덩굴이 뻗쳐올라오고 있을 뿐 바위에는 별다른 게 없었다. 돌아서다가 얼핏 천 같은 것을 본 것 같아 심호흡을 하고 다시 보았다. 한순간 몸이 꼿꼿해졌다. 바위에 파묻히다시피 한 몹시 바란 남색 양복 자락이 보였다.

양복 안에 오롯이 싸인 듯한 노인은 이미 백골 상태였다. 한여름에 양복 차림으로 산을 오르다니. 양복바지 밑에는 크록스 샌들이 파묻혀 있었다. 은이는 무서워서 도망치듯 아래로 달려 내려왔다. 산에는 혼자뿐이라는 걸 자각했다.

소나무 줄기에 기댄 은이의 몸이 스르르 아래로 내려가더니 기어이 털썩 주저앉고 말았다. 아무 생각도 나지 않았다. 산에서 나는 소리들도 들리지 않았다. 산속이 어두워졌다 밝아졌다 하는 것도 의식하지 못했다.

얼마를 그렇게 앉아 있었을까. 고개를 드니까 앞의 상수리나무 잎들 사이사이로 푸르스레한 하늘이 언뜻언뜻 보였다. 문득 지켜주는 하늘이 있듯이 산이 그동안 노인을 지켜주었다는 생각이 들었다. 이건 어쩌면 나에게 주어진 일이었는지도 모른다. 나에게 발견될 수밖에 없는 일에 속한 것인지도. 그렇다면 나도, 꽃 키우는 나도 지켜보고, 지켜주고 있을까. 은이는 걸음을 옮겨 건너편의 산을 올려다보았다. 산이 미소를 짓는 것 같았다. 할 말이 있다는 듯이. 산봉우리 위에는 그러나 차갑고 냉정하고 담담한 푸른 하늘이 있었다.

휴대전화가 터지지 않을지 모른다고 걱정했는데 다행히 182번으로 연결되었다. 최한종 씨를 찾았다고 했다. 담당자는 살아 있나요? 라고 물었다. 은이는 돌아가셨다고 했다. 죽었다는 말보다 돌아가셨다는 말이 맞다는 생각이 들었다. 담당자는 아들과 함께 산을 올라가 시신을 수습하겠다고 했다. 전화를 끊고 난 은이는 심한 갈증에 물병을 입에 대고 벌컥벌컥 들이켰다.

다시 산을 올라간 은이는 바위 앞에 섰다. 양복이 임시 관 같았다. 배낭에서 흰 국화꽃 묶음을 꺼내 양복 위쪽에 놓았다. 무릎을 꿇고 두 손을 모았다.

애도를 마치자 마침 산바람이 불어 뭉개진 국화꽃에서 진한 향기가 났다.

# 바다를 향해 있는 계단

바다를 향해 있는 계단

1

모래밭 왼쪽 끄트머리에 콘크리트 건물 한 채가 서 있었
다. 네온 간판에는 붉은 가재 한 마리가 꼬리를 빳빳이 쳐
들고 있고, 그 꼬리 밑에 '쉼'이라는 글자가 쓰여 있었다. 바
다에는 회색빛이 감돌고, 꽃샘바람까지 몰아치고 있어서
미정은 그곳을 향해 걸음을 옮겨 갔다. 철제 계단을 다섯
개쯤 내려가 폭이 좁은 모래밭을 걸어가는 미정의 뺨을 머
플러가 자꾸 후려쳤다. 그새 청회색으로 변한 바다는 더 넓
어 보였다.

쉼에는 흰 페인트를 칠한 나무 문이 바다를 향해 열려 있
었다. 미정이 안으로 들어가자 빤질빤질하게 니스 칠을 한
목재 계단이 눈에 들어왔다. 계단 한가운데에는 붉은 카펫

이 깔려 있었다. 하나뿐인 난간 끝의 둥그스름한 봉도 빤질빤질했다. 홀에는 테이블이 네댓 개 놓여 있고, 일자형으로 된 카운터 안에는 짧은 쇼트 머리를 한 주인이 있었다.

"방 있어요?"

주인이 아무 말도 하지 않고 그대로 앉아 있어서 미정은 목소리를 높였다. 주인은 벽에 쭈르르 걸어놓은 종 달린 키를 하나 떼 미정에게 건넸다.

"205호. 2층 끝이에요."

주인은 표정도 없고, 흥미도 없이 말했다. 아무리 바닷가 끄트머리에서 이런 일을 한다고 해도 아직 젊은 여자가 세상 끝에 다다른 표정을 지을 수 있을까. 미정도 가방을 들지 않은 손으로 자신의 뺨을 쓰다듬어 보았다.

계단에 깔린 붉은 카펫이 미정의 발소리를 흡수했다. 발이 향하는 곳, 발이 원하는 곳으로 갔는데 지금 낯선 계단을 오르고 있는 것이 미정은 믿어지지 않았다. 키에 달린 종을 요란하게 흔들며 계단을 올라갔다. 이런 계단을 오른 적이 있는 것만 같았다. 사실 니스 칠을 한 목재 계단은 흔했다.

열 세 개의 계단을 오르니까 2층이었다. 복도랄 것도 없이 한쪽으로 방이 다섯 개 있었다. 아래층을 내려다보니까 의자에 앉아 텔레비전을 보고 있는 주인의 등이 보였다. 저 주인처럼 세상도 내게 차갑게 등을 돌렸겠지.

205호에는 간이 냉장고에, 싱글 침대는 나란히 두 개가 놓여 있었다. 좁은 룸에 침대가 두 개일 게 뭐야. 호텔도 아니고. 미정은 키를 침대 위로 던져 버리고 창 앞으로 갔다. 딱딱하고 무거운 블라인드를 걷어 올리자 흰색 페인트칠이 된 덧창이 나왔다. 덧창 두 짝을 앞으로 당기자 시푸른 바다가 얼굴을 칠 듯이 달려들었다. 바다 대신 모래바람이 달라붙었다.

덧창을 닫은 미정은 무엇을 해야 할지 몰라 룸을 서성였다. 점점 무중력 상태로 빠져들며 여기가 어디쯤일까를 생각해 보았다. 알 수 없었다.

냉장고 문을 열고 생수병을 꺼내 벌컥벌컥 들이켰다. 갈증이 가시자 또다시 무엇을 해야 할지 몰랐다. 뭔가를 하지 않으면 불안해져서 전공 책이라도 읽었으나 이제 책이라면 지긋지긋하고 진저리 처졌다.

욕실 세면대 위의 거울은 뿌옇게 김이 서려 아무것도 담고 있지 않았다. 그동안 씻지 않아서 물을 뒤집어썼던 미정은 손바닥으로 거울을 쓸었다. 앙상하게 야위고 불안해 보이는 낯선 얼굴이 타인보다 더 냉정하게 미정을 보고 있었다. 너 왜 여기 이러고 있니? 라며 자신이 잘 몰랐던 그 얼굴을 손가락으로 툭 건드려 보았다. 그때 가랑이는 안 벌렸나 몰라, 라는 말이 불쑥 떠올랐다. 정신적 방어벽이 약해졌는지 마음의 물이 얕아진 건지 미정은 김은숙 교수의 교활하고 비열한 눈빛에 걸려들고 말았다. 이어 김 교수가 한 말들과 행동들이 머릿속으로 말벌처럼 기어들어 왔다. 미정은 황급히 욕실에서 나왔다. 따라오지 못하게 욕실 문을 꽉 닫았다.

복도랄 것도 없는 좁은 곳은 지나치게 조용했다. 2층에 투숙객은 없는 걸까. 턱이 휘어지면서 다섯 개의 계단이 연결된 곳은 3층이라기에는 높이나 넓이가 어중간했다. 2.5층쯤 된다고 할까. 그곳은 투숙객이 묵을 만한 곳이 아니었다. 한 면은 커다란 통유리로 되어 있어서 바다를 내려다볼 수 있는 테라스 정도쯤 된다고 할까.

계단을 내려가자 아까처럼 발소리를 카펫이 흡수했다. 목재 계단은 바다의 중앙을 향해 있는 듯했다. 한 칸 한 칸 내려갈 때마다 자신이 바다를 향해 가고 있는 것 같았다. 내려갈수록 난간 끝의 둥그스름한 봉은 바다 정중앙에 떠 있는 머리통처럼 보였다. 바다를 향해 있다는 것 빼고는 이런 계단은 어디에서나 흔히 볼 수 있었다. 계단을 다 내려온 미정의 발걸음은 바다로 향했다.

머리칼이 더부룩한 남자가 잔뜩 웅크린 채 담배를 태우고 있었다. 파도가 남자를 밀쳐 버릴 듯 사납게 몰려왔다. 남자는 아랑곳하지 않고 담배만 빨았다. 미정은 모래밭을 걸어갔다. 모래밭 너머로 겹겹이 둘러쳐진 암석들이 보이고, 암석들 너머로 코끼리가 코를 바다에 빠뜨리고 있는 형상의 코끼리바위가 보였다.

발톱을 세운 물기둥 같은 파도가 코끼리바위의 커다란 코를 있는 대로 긁고 한쪽 몸뚱이를 핥고 물러갔다. 잠시 뒤 파도가 그 동작을 반복했다.

-어떻게 일을 이런 식으로 몰고 갈 수가 있어요?

미정은 담담한 말투로 김 교수에게 물었다. 목표물은 하나였는데 덤으로 둘이나 파멸시켜 버린 통쾌감 같은 게 김 교수의 얼굴에 스치는 걸 미정은 놓치지 않고 보았다. 김 교수는 굳이 감추지도 않았지만.

-애초에 모든 잘못은 문 강사로부터 시작되었지. 문 강사 역시 도덕적이지 않잖아.

김 교수는 열기가 이글이글한 눈으로 미정을 벌레 보듯이 보며 차갑게 말했다. 상대가 벌레로 본다는 걸 반사해내지 않을 수가 없고, 상대가 자신을 벌레로 보면 벌레가 될 수밖에 없었다.

-난 지방 출신들도 신뢰하지 않아. 한 자리 차지하고 싶어서, 주류가 되고 싶어서 모르는 척했던 거잖아.

한 자리, 주류. 미정도 은밀하게 채찍질해보기는 하지만 그걸 비열하게 지방 출신에 연결시키다니. 울분인지 비참인지 치욕인지 모멸인지 모를 감정에 빠져 미정은 돌아서 나왔다. 더 상대했다가는 더 큰 늪에 빠져 오랫동안 허우적거릴 수 있었다.

-가랑이는 안 벌렸나 몰라.

문이 닫혔다고 여겼는지 김 교수는 부주의했다. 미정은 도로 들어가 책 한 권을 집어 책상을 정리하고 있던 김 교수 얼굴을 향해 집어 던졌다. 책은 얼굴을 맞히지 못하고 창만 조금 치다 맥없이 떨어졌다. 성적 모욕을 최대의 모욕으로 써먹는 김 교수를 무시해버리는 게 더 나은 한 방일 수 있었다는 것은 김 교수의 입가에 비릿하게 떠 오른 미소를 보고 나서였다.

-이제 폭력까지 써.

김 교수는 학생을 꾸짖듯이 엄하게 말했다. 포커페이스인 저 얼굴을 중립적이라고 여긴 내가 어떻게 현명하게 처리할 수가 있었겠어. 미정은 뛰쳐나왔다. 쾅, 하고 문 닫히는 소리가 났다. 그 소리가 뒷머리를 쾅, 때렸다.

또 그 생각에 빠졌어. 멀리 달아나듯이 멀리 왔는데도 달라진 건 없어. 미정은 머리를 세게 흔들고 바다 쪽으로 시선을 던졌다. 수평선과 하늘의 경계에는 금 하나가 그어져 있고, 바다는 온통 검고 푸르렀다.

2

거꾸로 서서 가랑이를 벌리고 있는 듯한 소나무 줄기 사이로 보이는 바다는 희고 잔잔하고 멀었다. 길쭉한 등을 늘어뜨리고 쪼그려 있던 치치가 벌떡 일어났다. 이환의 눈에 잠깐 생기가 돌며 치치가 발광하듯 보고 있는 쪽을 살폈다.

배 한 척이 갈매기들을 셀 수 없을 만큼 달고 그들이 보고 있는 쪽으로 들어오고 있었다. 배의 연통에서 시커먼 연기가 쾰쾰 쏟아져 나왔다. 저래도 되나, 부당하게 느껴져 그는 상을 찌푸렸다. 희고 푸른 풍경에 괴한처럼 침범한 연기는 검은 용 형태로 풀어지다가 스르르 스러졌다. 배 안에서 멸치를 삶고 있다는 것을 그는 뒤늦게 알았다. 또다시 검은 연기를 내뿜으며 뱃머리를 돌리자 갈매기들도 모조리 따라갔다. 철책의 쇠 난간을 잡았다 놓으며 두 다리를 구르던 치치도 다시 등을 늘어뜨리고 앉았다. 그도 한 발짝 물러나 나무 벤치에 앉았다.

치치의 왼쪽 옆구리 너머로 개구리 무늬의 초소가 보였다. 초록 위장그물은 찢긴 채 너덜거렸다. 사람들은 그가 실수하기를 기다렸다는 듯이, 실수하기를 벼르고 있었던 듯이 그가 둘러쓰고 있던 사회적인 그물을 확 뜯어내 버리며 그를 비방하기 바빴다. 잘나가는 놈들이 더 그래. 지가 최고인 줄 아니까 함부로 건드리지……. 그는 포개고 있던 두 다리를 풀었다.

가랑이를 벌리고 있는 듯한 소나무의 두 줄기가 몸통 쪽의 줄기와 합쳐져 어릴 때 쓰던 새총처럼 보이자 이환은 문득 완벽하게 혼자라는 생각이 들었다. 서재에 틀어박혀 있을 때도, 서재에서 잠을 잘 때도 가끔 고독하다고 느꼈지만 그건 외부의 것과는 상관없는 순도 100%의 고독이었다. 자존감도 반짝이 무늬처럼 섞여 있는 고독이었다. 외부의 것에 떼밀려 생긴 고독은 칼이 되어 제 살을 찌르고 피를 흘리게 했다.

소나무들 사이를 메우고 있는 쪽물 같은 바다를 내려다보며 그는 산길을 내려왔다. 바다와 면해 있는 산에는 해풍의 영향인지 줄기가 두 개인 쌍 소나무가 군데군데 섞여 있었다. 쌍 소나무의 두 줄기 중 오른쪽 옹이에서 주르르 흘러내리다가 굳은 송진을 손가락으로 떼어 내 입에 넣고 오물오물 씹었다. 높은 잣나무에 올라가서 잣을 따던 원숭이는 얼굴과 손에 진득진득 달라붙는 송진 때문에 파업을 했다고 하지만 송진을 씹는 인간의 입안은 텁텁하고 상쾌했다. 피식 웃으며 그는 치치를 찾았다. 소나무 나뭇가지에 대롱 매달려 있던 치치는 나뭇가지를 한 팔씩 한 팔씩 이어 건너더니 팍 뛰어내려 쏜살같이 산을 내려갔다. 치치를 따라잡는 게 그는 힘에 부쳤다.

치치를 뒤따라 하얀 페인트칠이 된 나무 문으로 들어가자 예의 그 계단이 그의 눈앞으로 턱 다가왔다. 옛날 목조 가옥이던 자신의 집에 있던 계단과 비슷했다. 친구들과 총싸움, 칼싸움, 술래잡기를 할 때도 그 계단을 도구로 이용했다. 새로 지은 집의 거실에도 2층과 연결된 노출 콘크리트로 된 계단이 있었다. 동그란 구멍들이 있는 모양새였지만 커다란 콘크리트 벽이 그대로 노출된 채 거실 한 면을 차단하고 있는 듯했다. 그가 마음에 들어 하지 않자 아내는 남들은 이렇게 못 지어서 안달이라고 쏘아붙였다.

카운터에 있던 주인이 이환을 보자 엷게 웃었다. 이환도 입 꼬리를 올려 보였다. 치치는 배가 고픈지 일자형 카운터로 뛰어올랐다. 주인은 바나나 두 알을 치치 손에 쥐어주었다. 치치는 훈련받은 서커스단의 원숭이처럼 바나나를 들고 감사 표시로 절을 꾸벅꾸벅했다. 그러지 말라고 이환은 치치의 머리통을 만져 주었다. 알아들었는지 치치는 카운터에서 폴짝 뛰어내렸다. 그의 옆에서 얌전히 바나나 껍질을 벗겼다. 까맣고 쪼그라진 손이 노란 바나나를 벗기는 걸 이환은 애잔하게 바라보았다. 주인은 새끼, 누가 주인인지 모르겠다며 혀를 찼다.

이환은 계단을 올라가 201호로 갔다. 침대가 두 개인 게 그는 마음에 들지 않았다. 웃옷을 벗어 안쪽 침대에 아무렇게나 던져 버리고, 창 쪽 침대에 걸터앉았다. 사나운 파도 소리가 들릴 뿐 주위는 괴괴했다. 전화 한 통 걸려 오지 않는 사실이 새삼스레 그를 소외감에 빠뜨렸다. 영화평론가인 그를 찾는 전화는 끊이지 않았다. 서재로 들어갈 때는 전화기를 꺼 놓았다. 이제 아무도 그를 찾지 않았다. 예전에 잘나가던 배우가 시립병원에서 울리지 않는 휴대폰을 향해 욕을 퍼붓다 죽어 갔다는 말이 그를 두렵게 했다. 그도 바깥세상과는 완전히 단절되었다.

여기가 어딜까. 어디까지 떨어져 버린 걸까. 알 수 있는 건 완벽하게 혼자라는 것뿐이었다. 그는 안쪽 침대 위로 엎어졌다.


3


"식사도 되나요?"

느지막이 계단을 내려온 미정이 심드렁하게 물었다. 카운터 안에 있던 주인은 고개를 까딱했다. 주인의 얼굴은 건조하고 무료해 보였다.

계단 아랫부분과 둥그스름한 봉으로 빛과 그림자가 대각

선으로 져 있었다. 이제 내게로는 빛이 오지 않는다, 라고 미정은 순간적으로 생각했다. 강사들이 처우 개선을 요구하며 데모를 하는 상황에서도 자신의 것을 차곡차곡 쌓아 가던 현주는『동물의 안내자』라는 책을 냈는데 과학 서적으로는 드물게 베스트셀러 반열에 올랐다.

"여기서 식사를 할게요."

"여긴 대게밖에 없어요."

"대게요? 빨갛게 삶아서 포크 같은 걸로 파먹는 거요?"

주인은 고개를 까딱했다.

"먹는 게 까다로운 건 싫은데……."

미정은 요리하는 시간을 아까워하면서 그 시간에 책이라도 읽고 있어야 불안하지 않았다. 그래서 언제나 간단한 것만 해 먹었다. 엄마가 부쳐 주는 밤이나 배나 감은 깎는 게 싫어서 안 먹었다. 그런데도 엄마는 자랑스러운 딸에게 그런 것을 철 따라 부쳐주었다. 그렇게 시간을 아껴 가면서 공부를 하고 실험실에서 연구를 했다.

"그것밖에 없어요. 싫다면 마을로 들어가든지."

"여기서 어떻게 마을로 가. 마을이 어디 있는 줄 알고? 대게를 먹으라는 말이지."

미정은 구시렁거렸다.

"공깃밥은 주죠?"

주인은 고개를 까딱했다. 고개만 까딱이는 자동인형도 아니고. 참으로 미니멀리즘한 사람이야. 미정은 테이블로 가서 앉았다. 주인은 카운터 맞은편에 있는 갈래갈래 찢어 놓은 가름막이 걸린 주방으로 갔다. 주인은 꽉 끼는 쫄쫄이 티셔츠에 청바지를 입고 있었는데 생각보다 더 젊어 보였다. 허리는 미정이가 한 팔로 재어 보고 싶을 정도로 잘록했다.

주인은 삶은 대게가 놓인 길쭉한 직사각형의 접시를 내왔다. 대게에서는 김이 펄펄 났다. 주인은 느릿느릿한 몸짓으로 공깃밥 하나를 미정 앞에 놓고, 하나는 맞은편에 놓았다. 미정이 숟가락으로 대게를 건드리자 주인이 미정의 손을 탁 쳤다.

"기다리세요. 저기 오고 있으니까요."

주인의 시선은 흰 페인트칠이 된 나무문으로 향해 있었다. 미정은 퍼뜩 문 쪽을 보았다. 남자가 원숭이의 손을 잡고 문 안으로 들어왔다. 강아지만 한 원숭이는 노란색 티셔츠에 노란색 반바지를 입고 있었다. 뭐지 이건, 미정은 자신이 이해할 수 없는 곳에 와 있는 것만 같았다.

주인이 손바닥으로 테이블을 가리키자 남자는 다른 손님이랑 겸상을 하는 게 낯설지 않는지 군말 없이 미정의 맞은편에 있는 의자를 빼 앉았다. 원숭이는 주인 앞에 서 있었다. 주인이 주방의 커튼을 젖혀 바나나 한 송이를 꺼내더니 두 알을 뚝 따 원숭이에게 건넸다. 원숭이는 교육받은 동물처럼 허리를 깊숙이 숙이고 두 손으로 받았다.

대게 한 마리를 가지고 간 남자는 짝짝이인 가윗날로 대게의 알밴 다리 쪽을 자르더니 길쭉한 쪽의 날로 파먹었다.

"먹어 두세요. 이걸 못 먹으면 굶게 될 거예요."

물끄러미 보고 있는 미정의 시선을 느꼈는지 남자가 멋쩍은 얼굴로 말했다.

"여긴 정말 대게밖에 없나요?"

"물품, 아니 식재료를 공수해 주는 사람이 있는데, 되게 대게만 한 자루씩 공수해주더라고요. 제철이라고는 하지만."

진중해 보이는 남자는 되게 대게를 너무 진지하게 말했다. 미정은 하마터면 소리 내어 웃을 뻔했다.

미정은 붉은 대게 한 마리를 앞 접시로 가져갔다. 가위로 잘라 숟가락을 거꾸로 넣어 파먹었다. 생판 모르는 남자와 대게를 뜯어 먹고 있는 게 믿어지지 않을 만큼 낯설었다. 겸연쩍기도 했다. 그러나 대게 살은 의외로 쫀득하고 맛있었다. 남자는 말 한마디 없이 대게를 잘 파먹었다.

바나나를 다 먹어 치운 원숭이는 테이블 위에 오도카니 앉아 있었다. 심심해졌는지 테이블 위를 성큼성큼, 콩콩 뛰어다녔다. 주인은 나무라거나 주의를 주지도 않았다. 미정이 보기에 원숭이는 남자의 것이 아니라 주인이 재워 주고

먹여 주는 모양이었다. 그런데도 남자를 더 따르는 건 주인에게서는 찬기가 흐르기 때문이거나 원숭이도 권태를 알기 때문이라고 나름대로 생각했다.

대게를 두 마리 파먹고, 김치와 함께 공깃밥을 다 비운 미정은 카운터를 향해 커피 한 잔, 이라고 했다.

"커피 같은 건 없어요."

주인은 고개도 들지 않고 말했다.

"그럼 가까운데 커피숍 같은 게 있나요? 테이크아웃이 되는 곳이라든지."

"마을로 들어가야죠."

"마을은 어디 있는데요?"

미정의 목소리가 미세하게 떨렸다.

"길 건너 구불구불한 길로 쭉 들어가면 커피숍들이 있을 거예요. 난 안 가 봤지만."

주인은 시큰둥한 얼굴로 시큰둥하게 말했다. 커피를 못 먹는다고 생각하니까 미정은 숨이 턱 막혔다. 숨을 몰아쉬며 모래밭으로 나갔다.

파도가 모래밭을 핥고, 암석을 철썩철썩 때렸다. 코끼리 바위는 시푸르고 차갑게 출렁이는 바다에 단단히 잡혀 있었다. 위로 올라간 미정은 바람이 쌀쌀하게 불고 있었지만 암석 위에 엉덩이를 내려놓았다. 바다 한쪽이 비늘처럼 반짝이고 있었다. 마치 큰 물고기가 그 밑에 있는 것 같았다. 큰 물고기는 점점 작아지면서, 점점 달아나고 있었다. 안정권에 들고, 평화롭다고 여기는 순간 그만 김 교수가 기어들어왔다. 또? 또? 넌 뭔데 날 이렇게 괴롭히는 거니. 왜 내 머릿속에 돌처럼 꽉 박혀 나를 그 지점으로만 처박아 넣는 거니. 심술궂은 년.

덩치가 크고 몸에 살이 많아서인지 나이보다 어려 보이는, 늘 개량 한복을 한 벌 짝 빼입고 다니는 김 교수에게 미정은 시간이 있냐고 물었다. 김 교수와는 특별히 잘 지낸다고는 할 수 없었으나 신뢰는 할 수 있었다. 유학을 가서 하루 세 시간 이상은 자 본 적이 없을 정도로 성실하게 공부했고, 외국 학생들을 제치고 일등을 할 정도로 실력도 있었고, 대화 한마디에도 중립적이었고, 독서량도 엄청나게 많았다. 커피를 다 마시고 난 뒤, 미정은 마침내 말했다. 학회지에 실린 유진호 교수의 연구 논문은 자신이 쓴 거라고. 김 교수의 턱밑 살이 마치 섹스 뒤의 허벅지살처럼 떨렸다. 내가 지성을 벗겼나. 본능 한 점에 충격이나 다른 무엇을 주었나하는 생각이 스쳤으나 입은 유 교수의 논문을 두 번이나 썼다고 말했다. 이번에는 김 교수의 붉은 목덜미가 수탉의 볏이 떨리듯 푸르르 떨렸다.

버버리 트렌치 코드에 알이 큰 루비 반지를 낀 유진호 교수는 모교가 아닌데도, 지방대 생물학과에 국비 유학생 출신인 미정을 강사로 채용하자고 했다. 유 교수는 미정에게 이런 논문을 써 보는 게 어떻겠냐고 조언했다. 미정은 열심히 썼다. 마음에 들지 않고 미진한 부분을 교수는 일시에 정리해 주고 방향을 제시했다. 그 논문이 유 교수의 이름으로 학회지에 실렸다. 급했던 모양이지. 교수들도 꾸준히 논문을 발표하거나 실력을 쌓지 않으면 위태로우니까. 엄밀히 말하면 반은 그의 실력이고 그의 것이었다. 다시 쓴 논문은 이미 발표한 내용을 비껴가기가 쉽지 않았다. 겨우 부실한 논문을 한 편 발표했다.

교수든 강사든 끝까지 살아남으려면 논문 점수가 제일 큰 비중을 차지하기 때문에 계속 논문을 써야 했다. 이번에도 교수는 도와주겠다고 했다. 전임 교원을 한 명 채용하게 되어 있는데 그때 논문 점수가 제일 큰 비중을 차지하지 않겠느냐는 말도 덧붙였다. 유 교수는 좋은 자료도 풍성하게 내놓았다. 미정은 저번 일 때문에 그러는 것이라고만 짐작했다. 그 논문도 유 교수의 이름으로 학회지에 발표되었다.

김 교수는 유 교수를 맹렬하게 비난하며 학생을 가르치는 사람이 그렇게 도덕적이지 않으면 학생들의 미래가 어떻게 되며, 문 강사의 미래는 뭐냐며 울분을 토했다. 미정에게 아무 걱정하지 말라며 모든 문제는 자신이 해결하겠다고 했

다. 그런데 김 교수는 학과장에게 그 사실을 알렸다. 미정은
불안해지기 시작했다. 학과장은 그 문제를 덮어두자고 했
다. 김 교수는 학과장에게도 길길이 날뛰며 일을 공개적으
로 만들어 버렸다. 김 교수는 유 교수라는 표적을 향해 가르
치는 사람으로서의 자질이라는 표창을 맹렬하게 던졌다. 일
은 쇠똥구리가 굴리는 쇠똥처럼 자꾸만 커져 가더니 유 교
수는 목이 잘리고, 미정은 강사 자리를 빼앗겼다.

　암석 위에 쪼그리고 앉아 있던 미정은 휙 일어섰다. 미정
의 발등에 있던 갯강구들이 화르르 흩어지다가 미정이 그
대로 서 있자 다시 발밑으로 기어들어 갔다. 파도가 아가리
를 있는 대로 벌린 채 달려와 코끼리의 코만 핥다 돌아갔
다. 버려진 듯 팽개쳐져 있는 배가 조금씩 움직이며 모래밭
에 복잡하지만 의미 없는 무늬를 그렸다.


4


　파마가 다 풀린 단발머리에 가는 검은 테 안경을 쓴 여자
가 커피를 못 마시게 되자 지구가 끝난 듯한 표정을 짓다가
바다로 나갔다. 이환은 그 여자를 왠지 아슬아슬한 마음으
로 바라보았다.

"저 여자는 죽지 못해요."

빈 그릇을 주섬주섬 챙기던 주인이 혀를 차듯 말했다. 이환은 퍼뜩 돌아보았다. 주인은 고개를 푹 숙이고 깨지고 잘린 대게 껍데기를 국그릇에 모았다. 가득 찬 국그릇을 빈 그릇 위에 아무렇게나 놓고는 쟁반을 들고 주방으로 갔다.

낯선 냄새를 풍기는 사람이 나가고 없자 치치는 갑자기 생기가 돌았다. 어기적거리며 계단을 오르고, 납작하게 엎드린 자세로 계단을 내려오고, 계단 난간에 대롱대롱 매달리기도 했다. 그러나 아무도 관심을 보이지 않자 난간에서 그대로 폴짝 뛰어내렸다. 장식장 위에 놓인 북을 꺼내려고 몸뚱이를 길쭉하게 늘어뜨렸다. 이환이 다가가 오돌토돌한 북을 만져보다가 북채를 들고 북을 두들겼다. 둔중한 소리가 깊게 퍼졌다. 치치가 그에게 달라붙어 북채를 달라는 시늉을 했다.

"안 돼. 새끼야. 낮잠이나 자."

주인이 쏘아붙였다. 치치의 표정이 시무룩해졌다. 그는 북을 제자리에 올려놓고 달래듯 치치의 손을 잡았다 놓으며 몸을 돌렸다.

"저게 아무래도 서커스단에 있었던 거 같아요."

이환은 돌아보았다.

"작년에 저쪽 칠섬에 중국 하남성 서커스단이 삼 개월 가량 상주했거든요. 어쩌다가 이탈한 건지 몰라도 빈 땅에서 갑자기 저게 나타나더니, 나를 따라오더라고요. 배를 탔는데도, 어느새 배 한쪽에 타고 있더라고요. 내가 지 첫정하고 닮은 건지, 아님 내가 절 거두어 줄 거라는 걸 본능적으로 알아 버린 건지."

"그럼 저게 중국에서 온 원숭이네요."

이환은 무척 진지한 표정에 진지한 말투로 말했다. 주인의 입가에 미소가 어렸지만 어색해 보였다.

치치는 맨 안쪽 테이블 옆에 마련된 공처럼 생긴 라탄 하우스로 들어가 잠을 잤다.

"내가 그랬으니까요."

주인이 이환의 등을 향해 말했다. 이환은 테이블로 가서 앉았다. 아무래도 오늘은 말을 하고 싶은 모양이었다. 주인이 맞은편에 앉았다.

이환은 담배를 한 대 물고 나서 주인에게 담뱃갑을 건넸다. 주인은 담배 한 개비를 뽑아 입에 물었다. 이환은 라이터로 불을 켜 붙여 주고, 자신이 물고 있는 담배에도 불을 붙였다.

"나도 죽지 못했으니까요."

주인이 말했다. 이환이 담배를 빨며 고개를 끄덕였다.

계단 끝은 햇빛에 물려 있었다. 바다는 시퍼렇게 가라앉아 있었고, 한쪽만 빛으로 열려 있었다. 모래도 희고 성기게 반짝였다. 안경 낀 여자는 여전히 모래밭에 서 있었다.

"학교에 가려면 아침 7시에 나가는 첫차를 타고 가야할 만큼 이곳은 외져요."

학교를 일찍 마쳤든 늦게 마쳤든 무슨 일이 있어도 여자는 저녁 7시에 막차를 타고 들어와야 했다. 여기는 차를 타고 가다 들러서 회를 먹고 가는 곳이었다. 이런 외진 곳에서 사는 게 너무 답답하고 억울한 여자는 악착같이 자격증을 따 고 3 중간에 도시의 정유회사에 경리로 들어갔다. 관사가 있었지만 여자는 오피스텔에 살았다. 여자 인생에서 가장 빛날 때였다. 남자도 사귀고, 오피스텔에는 전축, 침대, 커피 머신, 소파 등속을 들여놓았다. 퇴근을 하면 맛있는 것을 만들어 배꼽이 불룩해질 때까지 먹었다. 휴가 때는 꼭 외국 여행을 갔다. 한 삼사 년이 순조롭게 빠르게 흘러가더니, 제법 잘 나가던 회사가 파산을 해버렸다. 여자는 다시 가구 만드는 회사의 경리로 들어갔다. 월급은 그전보다 적게 받았는데 물가는 더 올랐다. 여자가 물건 사는 걸 자제하니까 그런대로 살아졌는데 그만 그 회사도 매각을 해버렸다. 학원의 경리로 들어갔다. 그런데 제 무늬라는 게 있는 건지, 그 학원도 새로 생긴 최상급 학원에 밀려 결국 문을 닫고 말았다. 허겁지겁 개인병원의 경리 자리를 찾아내자 다음 달부터 출근하라고 했다. 여자는 집으로 내려왔다. 십 년이면 강산도 변한다는데 식당이나 엄마나 계단이

나 바다는 하나도 변하지 않고 그대로였다. 답답했지만 조금 쉬다 갈 것이니까 괜찮았다.

생뚱맞게 나타난 파리가 앵앵거리며 치치의 팔과 다리를 깐족깐족 건드렸다. 치치는 팔을 긁적이며 일어나 손바닥으로 허공을 딱 때렸다. 파리는 텁텁한 공간을 가로질러가더니 어디에 붙었는지 보이지 않았다. 치치는 꾸벅꾸벅 졸다 옆으로 쓰러졌다.

"그런데 쉴 수가 없었어요."

손님이 들면 한꺼번에 들 때가 많았다. 엄마는 아버지가 잡아 오는 고기로 회를 뜨고, 매운탕을 끓여 팔았다. 아버지는 고기를 잡아 오는 것 외에는 일을 하지 않았다. 말도 거의 하지 않았다. 여자가 도와줄 수밖에 없었다. 손님들은 2층 룸을 더 선호했다. 바다가 잘 보이고, 햇빛이 잘 드니까. 엄마가 관절염으로 절뚝거리기 때문에 여자가 2층으로 오르내릴 수밖에 없었다.

계단을 바삐 오르내리던 여자는 별안간 내가 여기로 다시 돌아왔다는 걸 깨닫고 말았다. 여기가 싫어서 기를 쓰고 달아났는데 원래 그 자리로 돌아왔다. 아무리 도망을 가도 다시 출발점으로 돌아올 수밖에 없다는 말이 이해되는 순간이었다. 다시 도시로 가면 되었다. 그런데 아버지가 풍랑에 배가 전복되어 돌아오지 못했다. 여자는 엄마를 위로해야 하고, 일을 도와야 했다. 그렇지만 임시로 살고 있는 듯한 마음은 없어지지 않았다. 그것은 지금도 마찬가지였다.

마지막 말을 하던 주인의 얼굴이 침울해졌다.

늘 한 달 뒤에는 떠난다고 생각하고 사는 여자는 걸핏하면 엄마랑 싸웠다. 내가 널 여기로 불렀냐? 니 소원대로 도시로 가면 되지. 내가 붙잡았냐? 지금이라도 가. 도시로 갈 가능성이 없다는 걸 엄마가 눈치채 버렸던 것이다. 여자는 홀에 있는 물건을 닥치는 대로 엄마에게 집어던졌다. 사실은 너무 답답하고 죽을 것 같아서 물건이라도 집어던지는 건데 엄마는 그걸 곧이곧대로 받아들였다. 제 어미에게 물건을 던지는 못돼 처먹은 년으로.

엄마랑 또 대판 싸운 날, 엄마가 쪽지에 운흥사에 갔다 올게, 기다리지 마, 라고 써서 금고 위에 올려놓았다. 밤이 되어도 엄마는 오지 않았다. 다음날 운흥사의 셔틀버스가 산비탈 도로에서 전복 사고를 당해 바다로 떨어졌다는 걸 알게 되었다. 엄마는 다행히 운흥사에 모실 수 있었다.

주인이 꽁초를 휴지 위에 사납게 비벼 껐다.

"이젠 못 떠나는 거죠. 1층 식당은 그대로 두고, 2층은 손을 보아 투숙객을 받아요. 그런데 밤마다 바다로 나가야 했어요. 숨을 쉴 수가 없어서 모래밭을 뒹굴며 울었어요. 목숨줄을 끊으면 된다, 라고 생각하면 그제야 숨이 쉬어졌어요."

이환은 새 담배에 불을 붙여 주인에게 건넸다. 주인이 담배를 깊게 빨았다.

"늘 그런 식이었어요. 목숨 줄을 끊으면 된다. 줄을 끊을 때는 고통스러워도 잠깐만 지나면 여기가 아닌 저기에 가 있다. 여기와 저기의 거리는 오 분에서 십 분 정도. 오 분이나 십 분 후면 난 감쪽같이 여기서 없어져버린다. 그 심란하고 복잡한 감정에 오늘을 보내고 나면 내일이 되고, 내일은 오늘이 되고, ……내게는 내일이 오지 않는 거예요. 최악의 경우에 그 내일이 내 앞에 와 있어도, 억울한 감정이 없게 십 분 정도 서 있으면, 마음의 각도라나, 그런 게 조금 비틀어져 있는 걸 느낄 수 있었어요. 그렇게 연명 치료를 하면서 여기까지 왔어요."

주인은 담배 쥔 손등으로 눈썹 위를 긁었다. 이환은 고개를 끄덕였다.

구레나룻의 남자가 홀로 들어왔다. 남자는 대게 발이 삐죽삐죽 나와 있는 검은 망을 어깨에 메고 왔다. 저 남자는 주인의 아버지와 비슷하구나, 하고 이환은 무심코 생각했다. 그걸 주방에 부려 놓은 남자는 또 성큼성큼 나가더니 양배추가 든 망을 어깨에 메고 왔다. 삼월인데도 짧은 티셔츠를 입고 있어서 검고 빤질빤질한 팔이 드러났다. 이환은 그 팔에 순간적으로 시선을 빼앗겼다. 남자도 무와 양파가

든 망을 메고 가는 와중에도 이환을 힐끗 곁눈질하며 얼굴 근육을 씰룩였다.

주인은 수고했다, 고맙다, 며 남자의 이마에 밴 땀을 닦아 주었다. 남자는 공수해준 물품 값을 반 정도나 받을까. 주인은 주방의 조리대에 두 팔을 얹은 채 앞에 선 남자와 이야기를 나누었다. 남자는 주인이 무슨 말만 하면 웃었다. 주인이 자주기도 하겠지. 주인은 별다른 표정이 없고, 끈적거리거나 성적이지도 않았다. 몸과 정신을 따로 쓸 줄 아는 것 같았다. 그런데 왜 화가 나려고 하는 걸까. 무슨 소리야, 내가 왜? 그는 손으로 이마를 툭툭 쳤다.

치치는 두 손을 얌전히 모은 채 그 위에 얼굴을 모로 얹어 놓고 새근새근 자고 있었다. 그는 키의 종을 흔들며 계단을 올라갔다.

바지를 벗고 팬티만 입은 채 그는 창가 쪽 침대 위에 앉았다. 바다가 시퍼렇게 날뛰는 소리가 들려왔다. 블라인드를 올리고 덧창을 열고 바다를 내다보았다. 안경 낀 여자는 여전히 모래밭에 서 있었다. 성적인 것은 하나도 없고, 그저 이기적으로 공부만 했을 것 같은 저 여자는 왜 이곳으로 온 걸까. 공부 끝내 놓고 휴식을 취하러 온 것 같지도 않고. 실연을 당했을 것 같지도 않았다. 머릿속에 지식이 넘쳐나고, 사회에서 한자리 차지하고 있다고 해도 못생긴 얼굴에

깡마른 몸에 성적 매력이 없는 여자를 안고 싶은 마음은 잘 생겨나지 않는 법이니까.

그는 그 여자를 지켜보았다. 그러나 귀는 아래층으로 열려 있었다. 그는 비로소 쫓겨서 올라왔다는 것을 알았다. 그들에게 기회를 주려고. 아니면 감당할 자신이 없어서.

방문을 꼭 닫고, 덧창을 꼭 닫은 그는 태블릿 PC를 꺼내 방송국에 접속했다.

'로마의 소나무'가 끝나자 애청자와 연결이 되었다. 애청자는 '시칠리아 섬의 저녁기도'를 신청하고 나서 갑자기 흐느껴 울었다. DJ가 당황하며 왜 그러냐고 물었다. 내가 진료실에서 늘 시칠리아 섬의 저녁기도를 틀어놓았는데, ……내가 우리나라의 심장병 권위자인데, 새로운 수술을 시도했어요. 스무 명이나 성공했는데, ……막판에 그만 두 사람이, ……잘못되었어요. 스무 명 성공한 건 온데간데없고, ……이젠 아무도 나를 찾지 않아요. 분해서……억울해서……살고 싶지 않아요. 그러시군요. 마음 잘 추스르시고, 음악 들려드릴게요.

너무 높이 올라가려다가 추락했네, 두어 층쯤 남겨 두었더라면 좋았을 텐데. 그는 혼잣말처럼 중얼거렸다. 갑자기 숨이 턱 막혔다. 룸 밖으로 나갈 수도 없었다. 음악 소리를 조금 더 키웠다.

밤새 깊이 잠들지 못하고 대여섯 번을 깨며 밤이 어서 지나가기를 바란 것과는 달리 아침 햇살은 순순하게 다가와 미정을 침대 위에 더 누워 있게 했다. 여기로 오기를 잘 했어. 거리가 멀어지니까 분노도 둔중해지더니 어느 정도는 김 교수가 머릿속에서 제거되었다. 먼 데로 잘 왔어. 모르는 곳으로 잘 온 것 같아. 벽에 걸린 시계는 여덟 시를 가리키고 있었다. 맛은 없지만 아침밥을 먹을 수 있는 시간이었다.

카펫이 닿지 않은 양 옆 계단은 아침 햇살로 더 빤질빤질했다. 계단을 내려가던 미정은 난간 너머로 홀을 훑어보았다. 별다른 장식도 없는 허름한 홀과 낡은 테이블, 변한 것은 없었다.

안녕하세요. 테이블에 앉아 있는 남자를 향해 미정은 경쾌하게 말했다. 남자는 얼굴을 들더니 고개만 까딱했다. 이 남자도 주인을 닮아가나. 남자는 우울해 보였다.

주인은 대게를 수북이 담은 사각 접시를 내왔다. 붉게 삶긴 대게는 더 살이 오르고 더 싱싱해 보였다. 남자는 대게 한 마리를 집어가 가윗날로 잘라 한쪽 가윗날로 살을 파내 입에 넣고 씹었다. 미정도 대게를 가윗날로 자르고 길고 가는 쪽 가윗날로 살을 파내어 오물오물 씹었다. 조직이 더 탄탄하고 쫀득했다. 잘 알지도 못하는 남자랑 겸상을 하는 게 겸연쩍었는데 맛이 좋아 그런 걸 느낄 새도 없었다.

주인이 양배추로 만든 샐러드를 한 접시 들고 와 남자 앞에 놓아주었다. 남자는 묵묵히 대게 살만 파먹었다. 미정은 샐러드를 한 숟가락씩 떠먹었다. 양배추가 싱싱해 샐러드도 맛있었다. 계속 샐러드를 떠먹던 미정은 퍼뜩 고개를 들고 주인을 보았다. 주인이 못마땅한 시선으로 미정의 옆얼굴을 훑었던 것이다. 미정은 샐러드 먹기를 중단하고, 대게의 몸통을 가윗날로 팍 잘라 숟가락으로 파먹었다. 남자는 대게만 파먹었다. 뭐지. 남자와 주인 사이에는 팽팽한 뭔가가 있었다. 뭐지. 그새 둘 사이에 특별한 감정이라도 생겼나. 남자가 층이 더 높아 보이는데, 여관 주인하고 그럴 수 있나. 둘이 어젯밤 몸을 섞었을 수는 있어도 말이야. 그것이 뒤처리가 안 된 건가? 밥을 한 숟가락 떠먹던 미정은 또다시 남자 눈치를 살피고 말았다.

그 눈길을 느꼈는지 남자가 고개를 돌려 치치, 하고 불렀다. 치치가 어기적어기적 달려왔다. 곧 옆으로나 앞으로 쓰러질 것처럼 위태로운 걸음걸이였다.

"여기 앉아."

남자가 옆 의자를 손바닥으로 탁탁 때렸다. 치치가 한쪽 눈만 치뜨며 주인의 눈치를 살피더니 의자에 올라앉았다.

미정이 못마땅한 눈으로 쳐다보아도 남자는 대게 살을 접시에 담아 치치 앞에 놓아주었다. 치치는 거미 같은 손으로 게살을 날름날름 집어 먹었다. 원숭이하고 겸상을 하다니, 미정은 고개를 저었다. 그때 주인이 팔꿈치로 미정의 머리를 치고 지나갔다. 어쩐지 고의적으로 느껴져 미정은 기분이 나빴다.

"커피는 없겠죠?"

미정은 숟가락 끝으로 파먹은 대게 다리 껍데기를 딱 접시에 던져버리며 카운터에 있는 주인을 향해 물었다.

"마을로 들어가시라니까요. 도로를 건너면 다리가 있고, 거기서 구불구불한 길을 걸어 들어가면 죽전마을이라고 있어요. 편의점도 있고, 커피숍도 많아요."

"그걸 사러 거기까지는 갈 수 없죠. 길도 잘 모르는데."

"금방 가르쳐줬잖아요. 그다지 멀지 않아요."

"됐어요."

미정은 계단으로 올라가 버렸다. 남자도 도시사람 같은데, 어떻게 커피도 안마시고 살 수가 있나 싶어 힐끗 계단 아래를 내려다보았다. 남자가 손을 들어 치치의 머리통을 쓰다듬었다. 주인도 느릿느릿 테이블로 가 미정이 앉았던 자리에 앉았다. 내가 빠지니까 구도가 맞는 거 같잖아.

계단을 다 올라간 미정은 205호로 가려다가 고개를 들고 2.5층을 올려다보았다. 다섯 개의 계단을 올라가자 바다와 면한 통유리창이 다가왔다. 나무로 된 낮은 의자도 두 개 놓여 있었다. 미정은 의자를 끌고 와 창 앞에 놓았다.

남자와 치치가 손을 잡고 모래밭을 걸어가고 있었다. 또한 남자가 자루를 메고 모래밭으로 올라오고 있었다. 그들은 서로 엇갈리면서도 아무 말도 하지 않았다. 자루를 멘 남자는 쉼으로 들어갔다.

치치가 모래밭에 오종종 서 있는 갈매기들을 향해 발광하듯 뛰어갔다. 남자와 치치는 오른쪽 모래밭이 끝나자 시멘트 계단을 올라가 산속으로 들어갔다.

모래밭에는 아무도 없었다. 바다만 시퍼렇게, 난폭하게 날뛰고 있었다. 해도 잿빛 구름이 가려버렸는지 빛으로 열리는 바닷물도 없었다. 다락에 올라와도 보이는 건 똑같잖아, 라고 미정은 자신도 모르게 투덜거렸다. 그때 한 목조 계단이 떠올랐다.

허풍이 세고, 남의 밑에는 절대 못 있고 자신의 사업을 해야 한다며 걸핏하면 가족을 이리저리 끌고 다니는 아버지가 비행기를 만드는 곳에 납품을 하다가 오롯이 털어먹어서 또다시 이사를 가야 했다. 이번에는 엄마가 시장통에서 잡화상을 했다. 잡화상은 늘 북적거렸다. 학교에서 돌아오면 가게와 연결된 방에는 늘 손님이 있었고, 텔레비전이 켜져 있었다.

가게를 새로 지은 만물 상회에서 집들이를 하자 미정도 엄마를 따라갔다. 금숙이가 반기며 집 구경을 시켜주겠다고 했다. 니스 칠을 한 빤질빤질한 목재 계단을 조심스레 밟고 올라가니까 살림집이 있었다. 다락도 있다고 금숙이가 자랑스레 말했다. 그래애, 미정이 호들갑을 떨며 나무 사다리를 타고 다락으로 올라갔다. 다락은 금숙이의 공부방으로 꾸며져 있었다. 미정은 그 공부방이 탐나 금숙이에게 빵이나 과자나 콜라를 사 주었다.

유순한 금숙은 미정에게 다락에 올라가는 것을 허락했으나 공부에는 취미가 없어 가게 밖에서 놀았다. 미정은 다락으로 올라가 숙제를 하고 나면 책을 읽었다. 책을 읽으면서 스낵 과자를 집어먹으면(이때 버릇이 든 건지 미정은 전공 책을 보면서도 스낵 과자를 집어먹어야 했다) 결핍 같은 게 없었다. 책을 읽으면 세상이 내 것 같아지면서 걱정이 없어졌다.

다락의 창이 거뭇거뭇해질 때쯤이면 미정아, 집에 가야지, 금숙이 엄마의 못마땅해서 악쓰는 소리가 들렸다. 공부를 못하는 금숙이가 공부를 한다기에 참고 있는 금숙이 엄마였다. 그러면 미정은 다락에서 내려올 수밖에 없었다. 사다리나 계단을 내려오면서 올라갔으니까 내려와야 되는 게 계단이라며 또다시 불안해지는 마음을 달랬다. 다 읽은 책을 품에 안고 계단을 총총 내려오면 충만함으로 마음 한쪽이 채워질 때도 있었다. 금숙이 엄마가 그만 오라고 하자 미정은 금숙이 숙제도 해주고, 시험문제를 찍어 주기도 했다. 금숙이 성적이 확 오르자 금숙이 엄마도 아무 말 하지 않았다. 미정은 다락에서 공부를 하고, 책을 읽었다.

그랬었구나, 악착같이 다락으로 올라갔어. 자꾸만 껌벅거리던 눈에 눈물이 고이려는 순간 미정은 2.5층에서 내려왔다. 205호로 들어가 쭈글쭈글한 모자를 펴 쓰고, 겉옷을 걸쳤다.

계단을 내려가고 있는 미정의 발소리를 카펫이 흡수했다. 카운터는 비어 있었다. 텔레비전의 검은 화면에는 카운터 안의 자질구레한 물건이 복잡하게 떠 있었다. 주인은 주방에 있었다. 주방에는 물품을 공수해주러 온 남자도 있었다. 몸으로 물품 값을 치루고 있다고 미정은 생각했다. 당연한 거 아닌가. 그런데 201호 남자는 저 여자를 특별하게 생각하는 것 같단 말이야.

그새 남자와 치치는 모래밭에 내려와 있었다. 파도가 발을 덮칠 때마다 치치가 팔짝팔짝 뛰었다. 남자는 파도가 흰 이빨을 드러내고 몰려와 발을 물어도 그대로 서 있었다. 발이 시릴 텐데. 미정은 철제 계단을 올라갔다. 녹이 슨 철제 계단에서 삐걱거리는 소리가 심하게 났다.

도로를 횡단하고, 콘크리트 다리를 건너니까 곡선으로 휘어진 구불구불한 길이 나왔다. 입구에 긴 녹색 간판에 불이 들어와 있는 편의점이 있었다. 커피를 살 수 있었으나 미정은 계속 걸어 들어갔다. 데크 한쪽에 진돗개가 묶여 있는 커피숍도 있었다. 그 앞을 지나쳤다. 또 다른 커피숍과 레스토랑 앞을 지났다. 데크 난간에 올망졸망한 화분이 쪼르르 놓여 있는 커피숍 앞을 지나자 분위기가 달라지면서 녹사 망사로 덮인 포도밭이 보였다. 녹사 망사는 찢겨 너덜거렸다.

구불구불한 길 오른쪽으로 원색의 페인트칠을 한 단층집들이 모여 있었다. 미정은 빨간색 페인트칠을 한 단층집을 지켜보았다.

대문이 열리고, 노쇠한 양 같은 엄마가 나왔다. 미정은 숨이 멎는 것만 같았다. 엄마는 집 옆 자그마한 텃밭에서 호미로 흙을 돋워 올렸다. 엄마가 일어나 주먹으로 허리를 쿵쿵 때렸다. 퍼뜩 미정 쪽을 돌아보았다. 못 본 사이 얼굴은 더 바짝 마르고, 양 볼은 더 처져 있고, 틀어 올린 머리는 질긴 회색이었다. 미정은 모자를 깊게 눌러쓰며 돌아섰다.

코끼리바위는 벌써 검게 번들거렸다. 바다도 빛이라거나 달빛이 없어 흰색이라거나 금빛으로 번쩍이며 열리는 것도 없이 그저 회색이었다. 그 위로 간혹 잿빛의 커다란 날개를 가진 새들이 먹이를 채 갈 듯한 포즈로 날고 있었다. 양심이 괴로워서 김 교수에게 고백을 한 게 아니라 현주는 책까지 내면서 한 발 한 발 올라가고 있는데 자신은 남의 논문이나 쓰면서 제자리걸음만 하고 있어서 김 교수를 이용하려고 했다는 것을 비로소 미정은 인정했다. 이제 정말 돌아갈 곳이 없다는 것까지도.

모래밭의 경계에 두 손을 찌르고 서 있는 미정의 발을 파도가 조금씩 바닷물 쪽으로 끌어당기고 있었다.

코끼리바위는 조그맣게 변해 바다를 덮고 있는 어둠에 얽혀들고 있었다.


6


이환의 시선은 하늘과 뒤섞여 있는 수평선 쪽으로 넘어갔다. 둥글게 펼쳐져 있는 수평선 근처까지 가면 하늘이 가까워지는 게 아니라 그 크기만큼의 또 다른 바다가 펼쳐졌다. 바다는 크고 넓었다.

이만큼 사니까 웬만한 것은 다 알 수가 있어요. 근데, 당신만은 알 수가 없어요. 아마 죽을 때까지도 모를 거예요. 당신이 훌쩍 여행을 떠나버리면 변두리 선술집 같은 데서 주인 여자 젖통이나 만지고 있을지도 모른다고 생각한 적은 있어요. 그런 여자하고 살림을 차렸다고 해도 놀라지 않았을 거예요. 그런데 유빈이 또래 계집애에게는……추잡스러워서……. 흥분으로 아내는 말을 잇지 못했다.

그는 전통 있는 예술 대학원에 나가 영화학 강의를 했다. 이탈리아에서 5년 뒤에 돌아와서 영화평론가로 이름을 알리고, 1년에 평론서를 네다섯 권은 내고, TV 프로에 나가 얼굴을 알리고, 대학원에 강의도 나갔으나 아내는 여전히 그를 이해하지 않았다. 한 학생이 영화에 관해서 자꾸만 질문을 해왔다. 영화에 대한 높은 식견 못지않게 얼굴과 몸매도 단연 돋보이면서 나이가 잘 읽히지 않는 학생이었다. 영화 시사회에 초청받거나 예술영화가 들어오면 자신도 데리고 가달라고 했다. 그렇게 만남을 이어갔다.

학생의 성숙한 몸을 경험할 때는 지루하고 재미없는 영화를 보는 듯한 기분에서 잠깐 벗어날 수 있었다. 그는 언제부턴가 신기한 것도 없고, 부러운 것도 없고, 이뤄야 할 것도 없고, 더 이상 올라가야 할 목표도 없고, 그저 모든 것이 시시하게 자신의 발밑으로 내려가 버린 것만 같았다. 학생에게서 보고 싶다고 문자가 오면 나도, 하고 이모티콘을 섞어 보내기는 해도 학생도 리마스트링 영화 같았다. 몸을 섞고 나면 학생은 자정에도 보고 싶다고 전화를 했다. 귀찮고, 위기를 느낀 그는 학생을 차단했다. 학생의 몇 번의 협박이 이어졌고, 그가 반응을 보이지 않자 그를 신고했다.

사건이 터지자 아내가 더 그를 맹렬하게, 끈질기게 비난했다. 이때까지는 구실이나 핑계가 없어 어쩔 수 없이 그를 받아주고 있었다는 듯이. 아내의 시선은 차갑고 싸늘했다. 처자식이 있는데 어떻게 마음대로 증권 회사를 때려치우고 영화 공부를 하러 갈 수 있었느냐고 비난하던 그때도 보지 못한 눈빛이었다. 그 시선에서 그를 향한 마음이 완전히 닫혀버렸다는 걸 알아야 했다. 그 시선이 그를 향한 모든 사람들의 시선이라는 것까지도.

철책 아래에 있는 암석에서는 치치가 제 발밑으로 떼 지어 모여들었다 흩어지는 갯강구들과 신나는 놀이 중인 듯 어기적거리며 걷다가 멈추기를 반복했다. 그의 머릿속 나쁜 생각들도 갯강구처럼 화르르 흩어졌다.

치치 손을 잡고 산길을 내려오던 그는 그대로 돌아가고 싶지 않아 나무 벤치에 앉았다. 가스등에 불이 켜질 때까지 벤치에 앉아 있던 그는 치치가 배가 고파 보여 일어났다. 치치의 몸뚱이가 반짝 빛을 냈다.

"치치야, 넌 들어가. 배고플 텐데 가서 바나나라도 먹어."

모래밭으로 내려왔지만 그는 대게를 먹으러 가기가 싫었다. 치치는 두 팔을 축 내리고 모래밭을 기우뚱기우뚱 걸어갔다.

그는 수평선 근처의 금을 끈질기게 보고 있었다. 회색빛 하늘과 회색빛 바다 둘 외에는 존재하지 않을 때까지. 그렇게 보이자 그는 조금 안심이 되었다.

"왜 저녁도 안 드시고?"

그는 퍼뜩 돌아보았다. 주인이 불룩한 비닐봉지를 들고 모래밭으로 오고 있었다. 주인을 볼 자신이 없어 이때까지 모래밭에 서 있었다는 걸 그는 방금 알았다.

어젯밤 그는 잠을 못 자고 엎치락뒤치락했다. 그의 머릿속에는 또다시 주인의 모습만이 강렬하게 떠오르고 있었다. 안경 낀 여자가 모래밭과 바다의 경계에 서서 파도를 맞고 있는 걸 본 그는 주인을 불렀다. 주인은 괜찮을 거예요, 라고 하면서도 한순간 모래밭으로 뛰어가더니 여자를 부축해 들어왔다. 여자를 옆구리에 끼고서는 계단을 올라가던 주인과 아래에 있던 그와 시선이 마주쳤다. 시선과 시선이 마주치자 성욕이 이는 걸 그는 처음으로 경험했다. 성욕에 몸을 맡기고 싶은 욕망이 그의 목을 조였다. 자신의 빈약하고 허약한 이성으로 욕망을 제대로 가둘 수 있을지, 제대로 단속할 수 있을지 그는 두려웠다. 벌떡 일어나 침대 헤드에 머리를 짓찧고 다른 침대로 넘어갔다.

그의 옆에 앉은 주인이 비닐봉지에서 소주 두 병을 꺼냈다. 쇠로 된 따개로 뚜껑을 따고 소주를 종이컵에 따라 그에게 건넸다. 그는 종이컵을 받고, 주인에게도 한 잔 따라 주었다.

파도가 모래밭을 물었다 놓기를 반복하는 것을 지켜보며 그와 주인은 소주를 마셨다. 주인이 노래를 불렀다.

배가 있었네 작은 배가 있었네 아주 작은 배가 있었네……작은 배로는 떠날 수 없네 멀리 떠날 수 없네 아주 멀리 떠날 수 없네…….[1]

그는 주인의 옆얼굴을 물끄러미 보고 있었다. 그 시선이 부담스러운지 모래를 한 움큼 그러쥐고 종이컵에 흘려 넣던 주인이 저기 봐요, 라고 소리쳤다.

치치가 어깨를 곧추세우고 북을 두들기는 시늉을 하며 모래밭으로 오고 있었다.

바다에는 검은 어둠뿐이었다. 수평선은 너무 멀고 어두워서 보이지 않았다. 검푸른 바다 한쪽은 달빛 쪼가리로 노랗게 반짝였다.


7


바다는 잿빛으로 번들거리거나 뒤척이면서 비를 흡수하고 있었다. 모래밭도 비를 흡수하고 있었다. 아침부터 매지

---

1　〈작은 배〉 노래 중에서

구름이 수평선 위에 낮게 떠있더니 오후에는 기어이 비가 내렸다. 흰 페인트칠을 한 나무 문도 비를 맞고 있었다. 빗줄기는 점점 살진 실지렁이처럼 변해갔다. 한 테이블에서는 남자와 치치가, 그 맞은편에는 미정과 주인이 앉아서 대게를 먹고 있었다.

미정은 대게 한 마리를 가져가 가윗날로 팍 쪼개 긴 가윗날로 파먹는 동작을 반복했다. 대게를 먹지 않으면 하루 종일 굶게 된다는 것도 알았다. 남자는 대게 살을 파면 치치 접시 앞에 놓아주고 나서야 다시 파먹었다. 치치는 진중하고 골똘한 표정으로 대게를 날름날름 집어먹었다. 남자는 치치에게는 언제나 자상하고 다정했다. 저자도 인간에게서는 별다른 재미를 못 보아서 쓰지 않고 남겨둔 연민을 동물에게 쓰는 걸까.

대게를 세 마리나 먹고 난 주인이 주방으로 갔다. 남자는 치치의 멜빵 청바지 단추를 다시 채워주었다.

주인은 컵에 커피 두 잔을 타 간이접시에 담아 왔다. 한 잔을 남자 앞에 놓아주었다. 남자의 코가 커피 잔으로 가더니 눈이 가느스름해졌다. 주인은 미정 앞에도 한 잔 놓아주었다.

"어디서 났어요?"

미정은 감사 표시로 호들갑스럽게 물었다.

"커피 못 먹어서 그랬던 거 아닌가요? 커피 못 먹어서 죽을 수도 있구나싶어 부탁했어요. 대신 커피 값도 계산에 넣을 거예요."

미정은 호쾌하게 고개를 끄덕였다. 남자도 비가 오니까 커피가 더 맛있다고 했다. 미정도 커피를 먹으니까 다시 살아나는 것 같았다. 머릿속의 잡다한 생각들도 싹 제거되는 것 같았다.

"꿀꿀한데 카드나 칠까요?"

대게 껍데기가 담긴 쟁반을 주방에 가져다놓고 나오던 주인이 물었다.

"카드? 난 그런 거 모르는데요."

미정은 의자에 팔을 올린 채 뒤를 돌아보며 말했다.

"쉬워요. 그냥 하면 돼요."

주인은 카운터로 가서 카드가 든 곽을 가지고 오며 심드렁하게 말했다.

"내가 잠이 안 올 때 가끔 하는 놀이예요. 난 혼자서만 할 수 있는 거 하지만."

주인이 남자를 향해 말했다. 남자가 고개를 끄덕였다. 둘이서 하면 되겠구나, 미정은 다른 테이블로 옮겨 가려고 했다. 주인이 함께 하자고 했다.

"해 봐요. 이건 셋이서 하는 게임이니까요."

"규칙을 모르는데요."

미정은 카드놀이를 하고 싶지 않았다.

"그러니까 내가 설명해 준다고 하잖아요."

주인은 의자를 빼 앉으면서 특유의 찌르는 듯한 말투로 말했다. 남자는 이미 주인 말이라면 다 호응하는 태도였다. 주인이 달라진 건 남자 때문이라는 것쯤은 미정은 눈치로 알고 있었다. 남자가 주인에게 생기를 불어넣어 준 게 틀림없었다. 그런데 왜 내가 아니고 주인이지? 라는 마음이 없는 것도 아니었다. 전혀 관심조차 없는 남자지만 그래도 주인에게 밀리는 건 싫었다.

주인이 카드 중 2, 3, 4, 5, 6이 적힌 카드를 제외시켰다. 32장의 카드를 10장씩 돌렸다. 2장은 스카트로 엎어 놓았다.

"선을 정하죠. 선 한 사람과 나머지 두 사람이 한 편이 되어 싸우는 거예요."

미정은 다이아몬드 9를 던지고, 남자는 스페이드 7을 던지고, 주인이 클로버 퀸(Q)을 던졌다. 주인이 선이 되었다. 주인은 미정에게 남자 옆으로 가서 앉으라고 했다. 미정은 남자 눈치를 살피며 옆에 가 앉았다. 남자에게서는 긴장미라고는 없었다. 전혀 긴장하지 않는 남자가 미정의 프리마돈나 의식에 작은 스크래치를 냈다.

"슈티히를 하지 않고 끝까지 패를 가지고 있는 사람이 이기는 거예요. 점수가 낮은 사람이 이기는 거죠."

주인이 설명했다. 남자가 미정의 패를 들여다보았다. 미정도 남자의 패를 들여다보았다. 주인이 미정의 패 중에서 클로버 10과 자기 패에서 다이아몬드 10을 빼서 뒤집어 놓았다. 에이스에 먹힐 위험이 있으므로 미리 빼놓으면 나중에 점수로 계산한다고 했다.

"일단 으뜸 패를 내서 상대 패를 먹지 않도록 해봐요. 그러려면 자기 패를 잘 살피고, 확률을 머릿속으로 계산해야 돼요."

"네, 그건 너무 어려운데요."

미정이 말했다.

"그러니까 그게 이 게임의 묘미이죠."

남자가 끼어들었다. 미정은 힐끗 곁눈질을 하고 말았다. 언제 해봤다고 잘난 척이야. 주인에게 잘 보이려고? 구애하는 수컷도 아니고.

"일단 해봐요. 그리고 부족한 것이 있으면 다시 설명해드릴게요."

주인은 스페이드 잭(J)을 던졌다. 스카트를 뒤집으니까 다이아몬드 킹(K)이 나왔다. 미정과 남자는 한 패가 되어 클로버 9를 던졌다. 스카트를 뒤집으니까 스페이드 에이스(A)가 나왔다. 미정은 벌써부터 머리가 지끈거리는 것 같았다.

"점수 계산은 에이스는 11, 10은 10, 킹은 4, 퀸은 3, 잭은 2, 9, 8, 7은 0입니다."

주인은 긴 손가락으로 남자와 미정이가 먹은 카드를 뒤적이며 말했다.

남자와 미정의 점수는 28. 주인은 21. 주인이 만 오천 원을 가지고 갔다. 각자 오천 원씩 낸 돈이었다.

미정이 선이 된 것은 미정이 남자와 한 패가 되어 주인 여자에게 또 한 판 지고난 뒤 세 번째 판에서였다. 남자가 자리를 옮겨 주인 옆에 앉았다. 주인의 패를 들여다보는 남자의 얼굴에 생기가 돌았다. 소외감인지 질투인지 아리송한 감정이 미정은 거추장스러웠다. 미정은 클로버 킹(K)을 던졌다. 머리가 상당히 좋은 편인데도 점수를 낮게 먹어야, 지는 게 묘미인 이 게임은 따라갈 수 없었다. 주인과 남자는 활기차 보였다.

"난 내일 떠납니다."

주인과 얼굴을 맞대고 상의한 남자가 클로버 8을 던지며 말했다. 주인의 오른쪽 귀밑 살이 파르르 떨리는 것을 미정은 보고 말았다.

"어디로요?"

미정은 스페이드 9를 뒤집으면서 주인 대신 물어 주었다.

남자는 못 들은 척 주인에게로 얼굴을 돌려 패를 들여다보았다. 주인이 하트 퀸(Q)을 딱 신경질적으로 던졌다. 주인과 남자는 더 이상 얼굴을 맞대고 서로의 패를 들여다보며 의논하지 않았다.

"애, 내일 아저씨 간대!"

스카트를 뒤집던 주인이 테이블 위를 두 발로 콩콩 찧으며 뛰어다니는 치치를 향해 말했다. 치치는 동작을 멈추었다.

"바보야, 아저씨 간다고!"

치치는 주눅이 들어 몸뚱이를 조그맣게 웅크렸다. 남자가 치치에게로 다가가 등허리를 쓰다듬었다.

"아줌마 말 잘 듣고, 잘 살아."

치치가 남자의 앞섶에 얼굴을 묻었다. 남자는 치치를 떼어놓고 문 쪽으로 갔다. 치치가 뚱그란 눈으로 남자를 올려다보았다. 주인은 카드를 던지며 재미없으니까 그만하자고 했다.

계단을 올라가는 남자의 발소리를 카펫이 흡수했다. 계단은 불빛이 닿는 쪽만 빤질거렸다. 도망갈 곳이 있는 거잖아. 미정은 계단 앞에 무르춤하게 서 있었다. 나보다 낫잖아.

코끼리바위 쪽의 가장자리만 청회색으로 남겨져 있을

뿐 바다는 검게 출렁거렸다. 그때까지도 비는 바다로 스며
들고 있었다.

앵무조개, 만지다

앵무조개, 만지다

열린 창문으로 야생공기가 들어왔다. 인호는 코를 벌렁거려 아직은 다른 것과 섞이지 않은 공기를 흡입했다. 헝클어졌던 마음이 순조로워졌다. 매듭도 없는 뭔가가 길게 펼쳐져 있는 듯한 막막한 기분도 사라졌다. 그런데 그제 밤에 형한테 얻어맞은 턱주가리가 욱신거려 그만 창 앞에서 돌아서고 말았다.

어째서 여기가 네 자리야? 형이 눈을 얄밉게 치뜨며 물었다. 여기가 내 자리인데, 자꾸 어디로 가라는 거야? 라고 인호가 물었기 때문이다. 갈 데가 없는 사람에게 넌 네 길로 가라는 말만큼 막막하고 숨을 틀어막는 것은 없었다. 지금 서 있는 이 자리가 내 자리라고 이해시킬 수도 없었다. 그래서 형과는 마주치기만 하면 싸우게 되었다. 막 싸우면서도 마음 한편으로는 보이지 않는 상대를 향해 혼자서 막 주먹을 휘둘러대며 화를 내는 것 같았다. 너 때문에 집에 들어오기도 싫다. 그런데 뭐, 이 집이 네 자리라고? 형이 기어이 인호의 턱주가리를 올려붙였다. 한 대 더 칠 듯한 형 앞을 엄마가 막아섰다. 내가 못 살겠다, 제발. 어릴 때도 안 싸우던 것들이 왜 걸핏하면 주먹질이냐, 응?

새삼 또 의기소침해지는 인호의 시선에 앵무조개가 들어왔다. 인호가 의도적으로 응시를 했는지도 몰랐다. 책상에 놓인 앵무조개는 닫힌 창문의 길쭉한 반사광에 의해 더 또렷해보였다. 희고 약간 붉은색이 도는 앵무조개는 나선형으로 동그랗게 말린 채 꼬리 쪽이 정중앙에 꾹 처박혀 있는 형상이었다. 탄소의 막힌 고리인 벤젠의 분자구조처럼 제 꼬리를 물고 있는 것처럼도 보였다. 둘 다 은색인 머리 부분은 빼고 봤을 때 말이다.

인호는 앵무조개를 손으로 만지작거렸다. 껍데기에 얇게 돋을새김 된 세로 줄무늬가 몇 개인지 세어 보았다. 그렇게라도 하면서 어서 형과 엄마가 나가기만을 바랐다.

앵무조개는 작년 겨울에 골목에서 주워왔다. 양철 대문 앞에 재활용 쓰레기와 대형 쓰레기봉투들이 버려져 있었다. 얇은 비닐에는 목동이 가축들을 부를 때 쓰던 뿔 나팔 같은 게 어룽어룽 얼비쳤다. 경찰서에서 오는 길이었던 인호는 정신을 분산시켜 보려고 비닐의 매듭을 풀었다. 뿔 나팔 같기는 한데 꼬리 부분에서부터 나선형으로 돌돌 말린 그것은 재활용 쓰레기 맨 위에 덩그러니 얹혀 있었다.

골목에서 두 번째인 인호 집의 맞은편인 그 집에는 예순 초반의 여자가 혼자 살았다. 발이 넓고 빠른 여자는 보험 회사를 다녔는데 심장에 의료기기를 넣는 수술을 받았다. 평소 심장이 안 좋기도 했지만 그 수술을 받고 나면 보험금이 나오기 때문이었다. 여자는 곧 말이 어눌해지더니 뇌에 핏줄이 터져 쓰러져 버렸다. 여자가 급작스럽게 죽어 버리자 아들은 장례식도 아주 간소하게 치루고, 어머니가 쓰던 모든 물건은 처분하거나 버려 버렸다. 모서리가 둥근 자개 장롱이 실려 나갈 때는 엄마가 저거 정말 아까운 건데, 라며 안타까워했다.

정말 버리기 아까운 건데, 인호는 그것을 꺼내 손에 쥐었다. 그때 양철 대문 밑으로 회색 눈 두 개가 보였다. 털이 까맣지 않았다면 늑대라고 여겼을지도 몰랐다. 검은 개는 몹시 굶주려 보였다. 이런, 개는 그대로 둬버렸구나. 인호는 편의점으로 가서 일회용 개 사료를 사 가지고 왔다. 재활용 쓰레기를 뒤져 그릇이 될 만한 것을 골라내 사료를 부어 대문 밑으로 넣어 주었다. 검은 개가 사료를 덮칠 듯이 달려들어 허겁지겁 먹어 치웠다.

집으로 돌아와서 그것을 책상 위에 놓았다. 과학 서적을 훑고 훑은 끝에 앵무조개라는 걸 알아냈다. 고생대부터 있던 화석이고, 다른 건 죽어도 살아남은 앵무조개의 원형일 리는 없었지만, 앵무조개 껍데기이기는 했다.

앵무조개에 빠진 인호는 대공원의 아쿠아리움에도 갔다. 살아 있는 앵무조개가 껍데기를 나선형으로 돌돌 만 채 수족관 속을 구르듯이 떠다녔다. 껍데기의 세로로 된 줄무늬들이 선명하게 시선으로 들어오자 중학교 시절의 한 지점에서 그걸 본 기억이 났다. 그래서 앵무조개에 반응했는지도 몰랐다. 호랑이가 줄무늬를 출렁출렁 흔들며 우리 안을 어슬렁거렸다. 시베리아 호랑이의 가로 줄무늬는 방금 붓으로 그은 듯 선명했으며 꼬리와 네 다리는 세로 줄무늬였다. 호랑이 줄무늬도 피보나치 수열에 의한 걸까, 인호는 잠시 생각했다. 중년 남자가 화판을 놓고 호랑이를 그려대고 있었다. 그림에는 호랑이는 없고 기하학적인 무늬만 가득했다.

놀고먹는 것들은 밥도 안 먹어야 되는데 더 먹거든. 집에만 있으니까. 형의 말이 떠올라 굶어버리고 싶지만 식욕에게 꿀밤 한 대를 날려주며 인호는 부엌으로 갔다. 형은 입에도 대지 않지만 인호는 좋아하는 밀가루를 버무린 꽈리고추와 된장을 바른 브로콜리도 식탁 위에 놓여 있었다. 인호는 브로콜리를 손으로 집어 자세히 들여다보았다. 잘라 놓아서 피보나치수열인지 아닌지 잘 알 수 없었다.

피보나치수열은 1, 1, 2, 3, 5, 8, 13, 21, 34,……과 같이 앞의 두 수를 더하여 다음 수를 얻는 것인데, 정사각형을 이어 붙여 만든 피보나치 사각형 안에 사분원을 그려서 연결하면 나선이 생겼다.

대학 때 배운 하이젠베르크의 불확정성 원리는 입자의 속도와 위치를 동시에 아는 것은 불가능하고, 초기 조건을 알고 있더라도 결코 미래 상태를 정확하게 예측할 수 없다는 설이었다.

인호는 미래라든가 마음이라든가 뭘 예측할 수 없는 불확정성의 원리보다는 세상 만물에는 정교하고 질서정연하게 피보나치수열이 존재한다는 설에 더 끌렸다. 솔방울의 대칭인 바늘 수, 파인애플의 다이아몬드 무늬, 해바라기의 씨, 꿀벌의 가계도에 피보나치수열이 숨어 있고, 꽃잎이 1장인 카라나 천남성, 2장인 꽃기린, 3장인 붓꽃, 5장인 장미나 매화와 대부분의 꽃, 13장인 시네라리아, 21장인 치커리, 34장인 데이지처럼 꽃도 피보나치수열이라는 그 쉬운 사실에 위로를 받는지도 몰랐다.

쪽창으로 들어온 햇빛이 그릇을 씻고 있는 인호의 손을 희롱했다. '물의 희롱'을 생각하고, 물이 손을 만지고, 손이 물을 만지면서 물장난을 하니까 기분이 좋아졌다. 외투나 옷 같은 불안이라는 놈도 어디로 갔는지 보이지 않았다. 넓은 자유만큼 불안이라는 놈이 차지하는 자리도 넓어졌고, 자유로우면 가능성이 높아지는 만큼 불안이라는 놈의 자리도 높아졌다.

랩인지 팝송인지 알아들을 수 없는 볼륨만 높은 음악 소리가 들려오기 시작했다. 어렵게 획득한 평화가 박살나는 순간이었다. 시계를 보지 않아도 아홉 시 정각이었다. 작년 여름에 주택가 건너편에 휴대폰 매장이 들어서더니 외부 스피커에다 하루도 빠지지 않고 장장 12시간씩 음악을 퍼뜨려댔다.

책상에 앉자 몰랐어, 난 몰랐던 거야, 왜, 왜, 라는 가사가 똑똑하게 기어들어왔다. 오늘은 소리가 더 컸다. 불안이라는 놈이 쇠창을 들고 날뛰었다. 창문을 닫아주며, 쇠창을 빼앗고 달래어 불안이라는 놈을 제 자리에 앉혔다. 인호가 바라는 것은 딱 한 가지였다. 외부적인 위협이 없이, 그러나 외부에서 일어나는 일에 휘둘리지 않고 내부 속에 앵무조개나 뱀처럼 동그랗게 말린 채 있는 것. 그런데 말이다. 가장 원하는 것은 절대로 줄 수 없는 법칙이라도 있는 것처럼 작년 여름부터는 음악 소리로 인호를 집적거리고, 들썩이게 하고, 달구어댔다.

나보고 어떻게 하라는 거야. 여기밖에 있을 곳이 없는데.

할 수 없이 인호는 안쪽 구석으로 돌려놓은 침대로 갔다. 이마에 땀이 배며 가슴이 꽉 틀어 막힌 하수구 같아졌다. 방문을 열어놓고, 건너편의 형의 방 방문도 열어놓고, 안방 문도 열어놓고 침대에 엉거주춤하게 걸터앉았다.

창문을 닫았는데도 신경세포가 자꾸 긁혔다. 가사는 똑똑히 들려오지 않는 대신 진동음이 부엉이가 우는 소리 같았다. 그래, 부엉이 소리는 들을 만하지, 수리부엉이의 그 매서운 눈은 탐났지, 라고 자신을 다독거려보지만 잘되지 않았다.

음악 소리에 발작하듯 반응하는 게 내 속의 불안을 표면화한 것일지도 모른다는 자각도 들어 인호는 노트북을 침대로 가져왔다. 유튜브에 접속하고, 이어폰을 귀에 꽂자 감미로운 저음의 목소리가 귀를 저몄다. 낮에는 교회나 성당의 의자를 만드는 목공일을 하고, 밤에는 폐쇄된 염색공장에다 차린 작업실에서 악기를 다루고 노래를 부르던 사촌 형이 가수가 되었다. 얌전하게 청바지에 셔츠를 입었는데 언제부턴가 레게머리에다 파마머리에다 메두사처럼 열 몇 가닥으로 땋은 머리로 우주복이나 천사의 날개 같기도 한 의상을 입고 노래를 불렀다. 하고 싶은 대로 다 하는 사촌 형이 인호는 부러웠다. 아니, 가고 싶은 대로 가게 허락해 준 사촌 형의 삶이 부러웠다.

졸업하자마자 인호는 형이 구해온 직장을 다녔다. 어차피 인서울의 마지막쯤 되는 사 년제 대학을 나온 데다 시험을 쳐서 더 나은 데 갈 실력도 없었다. 의료기기를 만들어 판매하는 중소기업인데 인호는 재무담당이었다. 일은 그런대로 재미있고, 월급도 높은 편이었다. 그런데 사장이 미친놈이었다. 무지개처럼 일주일 단위로 노는 사장은 일주일마다 회의가 아닌 요란한 회식을 열었다.

사장이 발 고린내가 진동하는 파란 형광 빛의 운동화에다 술을 부어 차례차례 돌아가며 마시게 했다. 운동화가 코앞에 오자 비위가 약한 인호는 술집 밖으로 뛰쳐나오고 말았다. 높고 시푸른 하늘에는 별이 총총 박혀 있었다. 먼 별들을 서로 연결해보니 오른쪽 집게발이 잘려나간 불쌍한 게 한 마리가 되었다. 게자리일 거라고, 내 별자리일 거라고 읊조리며 술집으로 다시 들어갔다. 사장이 두 손가락을 집게발처럼 움직여 인호를 불렀다. 옆에 앉은 인호의 목에 다정하게 팔을 두르고선 운동화를 코앞에 들이대며 마셔, 라고 했다. 인호는 발 고린내가 더 진동하는 마지막 남은 술을 마시며 내일 아침에는 사장 코앞에 사직서를 던질 거라고 결심했다.

사장은 일주일마다 염색약을 직접 나눠주면서 염색을 하라고 명령했다. 염색약은 일곱 빛깔 무지개 색을 골고루 썼다. 직원들은 불만을 표시하거나 반발했지만 월요일 아침에 보면 전부 염색한 머리로 책상에 앉아 있었다. 노랗게 물을 들였을 때는 노란 해바라기들이 뒤로 자빠질 듯이 군데군데 떠 있는 것 같기도 했다. 내내 검은 머리카락인 인호를 사장이 드디어 휴게실로 불러냈다.

인호가 들어가자마자 사장은 권투 시합을 앞둔 복서가 샌드백을 치듯이 인호 배에다 레프트, 라이트를 먹였다. 넌 뭐가 그렇게 잘났어? 휘청거리다가 뒤로 자빠질 뻔한 인호는 몸의 중심을 잡고 사장을 노려보았다. 이, 새끼가! 눈깔 못 내려? 내려, 눈깔! 인호는 악착스레 노려보았다. 사장이 야광이 되는 주황색 운동화로 인호의 정강이를 세게 걷어찼다. 인호는 비명을 지르지 않으려고 이를 악물었다. 네가 눈깔을 내려야지. 아무리 네가 차린 놀이터라도 해도 말이야, 이러는 건 아니지. 뭐? 뭐? 넌 여길 놀이터로 생각했어? 그러니까 매출이 그 모양인 거구나. 사장이 뒤에서 덮칠 것만 같아 인호는 부리나케 사무실로 들어갔다. 책상에서 물건을 대충 챙겨 집으로 왔다. 엄마가 싸준 샌드위치와 방울토마토를 보자 울음이 괴어올랐다. 그게 3년 전이었다.

인호 꼴을 못 보는 형에게는 취직 공부 중이라고 했다. 취직 공부를 열심히 하여 대기업까지는 아니더라도 중소기업이라도 사장이 제 마음대로 못하는 회사에 가겠다고 했다.

그래서 책상 위에는 취직 문제집을 올려놓았지만 사실은 단 한 페이지도 보지 않았다.

사촌 형이 부르는 두 곡조가 끝나자 다른 트랙으로 넘어가지 않고 인호는 일어서버렸다. 땀이 삐질 흐르고, 가슴이 막 뛰다가 쪼개질 듯이 아팠다. 가시철망이 친친 쳐진 듯한 과거를 들여다보는 건 괴로운 일이었다. 이어 햇볕이 쨍쨍 내리쬐는 거리 한복판에 서 있는 기분이 목을 졸랐다. 초인종이 울린 것은 그때였다. 화들짝 놀란 인호는 숨을 과장되게 몰아쉬며 현관문을 열고 마당으로 나갔다.

담벼락에 찍힌 두 번째 손바닥에 햇빛이 오목하게 들어앉아 있었다. 태풍 때 담벼락이 무너지자 아버지가 새로 세우고 시멘트를 발랐다. 마르기 전에 초등학생인 인호가 손바닥을 세 번이나 찍었는데 아버지가 보기 좋다며 시멘트를 덧바르지 않았다.

안경 낀 중년 여자 집배원이 조인호 씨냐고 묻고, 법원에서 보낸 특별송달을 내밀며 사인을 하라고 했다. 인호는 손이 말을 듣지 않아 삐뚤빼뚤하게 했다. 집배원이 인호의 얼굴을 힐끗 훑어보며 몸을 돌렸다. 그 표정이 불쾌했지만 인호는 대문을 닫고 돌아서서 봉투 입을 찢었다. 백만 원의 약식 명령에 범죄 사실이 적혀 있었다.

기어이, 기어이. 인호는 이를 사려 물고, 마당을 성큼성

큼 가로질러, 방으로 가 창문을 확 열어젖혔다. 기다렸다는
듯이, 몰라, 몰라, 사랑인 거야, 사랑이었어, 영원히, 라는 래
퍼가 읊어대는 가사가 고스란히 방으로 침투해 들어와 귀를
쑤셨다. 불의에는 바지를 입는다는 말이 있듯이 인호는 바
지부터 꿰입었다.

휴대폰 가게 가까이 가자 음악 소리가 귀청을 낱낱이 찢는
것 같았다. 가게 앞의 스테인리스 칸막이 안에는 흑갈색 몸
뚱이에, 흰 갈기를 눈 위에서 뱅 스타일로 잘라 놓은 조랑말
이 서 있었다. 칸막이 뒤쪽 유리에는 조랑말의 사진과 조랑
말이 경기에서 상을 탔다는 글귀가 덕지덕지 붙어 있었다.
그놈은 외부 스피커로 퍼뜨려대는 음악 소리로도 호객 행위
로 부족하다고 여기는지 조랑말까지 빌려와 쓰고 있었다.

조랑말이 있으니까 사람들이 제법 모여들고, 가게 안에도
손님들이 몇몇 보였다. 조랑말은 초점 없는 눈에 대가리만
가끔 두리번거릴 뿐 아무것에도 관심이 없었다. 반 평도 안
되는 공개된 공간에 잡혀 있는 것이 불안하고 무서운 모양
이었다. 불안해하지 않는 순간이 건초를 먹을 때뿐이었다.
경주마로 뛰다가 늙으니까 술집으로 팔려가 색색이 반짝이
솔을 두르고 호객 행위를 하던 말이 생각나 인호는 더 화가
났다. 출입문 가까이 다가가 유리 안의 그놈을 찾았다.

인호와 시선이 마주치자 그놈이 한쪽 입매를 일그러뜨리

며 비웃더니 휴대폰을 집어 들어 112에 신고를 했다. 다른 휴대폰을 거치대에 꽂아 인호를 동영상으로 찍기 시작했다. 그놈은 다른 직원이 있든 손님이 있든 전혀 상관없이 인호가 보이기만 하면 바로 신고를 해버렸다. 그놈 귀싸대기라도 한 대 올려붙여야 인호는 분이 풀릴 것 같았다. 그러나 조랑말이 칸막이 안에 똥을 한 무더기 싸놓은 것을 위로로 삼으며 돌아섰다.

바지에 눈길이 멎자 인호는 걸음을 멈추고 돌아보았다. 그놈은 휴대폰으로 계속 112와 통화중이었다. 빨리 와 달라는지 다급해 보였다. 유리를 박살내고 들어가 그놈의 머리통을 갈겨버리고 싶었다. 그렇지만, 그렇지만. 인호는 안간힘으로 돌아섰다. 뒤에서 조랑말이 괴로워서 지르는 신음이 들렸다.

처음 인호가 휴대폰 가게로 찾아가 음악 소리를 좀 줄여달라고 하자 팀장이라는 그놈이 다른 사람은 아무 말도 안 해요, 라고 응수했다. 그러고는 인호를 빤히 쳐다보았다. 젊은 놈이 이 시각에 집구석에 처자빠져 있으니까 음악 소리가 귀에 들리지, 라는 눈깔이었다. 공공질서를 해치지 말라는 말에 헛 이게 공공질서? 라며 헛웃음을 날리더니 다른 직원에게 야, 소리 조금 낮춰, 라고 했다. 뒷날은 보복적으로 더 크게 틀었다.

그 뒤로 불편한 건 불안을 더욱 더 가중시켜서 인호는 다른 일을 하다가도 창을 열고 소리의 크기를 확인하곤 했지만 이 정도면 견딜 만하다, 고 세뇌시키며 그야말로 견뎌냈다.

지난겨울, 책상에 앉아 책을 읽는데 창 쪽이 가사는 알아들을 수 없는 진동음으로 들썩거려 일어서고 말았다. 부엉이나 까마귀가 와서 창문 좀 열어달라고 울어대는 것 같았다. 인호는 창문을 열고 말았다. 부엉이나 까마귀 대신 볼륨만 높은 음악 소리가 귀청에 달라붙어 진드기처럼 바글대며 청신경을 자극했다. 더 이상 참을 수 없어서 입력해놓은 가게 전화번호로 전화를 걸어 음악 소리 좀 낮추라고 했다. 그놈은 아무 말 않고 끊어 버리더니 볼륨을 더 올렸다.

다음날은 눈이 내렸다. 눈이 얼마만큼 내리나 싶어 창문을 열자 최대로 올려놓은 음악 소리가 확 쏟아져 들어왔다. 귀청을 찢어놓을 것 같은 소리는 뇌를 쑤셔대며 인호를 있는 대로 흔들었다. 그놈이 의도적으로 인호의 귀에 집어넣어주는 소리였고, 악의적인 폭력이었다. 인호는 우산을 쓰고 가게로 갔다.

인호 예상대로 다른 직원은 없고 그놈 혼자서 햄버거인지 뭔지를 뜯어먹으며 입을 오물거리고 있었다. 인호를 본 그놈의 눈이 야비하게 번들거렸다. 인호는 출입문 손잡이를 밀며 음악 소리를 낮추라고 했다. 그놈의 입매가 획 비뚤어지더니 휴대폰을 들어 112로 신고를 했다. 다른 휴대폰으로 인호를 찍기 시작했다. 노란 불빛이 얼굴을 향해 쏘아지자 인호는 이 드런 놈이, 라며 돌아섰다. 무조건 출동한 경찰이 이름과 주민번호와 전화번호를 적어갈 것이고, 혹여 형이라도 알게 되면 일이 커지거나 복잡해질 수도 있다. 엄마에게 쓸데없는 걱정을 안겨줄 수도 있다.

그런데 그놈이 휴대폰으로 동영상을 찍으며 인호를 따라오는 게 아닌가. 112에다 대고는 지금 도로로 도망가고 있어요. 빨리 와 주세요. 빨리, 빨리, 라며.

도망? 도망간다는 말에 허파가 뒤집힌 인호는 우산으로 그놈의 우산을 쳤다. 그놈은 가게 쪽으로 잽싸게 돌아서더니 에이, 씨발, 이라며 제 우산으로 인호의 우산을 쳤다. 인호와 그놈은 무사들이 칼싸움이라도 하듯이 우산으로 우산을 쳐대며 한바탕 싸웠다. 가게의 CCTV가 대각선으로 그들을 찍고 있었다.

그놈은 골목으로 들어가는 인호를 동영상으로 찍으며 계속 뒤따라오고 있었다. 폭설이 쏟아지고 있기 때문인지 다행히 골목을 오가는 사람은 없었다. 놈은 다급하게 외쳤다. 빨리 좀 와 주세요. 지금 집으로 도망가고 있어요. 빨리 와 주세요. 빨리.

뭐 도망? 인호는 또 창자가 꼬이는 것 같아 우산으로 그놈의 우산을 치며 소리쳤다. 따라오지 마. 꺼져. 그놈이 입매를 일그러뜨리며 비웃었다. 꺼지라고! 인호는 우산으로 놈의 우산을 쳤다. 대여섯 번쯤 쳤다. 어쩐지 순순히 맞아준다는 생각을 하는 순간 놈이 달아났다. 다시 와서는 휴대폰에다 대고 때리지 마세요, 치지 마시라니까요, 라고 녹음을 해 넣었다. 그때 경찰관 두 명이 허겁지겁 골목으로 들어왔다. 그날 밤 형사에게서 전화가 왔다. 폭행죄로 고소당했으니까 조사를 받으라고.

먼저 조사를 받은 그놈이 최신형 휴대폰이라도 선물했는지 형사는 인호에게 딱딱하게 굴며 적대적이기까지 했다. 왜 하루도 빠짐없이 가게로 찾아와 열심히 사는 사람을 괴롭혔냐고 물었다. 인호의 답을 듣기도 전에 형사가 또 물었다. 무직이죠? 인호는 우물쭈물했다. 거봐, 라는 듯 형사의 눈이 험악해졌다. 집에서 놀면 위험해져. 왜 다른 소리랑 같이 못 들어? 인호는 곤혹스러워 했다. 그러자 형사는 의기양양해져 막 씨부렁거렸다. 사람을 찔러 죽이고, 칼을 가는 놈들은 다 그런 놈이야. 그래 심신 미약이기는 하지. 그렇게 일을 저질러놓고는 훈장처럼 심신 미약을 주장하면서 형이나 깎는 놈들. 조인호 씨, 내가 이런 말까지 할 필요는 없지만, 밖으로 나가 일을 하라고. 알바 자리는 많잖아. 그러면 음악 소리가 들릴 새가 어디 있어. 인호는 못 참고, 형사님이 저에 대해서 뭘 안다고……, 소리치고는 숨을 거칠게 몰아쉰 뒤, 우산으로 우산을 친 것도 폭행죄가 되나요? 라고 물었다. 형사는 기분 상한 얼굴로 그건 검사한테 가서 물어봐, 라고 했다.

보름 뒤에 인호에게 백만 원의 약식 기소가 떨어졌다. 인호도 그놈을 맞고소했다. 방어하는 손이 때리는 상대의 몸에 닿기만 해도 쌍방폭행이 되는데 놈은 증거 불충분으로 혐의 없음이 나왔다. 이의제기에서도 혐의 없음이 나온 뒤에야 인호는 놈이 칼싸움하듯이 서로 우산을 쳐대던 장면이 찍힌 가게의 CCTV는 제출하지 않고, 인호가 치는 장면만 찍힌 동영상만 제출한 사실을 알았다. 범죄 사실에는 인호가 그놈에게 쌍욕을 하며, 우산으로 그놈의 얼굴과 상체를 33회나 찔렀다고 나와 있었다.

인호는 바지 주머니에 손을 찔러 넣고 아무 곳으로나 걸었다. 숨을 한 번씩 크게 내쉬며 호흡을 가다듬었다. 카톡, 소리가 났다.

지로용지를 받으면 6월 30일까지 백만 원을 가까운 은행에 납부하라는 톡이었다.

수직적이고 기하학적인 건물들이 도로 양편을 둘러싸고 있었다. 건물 사이사이로는 거의 공백이 보이지 않았다. 나일강이 범람하자 각자의 경작지 경계를 정하는 데서부터

기하학이 발달했다는 말을 인호는 억지로 떠올려보았다. 물결이 수직적으로 밀려오고 있는 듯한 S자형의 푸른 빌딩은 언제나 위협적이면서 아슬아슬했다. 그 앞의 금장으로 된 손 세 개는 흐느적거리는 듯한 푸른 빌딩을 꽉 움켜쥐려는 것처럼 보였다.

푸른 빌딩으로 들어간 인호는 엘리베이터를 탔다. 옥상에는 간이정원이 있어서 비상문이 열려 있었다. 메리골드, 숙근사루비아, 부들레야, 애기범부채가 핀 정원의 정중앙에는 커다란 모조 제비나비가 서 있었다. 사람들은 보이지 않았다. 반대편에는 환풍기들이 일제히 돌아가고 있었다. 그 소리가 또 인호의 불안을 깊숙이 찔렀다. 이렇게 나를 아래로 아래로만, 밑으로 밑으로만 처박아. 인호는 옥상 가장자리로 갔다. 심심찮게 형에게 얻어맞는 주먹도 인호를 자기연민의 구렁텅이로 차 넣었다. 삼 년간의 고통도 거품처럼 부글부글 끓어올라 인호를 덮었다.

안과 건물 외벽에 숭숭 뚫린 동그란 구멍들이 무한증식 중인 것처럼 보였다. 그 앞으로 손 세 개가 손바닥을 최대한 벌리고 있었다. 아까 밑에서는 빌딩을 움켜쥐려는 것처럼 보였지만 이제는 뛰어내리면 받아줄 것처럼 보였다. 인호는 심호흡을 했다. ……그러면 혼자 남은 엄마는 가장이라는 무거운 책임을 진 형에게 노골적으로 시달림을 받을 것이고, 형도 윤희 씨랑 곧 결혼을 할 것이고, 시간이 더 지나면 엄마는 형과 형수에게서 짐 보따리 취급을 받을 것이고, 나중에는 요양원에서 남은 생을 고독하게 마치겠지. 똘똘이 밥은 누가 줄까. 굶어죽겠지. 한구석에서 썩어가거나 그게 아니라면 그 아들이 쓰레기봉투에 담아 문 밖에 내놓을 수도 있고, 그럼 구청 청소부가 쓰레기와 함께 수거해가 태워 버리겠지.

똘똘이가 어느 구석에서 잠을 자는지, 처박혀 있는지 양철 대문 쪽으로 나오지 않을 때는 제발 월담이라도 해서 어디로든 도망가, 아니면 내가 월담을 해서 내보내 버릴까, 한밤중에 이게 뭐야, 라는 회의가 들었다. 집은 팔리지 않아서인지 다시 지으려는 것인지 그냥 방치되어 있을 뿐이었다. 지금 먹이를 공급하지 않으면 똘똘이는 형이 잘하는 말대로 제 갈 길로 가게 되겠지, 라며 인호는 냉정하게 돌아섰다. 그런데 똘똘이가 갈 데가 어디 있어, 집 안에서 굶어죽기밖에 더하겠어. 이거라도 하지 않으면 내 삶은 더 나빠질지도 모르고, 여기서 더 나빠지지 않게 하려고 개에게 밥이라도 주라고 허락하고 있지 않을까싶어 인호는 돌아서서 사료를 놓아두었다. 어두운 밤에 검은 개에게 밥을 주는 것은 나를 지탱하려는 것이라고 믿기도 하며.

그렇게 힘들게 지켜온 똘똘이를 굶겨죽일 수는 없었다.

인호는 자신 대신 라이터를 세 손바닥을 향해 힘껏 내동댕이쳤다. 허공에서 일직선으로 하강하던 라이터는 세 손바닥에 닿기는커녕 어디로 떨어졌는지 보이지도 않았다. 인호는 눈가를 훔치며 비상계단을 내려왔다.

시장으로 가는 언덕배기 끝자락에는 리어카에 푸르죽죽한 천막을 쳐놓고 장미꽃, 안개꽃, 튤립과 작고 소소한 화분 따위를 팔고 있었다. 그 사이로 검은 캡 모자를 깊숙이 눌러 쓰고 휴대폰을 들여다보고 있는 현국이라는 청년이 보였다. 손님이 오든 안 오든 상관없어 보였다. 현국도 아무것도 하지 않을 수는 없고, 노동을 하지 않는다는 불안에서 일단 벗어날 수 있으니까 이거라도 하나 차려 놓았다. 그래도 비가 오나 눈이 오나, 주말도 없이 밤 열 시까지 리어카를 지켰다. 집에 일찍 가봤자 또다시 게임만 할 거고, 열 시 이후에 들어가야 부모한테도 면목이 있다며.

'맵시 양장점'의 유리 진열장 안에는 목이 없는 마네킹이 철 지난 모직 원피스를, 흑발 마네킹이 유행이 너무 지난 꽃무늬 셔츠에 나팔바지를 입고 있었다. 그 마네킹들이 섬뜩해서 인호는 순간적으로 주춤했다. 메이커 옷에 밀려 양장점이 사양길에 접어들자 엄마는 접고 싶어 했지만 형이 집에서 놀면 뭐하냐며 수선이라도 하라고 했다.

거북이 등딱지처럼 웅크린 채 원피스 단에 박음질 중인

엄마는 인호가 들어가도 몰랐다. 가게의 전화가 울렸다. 재봉틀을 멈추고, 코안경을 내리고, 수화기를 집어든 엄마의 얼굴이 환해졌다.

"인수야, 그래, 신라호텔에서?"

엄마가 인호를 발견하고 한 손으로 의자를 가리켰다. 인호는 의자에 엉거주춤하게 앉았다.

"알았어. 나 혼자만? 인호는?"

엄마의 얼굴이 어두워졌다.

"인수가 내 생일에 신라호텔에서 뷔페를 먹자고 하는구나. 윤희가 티켓이 세 장 있다고."

전화를 끊은 엄마는 인호를 똑바로 보지 못한 채 말했다. 마지막 말은 거짓말이라는 것쯤은 인호도 알았다.

"다녀오세요."

마음과 달리 의기소침한 게 얼굴에 묻어날 것 같아 인호는 웃음을 지어 보였다. 웃는 남자가 아니라 우는 남자가 된 것 같았다.

"왜 여기까지 왔어? 무슨 할말이 있어?"

엄마의 부드럽게 감싸는 듯한 목소리에 인호의 목울대가 빠르게 움직였다. 인호는 엄마의 앞섶에 얼굴을 묻고 한바탕 울고 싶었다. 그러면 엄마는 등을 토닥이며 괜찮아, 울지 마, 죽지 마, 라고 할 것 같았다.

“그냥 볼일 보러 나왔다가 와 봤어.”

그때 유리문이 드르륵 열렸다.

동그랗게 솟은 이마가 너무 반질반질한 여자가 쇼핑백에서 흰 무스탕 점퍼를 꺼냈다.

“이거 어깨랑 품을 좀 줄여놓고 싶은데, 맵시는 할 수 있죠? 다른 데서는 다 거절당했어요.”

엄마는 낡은 당나귀 가죽 같은 무스탕을 이리저리 뒤적여 보았다.

“입어보세요. 품을 재게.”

엄마가 줄자를 들고 일어섰다.

갈게, 인호는 양장점에서 나왔다. 인호야, 하고 부르는 소리가 들렸지만 돌아보지 않았다.

가게 진열장 안에 나비넥타이형 스케프를 한 테디 베어가 놓여 있었다. 테디 베어가 움직여서 자세히 보니까 베이지색 털을 가진 푸들이었다. 유리 상단에는 ‘미야네 가게’라는 나무 목판이 걸려 있었다.

인호가 가게로 들어가자 머리카락을 탑을 쌓듯이 정수리까지 올린 여대생이 나왔다. 진열장에서 슬금슬금 나왔던 푸들이 냉큼 진열장 안으로 뛰어 들어갔다.

“어서 오세요. 아, 인호 씨구나.”

미야는 웃는 듯 마는 듯한 얼굴로 말했다. 미야는 무표정한 데다 입술이 아래로 처져 있어서 엄숙하고 뚱한 가면을 쓴 듯했으나 짧은 커트 머리가 드러내고 있는 목덜미라든가 드러난 팔 다리는 지나치게 하얗고 결이 고왔다.

"엄마, 생일 선물 하나 사려고요."

미야는 여우 모양의 브로치를 권했다.

"여우 목도리는 못 사줘도, 브로치라도 사줘야죠."

인호는 만족한 표정을 지어 보였다. 미야도 안도하는 표정이었다.

작년 슈퍼 문이 뜬 날, 인호도 저녁을 먹고 다리로 갔다. 보더콜리를 데리고 오거나 망원경을 든 사람들이 다리 위에 모여 있었다. 먹을 것이 든 보냉 상자나 마트 비닐을 들고 오는 사람들도 있었다. 달은 좀처럼 나타나지 않았다.

미야가 다리 난간에 두 팔을 올려놓고 건너편 하늘을 올려다보고 있었다. 인호는 미야 옆으로 갔다. 미야 옆에는 노란 자전거의 바구니에 담긴 푸들도 있었다. 미야는 알은체는 해도 별 말을 하지 않았다. 인호와 미야는 건너편 하늘만 쳐다보았다. 떴다, 라며 미야가 손가락으로 하늘을 가리켰다. 인호도 미야의 손가락을 따라가서 지평선까지 내려온 듯한 노란 달을 보았다. 손을 뻗으면 노란 달을 만질 수 있을 것만 같았다.

미야는 자전거를 끌고, 옆에서 걷던 인호는 별 할 말이 없어 시월 중순이면  아틀라스 행성이 뜬다고 했다. 푸들은 바구니 안에 납작 엎드려 있었다. 강에는 달의 기둥이 길게 서 있었다. 아틀라스 행성요? 라며 미야가 관심을 보였다. 오르트 구름에서 기원했는데 약 5000년 주기의 타원형 궤도를 돌며, 태양이 접근하면 얼음이 녹아서 밝아진다고 인호가 말했다. 아까 그 다리에서도 볼 수 있나요? 라고 미야가 물었다. 아뇨. 난징의 쯔진산에서는 볼 수 있나 봐요. 북극성보다 밝아서 해질녘 서쪽 하늘에서 맨눈으로 볼 수 있는 건데, 아쉽죠? 라며 인호는 미야를 돌아보았다. 미야가 아쉬운 표정을 지어 보였다.

푸들은 진열장 안이 안전한 장소라고, 거기가 자기 자리라고 여기는지 몸을 오그라뜨린 채 테디 베어처럼 꼼짝도 하지 않았다.

미야가 포장을 하는 동안 인호는 가게 안을 둘러보았다. 직사각형 테이블 위에는 웨지우드 찻잔 세트나 시계 종류가 놓여 있고, 벽에 붙은 칸칸이 선반에는 액세서리 같은 것이 채워져 있었다. 출입구 옆의 창에는 분홍 바탕에 무수히 검은 점을 찍어놓은 그림 한 장과 검은 바탕에 붉은빛 두 덩어리가 떠 있는 사진 한 장이 붙어 있었다. 인호는 몸을 기울여 사진을 자세히 보았다. 지옥별이니만큼 인호의 시선에는 검은 바탕이 거대한 허방처럼 보였다.

"저기, 저 사진, 어디서 났어요?"

미야가 포장한 브로치를 인호에게 건네며 유리로 시선을 돌렸다.

"그냥 내가 앉은 쪽이 다 들여다보이는 거 같아 잡지에서 오려 붙였어요."

"알골이라는 별 사진인데, ……지옥별이라고."

"그래요, 잘 알아서 붙였네. ……지옥, 별이 따로 있어요."

인호는 미야를 힐끗 곁눈질했다. 의외였다. 인호의 시선을 의식했는지 미야는 눈을 슬쩍 내리깔았다. 날지 않고 연못에만 발을 담그고 있는 오리처럼 미야는 내면 안에만 머물러 있어서 타인의 시선은 불편해 하거나 감당해내지 못했다. 상투적인 미소도 지을 줄 모르는 미야가 타인을 상대해야 하는 은행에서도 일했다. 다른 은행과 합병이 되어 노조를 결성하여 싸워도 보았으나 역부족이었다. 그 퇴직금으로 시장 안에 가게를 차려 또다시 타인을 상대해야 했다.

미야가 받은 돈에서 오천 원을 빼주었다. 인호가 안 받으려고 하자 인호 씨 엄마도 옷을 싸게 고쳐준다고 했다. 인호가 고맙습니다, 라고 꾸벅 고개까지 숙이자 미야는 얼굴 근육을 당겨 웃음을 지어 보였다. 이번에는 형의 것을 하나 살까, 인호는 또다시 가게 안을 둘러보았다. 다행히 모조 가죽이지만 장지갑을 발견했다.

“차 한 잔 할래요?”

포장을 마친 미야가 물었다.

“네, 주세요.”

미야는 전기포트 스위치를 올리고, 메이슨 자에 노랗게 담긴 레몬을 들어내 컵에 담았다. 곧 물이 뽀글뽀글 끓는 소리가 났다.

인호는 진열장 안에 엎드려 있는 푸들의 정수리로 손을 뻗었다. 푸들이 잽싸게 구석으로 달아났다.

“괜찮아, 초코야, 나와. 나와서 밥 먹어.”

미야가 레몬차 두 잔을 쟁반에 받쳐 간이탁자로 오면서 말했다. 그제야 초코가 슬금슬금 진열장에서 나와 미야 발치께에 붙었다.

노란 레몬 반 조각이 띄워진 차를 인호 앞에 놓아준 미야는 한구석에서 사료 봉지를 꺼내 오목한 접시에 두어 줌쯤 쏟아 부었다. 초코가 좋다고 꼬리를 치켜세우고 그 자리에서 빙글빙글 돌았다. 사료를 주둥이 앞에 놓아주자 순식간에 먹어치웠다.

“먹이를 생전 처음 먹는 거 같죠. 매번 저래요. 두 시간 전에 먹어놓고.”

미야가 레몬차를 한 모금 마신 뒤 인호의 시선을 따라가며 말했다.

"하긴 설탕 한 포대 무게인 5kg으로 감각해 내고, 느끼고, 이 세계에서 버텨내려면 잘 먹어야 하겠지만요."

"5Kg으로요?"

재미있는 말이었다. 인호도 자신이 속한 세계가 공정하고 냉담한 자로 재고, 무게를 달아주면 몇 킬로나 나갈까 궁금했다. 사회나 형이 5Kg밖에 안 된다고 하면 나도 5kg밖에 안 되는 인간이겠지. 그때 크윽, 초코가 만족해하며 트림을 했다. 인호가 웃으며 퍼뜩 미야를 보고, 미야도 미소를 지으며 인호를 보며 시선이 마주쳤다.

"그 다리 밑에 수달이 돌아왔대요."

인호는 얼른 시선을 비끼며 말했다.

"봤어요?"

미야도 시선을 풀며 황황히 물었다.

"억새 덤불 속에 수달이 사는 웅덩이가 있기는 하지만 보지는 못했어요. 아마 밤에 가면 볼 수 있을 거예요."

수달을 보러 갈까요, 라는 말을 인호는 꿀꺽 삼켰다.

"일급 수 물에만 사는 멸종 위기 종이라서, 수달이 돌아왔다면 그만큼 물이 깨끗해졌다는 말이긴 한데, 물고기를 잡아먹어서, 물고기가 반이나 줄었대요."

"또 그런 게 있네요."

종소리가 짜르르 흩어졌다. 초코가 진열장 안으로 뛰어

들어갔다. 현국이 들어오다 인호를 발견하자 주춤 멈추더니 다음에 오겠다며 도로 나가 버렸다.

"왜 저래요?"

현국이 어쩐지 자신을 거칠게 흘겨본 것 같고, 웃고 있는 미야는 낯설게 본 것 같아 인호는 레몬차를 한 모금 더 마시며 물었다.

"우리 가게에 뭘 잘 사러 와요. 그런데 말은 잘 안 하면서 잘 안 나가는 물건을 사줘요. 좀 부담스럽죠. 그래서 나도 파장 때 일부러 시들시들한 꽃을 사주고 있어요."

미야를 좋아하는구나. 아니야, 현국도 나처럼 이곳을 치유의 공간으로 쓰는 거겠지.

초코가 미야 발치께에 엎드렸다. 인호는 손을 뻗어 초코의 꼬불꼬불한 정수리 털을 세워 주었다. 초코의 눈이 게슴츠레해졌다.

인호는 레몬차를 아껴가며 먹었다. 레몬 반 조각을 우적우적 씹어 먹자 레몬이 주렁주렁 달린 레몬 나무가 즐비하던 카프리 섬이 떠오르고, 아까 푸른 빌딩 위에 서 있던 자신이 낯설어지고, 생경하게 느껴졌다.

"인호야, 네가 이때까지 거기 있었어?"

미야네 가게에서 나오는 인호를 본 엄마가 놀란 얼굴로 물었다. 엄마는 미야와 대화를 나눈 인호가 대견하면서도 믿기지 않는 모양이었다.

"네. 그런데 엄마는 왜요?"

"내가 밥이라도 사줘야 하는데, 그냥 보내서……."

"아니야. 나중에 집에서 봐요."

인호는 마음이 구십 도쯤 좋은 방향으로 기울어져 있다는 것을 알아챘다. 엄마가 가벼운 얼굴로 인호를 건너다보았다. 엄마를 밝은 쪽으로 끌어주어서 인호도 기뻤다.

현국은 여전히 꽃들에게 가려진 채 휴대폰만 들여다보고 있었다. 꽃들의 부피도 아까보다 작아진 것 같지 않았다. 인호는 꽃이라도 사주어야 할 것 같았다. 미야에게 주면 객쩍을 것 같아서 집에서 물을 주고 키울 수 있는 화분으로 사기로 했다.

"여기 이 수레국화 화분하고, 저기 걸려 있는 네펜데스 화분 좀 보여 주세요."

파란 수레국화는 집에 가서 잎이 몇 장인지 세어보고 싶어서, 네펜데스는 불그스레하게 흥분한 불알 같기도 해서 선택했다.

현국은 고개를 푹 숙인 채 휴대폰만 들여다보았다.

"이봐요, 현국 씨. 화분 좀 팔라고요."

"너한텐 안 팔아."

현국은 여전히 휴대폰만 들여다보며 말했다. 굉장히 적

114

의가 느껴지는 말투였다.

"왜요? 왜 나한테는 안 팔아요?"

"너한텐 팔기 싫어!"

"왜 팔기 싫은데요? 장사하면서 손님 골라 팔아요."

인호는 이죽거렸다.

"그래, 난 내 맘에 드는 사람한테만 판다."

"난 왜 맘에 안 드는데?"

혹 미야 때문일까, 의심할 겨를도 없이 현국이 양동이에 꽂힌 장미꽃무더기를 확 빼내 인호의 왼쪽 어깻죽지 쪽을 내리쳤다. 너무도 순식간에 일어난 일이었다.

"이게 미쳤나!"

인호는 가시에 긁힌 왼쪽 뺨을 쓰다듬으며 소리쳤다.

"그래, 미쳤다."

눈깔이 뒤집힌 현국이 천막에서 뛰쳐나오더니 주먹으로 인호의 왼쪽 머리를 가격했다. 두개골이 깨지는 것 같아 인호는 두 손으로 머리를 감쌌다. 눈앞이 블랙홀이 되는 것 같더니 코밑이 축축해졌다. 뇌수가 흐른 걸까. 손가락으로 코밑을 훑었다. 묽은 액이 묻어나왔다.

씩씩거리며 망보는 짐승처럼 인호의 머리를 겨누고 있던 현국이 한순간 주먹을 날렸다. 잽싸게 피한 인호도 주먹을 꽉 쥐었다. 벌금 백만 원에 또 벌금에, 빨간 줄이 두 개나 그어질지 모른다는 자각이 현국의 주먹 대신 인호의 뒷머리를 강타했다. 지나가던 사람들이 힐끔힐끔 쳐다보거나 수군거렸다. 현국이 또다시 인호를 향해 주먹을 날렸다. 현국은 제정신이 아니었다. 리어카 뒤에 숨어서, 자기에게 갇힌 채 옳은 판단을 못하는 경우이긴 했지만. 헛방을 날린 현국은 꽃이 꽂힌 양동이들을 두 팔로 모조리 쓸어버렸다. 내동댕이쳐진 양동이들이 거친 쇠 소리를 냈다. 저렇게까지 할 일인가. 현국도 답답하고 풀리지 않는 제 삶을 어디에다 대고 분노하고  화풀이를 해야 할지 몰라 인호를 대상으로 삼은 것인지도 몰랐다. 그러나 그건 이성적인 영역일 뿐이었다.

"아주 환장을 하네."

인호는 결국 빈정거리고 말았다.

"뭐이, 그래 아주 환장했다."

현국은 숨을 쉭쉭 몰아쉬었다.

"미야 씨한테 치근대지 마. 앞으로 미야 씨 앞에 얼쩡거리지 마. 내 경고했다!"

현국은 불그스레한 눈으로 인호를 쏘아보며 쇠못을 박듯이 말했다. 어이없는 말임에도 인호는 미야를 향해 흐르던 감정을 들킨 것만 같았다. 그때 지나가던 경찰관 두 명 중 젊은 쪽이 다가와 무슨 일이냐고 물었다. 아무것도 아닙니다, 라고 현국이 얼른 주워섬기자 경찰관은 빠른 걸음으로 돌아서 가버렸다. 현국이 주섬주섬 양동이를 세우고, 꽃들을 주워 다시 꽂았다.

버스 정류소로 온 인호는 아까처럼 코앞에 당도한 버스를 집어탔다. 푸른 빌딩이 보이자 얼른 부저를 눌렀고, 황황히 내렸다. 세 손바닥 너머로 완강하게 버티고 서 있는 푸른 빌딩이 보였다. 내가 언제 저 장소로 정한 것일까. 알 수 없지만 겁이 덜컥 올랐다. 막 정류소로 정차하려는 버스를 향해 마구 손을 들었다.

맨 뒷좌석에 앉은 인호는 한 번씩 손바닥으로 왼쪽 뇌를 문지를 뿐 아무 생각도 하지 않고, 아무것도 보지 않았다.

종점에서 내려 출발대기 중인 버스로 갈아탔을 때는 어둠이 나빴던 것까지 흡수하여 하나로 모아놓은 대지가 최대치로 넓어져 갔다.

골목으로 들어서던 인호는 도저히 집으로 갈 수가 없어 다시 나와 공원으로 갔다. 팔각정은 사람들이 먹고 남긴 쓰레기로 차 있었다. 다 먹지도 않은 카스텔라와 반이나 남은 콜라병과 호치로 싼 김밥 두 개도 널려 있었다.

인호는 나무 벤치에 길게 드러누워 먼 곳을 올려다보았다. 검푸르고 높고 깊은 하늘에는 별 세 개가 총총 박혀 있었다. 연결해 볼 것도 없어 눈을 감았다. 얻어맞은 뇌 때문인지 가느다란 선이 뱅글뱅글 돌며 커져 나가는 반복적인 패턴의 무늬가 나타났다 사라졌다. 사람의 손으로는 도저히 그릴 수 없고, 셀 수도 없는 것이었다. 그런데도 세어보고 싶었다.

어릴 때 인호는 텔레비전이나 책에서 검고 푸른 하늘에 무수히 박힌 흰 점들을 보면 손가락으로 짚어가며 자꾸 달아나는 점들을 셌다. 새꺄, 뭔 삽질이야, 라며 형이 뒤통수를 딱 때렸다. 네모지기도 하고, 무한 반복을 하는 듯한 '어디서 무엇이 되어 만나랴' 라는 그림은 그 네모가 별이라고 하기에 세어 봤다. 다 못 세었고, 나중에 십만 개의 별이라는 걸 알았다. 아까 미야네 가게에서 본 분홍 바탕에 검은 점을 무수히 찍어놓은 그림도 사실은 세어보고 싶었다.

인호는 다시 눈을 감았다. 아무 무늬도 나타나지 않았다. 뇌 쪽으로 번개 같은 것이 번쩍 지나갔다. MRI를 찍어 봐야 하나. 벌금에 그 비용까지. 생각만 해도 앞이 캄캄했다. 최대치로 넓이를 넓힌 어둠이 부피도 두껍게 불려 가는지 더 캄캄해져 갔다. 별도 멀고 높은 하늘에 흡수되었는지 보이지 않았다.

똘똘이 하울링 소리에 골목이 시끄러웠다. 열한 시가 넘었는데 여태 먹이를 안 줬구나. 인호는 황급히 집으로 들어갔다. 간이 창고에 숨겨둔 사료 봉지를 열어 대여섯 줌쯤 부어 가지고 나왔다. 그때까지도 똘똘이는 하울링을 하고 있었다. 사료를 얼른 양철 대문 밑에 놓아주었다. 시커먼 어둠이 훅 다가오듯 까만 정수리가 대문 밑으로 쓱 들어오더니 사료를 덮치듯이 먹어 치웠다.

"물도 좀 먹어."

인호는 물그릇을 똘똘이 주둥이 쪽으로 밀어주며 일어섰다. 양철 대문에는 경고장 같은 게 붙어 있었다. 휴대폰의 불빛을 경고장으로 가져갔다.

'구청에서 나왔지만 만나지 못해 그냥 갑니다. 개가 짖지 않게 해주십시오. 민원이 많습니다.'

휴대폰 가게의 음악소리는 들리지 않고 개 짖는 소리만 들리는 모양이지, 인호는 거칠게 경고장을 떼버렸다.

잠이 오지 않았다. 가수 상태에 접어들다가도 가슴을 움켜쥐고 벌떡 일어나기를 반복했다. 숨이 콱 막혀 죽을 것 같았다. 현국에게 맞았지만 제 삶이 뇌를 한 방 세게 갈긴 것 같다는 생각도 지울 수 없었다. 모든 게 다 싫어, 그중에 자신이 가장 싫어 인호는 몸을 뒤집고 몸부림쳤다. 그 와중에도 눈을 감으니까 금테를 두른 네모진 무늬들이 반복적으로 퍼져나갔다.

가수 상태에서 여러 장면을 마주쳤지만 잠으로 떨어지지 못한 인호는 창 앞에 서 있었다. 새벽 다섯 시였다. 일직선으로 여러 가닥으로 퍼져 있는 구름이 붉었다. 붉은 구름은 검푸른 하늘 중앙까지 옆으로 길게 퍼져 있었다. 자개구름은 아니겠지. 뭉크는 자개구름을 보고 '절규'를 그렸지만 우리나라에서는 그 구름이 생성될 수 있는 조건이 안 된다고 했다. 아래쪽의 붉은 구름이 약간 나선형으로 변모하고 있었다. 인호는 퍼뜩 고개를 돌려 앵무조개를 찾았다. 살진 뱀 한 마리가 나선형으로 똬리를 틀고 있는 것 같았다.

인호는 앵무조개 앞으로 다가갔다. 앵무조개를 응시하고, 관찰했다. 그리고 손으로 만졌다. 나선형을 느끼고, 오돌토돌한 줄무늬들을 만진 그 손을 그대로 가져와 책상 앞에 앉았다. 4B연필로 손에 새겨진 감각 그대로를 스케치북에 옮겼다. 신발 회사의 디자인 공모가 떠오른 건 그때였다.

줄무늬가 나선형으로 꼬이고, 돋을새김 된 세로 줄무늬들을 운동화 밑창으로 둘러쌌다. 다시 줄무늬를 나선형으로 질서정연하게 그려 넣고, 세로 줄무늬들을 정교하게 새겨 넣었다. 샌들의 두 옆면과 앞뒤 면으로 둘러쌌다. 여름용 샌들인데 줄무늬 사이사이에 바람이 잘 들어오게 구멍을 뚫는다.  그 표시로 구멍 사이사이를 검게 메워가던 인호는 앵무조개가 자신을 만졌다는 것을 또렷이 느꼈다.

120

# 캐츠 아이

캐츠 아이

벚나무 사이로 빛으로 번뜩거리는 강이 보였다. 빛은 내 안으로 들어와 무겁던 나를 가볍게 했다. 대각선으로 들어온 빛보다 벚나무의 길게 누운 그림자 면적이 더 넓은 오솔길을 반쯤 갔을 때였다. 까만 고양이 한 마리가 사뿐사뿐 걸어가고 있었다. 오른쪽 뒷다리로 하얗게 번개가 친 듯한 무늬가 보였다. 그 녀석이었다. 녀석은 깜깜해져도, 매서운 바람이 몰아쳐도 비탈진 둔덕의 누런 풀 더미 속에 웅크리고만 있었다. 그 뒤로도 폭설이 내리고, 강이 얼었다. 나는 녀석이 죽었을 것이라고만 여겼다. 살아 있다는 사실에 그녀도 내게로 올지 모른다는 생각이 한순간 지나갔다.

긴 일자형 오피스텔 건물이 끝나는 동시에 오솔길은 곡선으로 휘어지면서 양 가장자리는 전나무로 바뀌었다. 전나무 아래 회양목 한쪽에서 검은 덩어리가 느릿느릿 움직였다.

아, 밥자리가 생겼었구나. 고양이가 휙 돌아보았다. 노랗게 빛나는 눈에 동그란 검은 동공이 위로 치켜 올라가 있었다. 검은 동공에 흰빛이 한 줄기 선으로 섰다. 그녀의 손가락에서 빛나던 캐츠 아이와 닮아 나는 또 한 번 놀랐다.

검은 동공은 점점 작아져 일자로 섰다. 내게 위협을 느끼는 게 분명해 괜찮아, 더 먹어, 라며 두어 발짝 물러섰는데도 고양이는 오피스텔 쪽으로 달아났다. 약간 헐렁해진 방둥이와 뒷다리를 보이며 쓱 사라지자 순간적으로 기분이 좋지 않았다. 내게서 등을 돌리던 그녀를 생각했던 걸까. 빛으로 겨우 끌어올려 놓았던 상승 에너지가 아래로 뚝 떨어졌다. 사람들의 발길에 짓뭉개진 낙엽과 누런 잎 더미를 발로 차며 걸음을 옮겨 갔다.

오솔길 끝은 다리로 이어졌고, 다리를 지나 건너편 강변으로 내려갔다. 바람과 공기가 차갑기 때문인지 산책하는 사람은 없었다. 강변에는 나 혼자뿐이었다.

강에는 직사광선이 내리쬐고, 가운데쯤은 빛으로 번쩍거리거나 하얗게 빛났다. 이 강은 강폭은 그다지 넓지 않고, 물도 얕은 편이었다. 제법 유속이 빠른 곳의 가장자리에는 누런 풀대 뭉치가 옆으로 쓰러져 있었다. 야위고 성긴 수양버들 가지 속에는 참새 서너 마리가 깃들어 있었다. 가마우지는 일자로 낮게 비행하더니 두툼하고 동그란 모래톱 쪽으로 갔다. 모래톱 끝에 서 있던 고방오리 두 마리가 물로 뛰어들었다.

5년 만에 이 도시의 오피스텔로 다시 옮겨 왔으나 나는 섣불리 그녀에게 연락을 하지 않았다. 이제 가까운 곳에 사니까, 우연히 마주칠 수 있는 확률이 생겼으니까 서둘고 싶지 않았다. 굳이 몸을 섞거나 접촉하지 않아도 그녀의 존재만으로 충만한 게 지금까지도 유효하기도 했다. 출판사에 가게 되면 극단이 있는 곳으로 가볼 수도 있었으나 그것도 유예했다. 억지로 하지 않고, 거슬러 가지 않고 내 시간이 순조롭게 그녀에게 가 닿기를 바랐다. 그렇게 될 것이라고 믿었다. 그녀를 만날 수밖에 없기 때문에 내 마음이 먼저 그녀를 원하는 것이고, 그녀를 만나게 되는 것은 그렇게 믿는 나에 대한 답이었다.

강변이 곡선으로 휘어지더니 아치형의 다리가 보였다. 다리 입구에 포르츠하임교라고 씌어 있었다. 강변을 걸어 올라가면 몇 개의 다리를 만나는데 다리마다 다 이름이 있는 것은 아니었고, 이름이 있더라도 동 이름이 들어간 무슨 교 정도인데 독일 도시 이름이었다. 독일 제과는 아직 있는지 모르겠다. 상류로 올라갈수록 물이 조금씩 넉넉해져 갔다.

금속 사과가 놓인 백화점 화단 앞을 지나 횡단보도를 건넜다. 아스타스 호텔 건물 앞면의 표주박 같기도 하고 8자가 수직으로 연결된 듯한 장식에는 벌써 불빛이 흘러내리고 있었다. 조잡할 정도로 많은 사슴뿔에도 파란 불이 들어와 있었다. 모텔 입구에는 호랑이가 인공바위 위에 엉거주춤하게 서 있었다. 다닥다닥 붙은 음식점들 옆으로 난 좁은 도로로 들어가자 언덕길이 보였다.

언덕길 끝의 고지대에는 아홉 채의 집이 일제히 오른쪽 방향으로 늘어선 주택단지가 있었다. 빨간 벽돌에 빨간 박공지붕의 똑같은 모양새였다. 그녀가 살고 있는 숲속 마을이었다. 나는 세 번째 집의 베란다 창을 올려다보았다. 뿌연 창으로는 아무것도 보이지 않았다. 그래도 그녀가 살고 있는 곳을 보고 있다는 사실에 가슴이 뛰었다. 이렇게 걸어서 올 수 있는 곳에 그녀가 살고 있다는 것이 또 한 번 믿어지지 않았다. 이제 한층 거리가 좁혀져 그녀가 더 가깝게 느껴졌다.

그동안 나는 고속버스로 세 시간 떨어진 곳인 J 시에서 어머니의 빌딩을 관리해주며 살았다. 심리적으로 그녀가 참 멀게 느껴졌다. 실제의 거리가 그녀를 향한 마음에도 영향을 미쳤다. 그러면 그녀를 가까이 불러들이려고 마음속으로 그녀를 더 원했다. 내 속에 있는 그녀를 꺼내 쓰면서 무슨 일이 있어도 그녀를 만날 수 있을 것이라고 믿었다. 그렇게 믿어야만 했다. 그러나 그곳에서는 우연이라도 만날 가능성이 없었다. 가능성 제로인 상태에서 그녀를 기다리고, 만나게 될 것이라고 믿는 건 나쁜 결과를 번연히 알면서도 아닐 거야, 절대 그럴 리가 없어, 라고 바락바락 우기는 것과 다르지 않았다. 그런데도 내게로 올 것이라고 믿었다. 오지 않을 것이라는 자각이 귀찮게 간섭할 때도 있었지만 마지막에는 또다시 내 시간이 그녀가 있는 곳으로 가고 있다고 믿었다. 원하면 이루어진다는 말이 있었다. 이루어지게 되어 있으니까 마음이 원한다는 말도 있었는데 나는 그 말을 더 신뢰했다.

언덕길을 천천히 내려왔다. 주택단지 아래로도 빌라라든지 나지막한 집들이 고만고만하게 모여 있었다. 언덕길도 여러 개였다. 한 언덕길 입구에는 안다미로라는 간판이 세워져 있었다. 초록색 화살표는 언덕길 안쪽을 향하고 있었다. 처음 이곳에 왔을 때 입구이고, 안다미로라고 해서 미로를 가리키는 건가 싶어 나도 모르게 언덕길을 주춤주춤 걸어 들어갔다. 안다미로는 음식을 푸짐하게 준다는 순우리말이었다. 주택을 개조한 음식점에서는 전통차도 팔았다. 속은 건지 안속은 건지 헷갈리는 마음으로 생강차를 마시며 언덕길을 올라올 그녀를 기다렸다. 그녀는 끝내 보이지 않았다. 다행인 것도 같은 순간, 그녀를 만나지 못할지 모른다는 휑한 무엇인가가 등을 타고 올라왔다. 나는 등을 꼿꼿하게 펴며 부정했다.

언덕길 끝 고지대에 빛이 내리쬐고 있었다. 잔양을 끝까지 받아내고 있는 동쪽이었다. 주택단지도 빛을 받아 부옇게 떠 있었다. 다시 언덕길을 올라갔다. 숲속 마을의 주택들은 언제 보아도 외부적으로 달라지거나 변하거나 바뀐 것은 없었다. 5년이 지나도 그녀를 향한 내 마음이 그대로 고정되어 있듯이. 강이 흐르지 않고 고여만 있으면 썩을 수밖에 없듯이 마음에도 고여만 있으면 썩거나 변형되거나 굴절될 수밖에 없었다. 그런데 내 마음은 그런 것과는 상관없이 여전히 그대로였다. 그녀를 향한 내 마음은 어쩔 수 없는 일에 속했다. 내가 어찌해볼 수 없는 것, 어쩔 수 없는 것은 내가 선택하지 않아도 되는 것만큼 부당하면서도 매혹적이었다.

잔양이 집 벽에 대각선으로 떨어져 있거나 그림자가 길게 져 있을 뿐 사람이라고는 보이지 않았다. 언덕길에는 나 혼자 서 있었다.

번역은 J 시에서 해도 아무 상관없고, 아니 외려 세가 나가지 않던 한 층을 작업실로 쓰면서 벽에는 좋아하는 총 종류를 사서 걸어 놓고, 한쪽에는 색소폰을 불 수 있게 방음 시설까지 해놓고 살았다. 저녁에는 색소폰을 불었다. 그러나 밤에는 꼭 와인 한 병을 비워야만 나 자신을 잊고 잠들

수 있었다. 더 이상은 견딜 수가 없어 어머니에게 M 시의 오피스텔을 얻겠다고 했다. 당뇨가 심한 어머니는 빌딩 관리가 어렵다며, 네가 내 옆에 있어서 하나님께 감사해 했는데, 라며 나를 붙들었다. 내가 꼭 가야겠다고 하자 그럼 몇 년 나가 살아보고 다시 오라고 했다.

잔양까지 사라지고 빨간 박공지붕들 위로 을씨년스러운 기운이 어른거렸다. 나는 언덕길을 천천히 내려왔다. 까만 정장 외투에 검은 백팩을 진 남자가 언덕길을 올라오고 있었다. 덩치가 좋고 전문직에 종사하는 사람으로 보였다. 내 눈길이 그의 얼굴에 닿았는지 서로 엇갈릴 때 남자의 시선과 내 시선이 얽혔다. 껄끄럽고, 불편하고, 마뜩찮은 감정이 지나갔다. 그러나 남자는 언덕길을 태연하게 올라갔다. 걸음을 멈추고 남자가 어디로 들어가는지 지켜보았다. 예상대로 남자는 숲속 마을로 들어갔다. 갑자기 불안해져서 언덕길을 마저 뛰어올라 갔다.

남자는 이미 주택단지 한 곳으로 들어가고 난 뒤였다. 돌아서려던 나는 세 번째 집 창에 형광 불빛이 동그랗게 떠 있는 것을 보았다. 아까는 창이 캄캄했는데. 더 이상 빛이 들지 않으니까 부엌에 불을 켤 수도 있지 않은가. 예전에 그녀와 연락이 잘 되지 않을 때도 원룸 건물을 돌아 공터 쪽으로 가서 207호의 창을 올려다보고, 불이 켜져 있으면 안심하고, 불이 켜져 있지 않으면 스산하고 을씨년스러운 감정에 잡혔다가 자정이 되면 다시 공터로 갔다. 그때도 불이 켜지지 않고 창이 먹빛으로 번뜩이면 잠들었겠지, 잠들 시간이잖아, 라며 돌아왔다. 그때와 달라진 게 없었다.

이곳에 살고 있지 않는 걸까. 그건 아닐 것이다. 남편과 산다면 예전에 살던 이곳이 아니라 다른 곳으로 옮겨가야 맞지 않나. 아니지. 캐츠 아이도 끼고 다니고, 꽤 살 만한 숲속 마을이라면 남편이 들어와 살 수도 있지. 그 남자는 그녀의 남편이 되기에 충분해 보였다. 검은 파커에 코르덴바지를 입은 나와는 비교가 되지 않았다. 오락가락하면서 불안해지는 마음을 떨쳐버리려고 언덕길을 빠른 걸음으로 내려왔다. 필요한 만큼의 시간이 지나면 밝혀지겠지, 라는 것도 떨쳐버리면서.

행인들의 수가 많고, 긴 차량의 행렬로 보아서 퇴근 시간대였다. 혹 그녀가 있을까 싶어 살피고 있는 나를 발견했다. 그녀는 보이지 않고, 나는 상습적으로 걸음을 옮겨갔다. 상가 건물 마다마다 휘황한 불빛이 흘러내리고 헤비메탈 음악 소리와 자동차 소리가 귀를 아프게 하는 걸 보아서 내가 복잡한 거리 한가운데 서 있다는 걸 알았다. 이곳으로는 그녀가 오지 않을 확률이 높아 빠른 걸음으로 외곽지대로 빠졌다. 왜가리교에 들어서자 내 세계로 돌아온 듯한 기분이 들면서 긴장이 풀렸다.

강변으로 내려와 아까와는 반대 방향으로 걸어갔다. 어둑어둑해지면서 매서운 바람이 제대로 불었다. 저 멀리 서쪽에는 건물이라든가 사물은 검게 또렷해지면서 그 뒤의 공간으로 붉은 기운이 서렸다. 다리 위에는 다이아몬드 문양의 난간 그림자들이 길게 늘어져 있었다. 다리 위로 올라서는 여자의 까만 앞머리와 이마가 보이자 나는 슬쩍 긴장했다. 땅딸막한 여자가 내 곁을 스쳐 가자 나는 다이아몬드 그림자를 밟으며 다리를 지났다.

누런 갈대들이 검게 변해 가는 강물을 배경으로 또렷이 서 있었다. 센바람에 갈대 두 줄기가 옆으로 쓰러져 물에 닿을 듯 말 듯 했다. 변곡점 앞을 지나던 나는 다리 위로 올라가 오솔길로 갈까, 아니면 그대로 강변으로 갈까 망설였다. 내 발걸음은 그대로 강변을 올라가고 있었다.

오솔길 아래 둔덕에 검은 물체가 있었다. 검은 보따리 같기도 하고, 누가 버린 검은 쓰레기 뭉치 같기도 했다. 시계가 약간 멀고 어두워지고 있어서 확인을 할 수는 없었다. 오른쪽 강에는 나뭇가지 그림자가 누워 있고, 그 가지 사이로 수은등 불빛을 받아 뒤집어놓은 뱀의 하얗고 딱딱한 몸뚱이 같은 수면이 보였다.

오피스텔로 가는 다리를 건너던 내 시선이 무심코 비탈

진 둔덕으로 향했다. 검은 물체가 둔덕에 그대로 있었다. 나는 둔덕으로 내려갔다. 고양이가 노란 눈에 검은 동공을 일자를 세우고 나를 경계했다. 녀석이구나. 아직까지 저곳에 있다니. 저놈은 추위를 피할 데가 없는 건가. 한 발짝 아래로 내려가자 고양이가 몸뚱이를 움직거려 나를 피했다.

편의점에서 냉동된 밥, 김, 멸치볶음을 사 가지고 나와 오피스텔의 유리문을 미는데 주차장 쪽 테이블에 앉아 있던 사람이 손을 흔들었다.

"어디 갔다 와요?"

강어귀에서 나무를 깎아 만든 범선 모형을 띄워보곤 하던 사십 중반대의 남자였다. 강에 살얼음이 끼었을 때도 벌어지고 깨진 얼음 사이로 흐르는 물에 범선을 띄우고, 바람이 심하게 불어 돛대가 서지 않으면 고함을 치기도 해서 이상하다는 사람들의 눈초리를 받곤 했지만 자신은 전혀 아랑곳하지 않았다.

"산책."

나는 퉁명스레 대답했다. 어디를 갔다 왔든 무슨 상관이람. 부정적인 감정을 애써 누르며 유리문으로 손을 뻗었다.

"한잔합시다."

남자가 소리쳤다. 마음이 약한 나는 테이블로 다가갔다. 그사이 고양이가 왔는가 싶어 주차장 쪽을 살폈다. 고양이는 보이지 않았다. 녀석은 어디서 추위를 피하고, 어디서 자는 걸까.

내가 그의 맞은편에 앉자 그가 맥주 한 캔을 따 내 앞으로 밀었다. 그러고는 오징어 다리 한 짝을 찢어 질경질경 씹었다.

"선생은 저 강을 끝까지, 갔다 오지요?"

내가 맥주를 입에 대자 그가 목소리를 낮춰 물었다. 끝까지에는 악센트를 넣었다. 별 할 일이 없어 보이는 남자는 내 행동반경까지 꿰고 있었다.

"거기 누가 있나요?"

"선생은요?"

"나, 뭐요?"

흐리멍덩한 얼굴의 남자가 눈을 빛내며 호기심을 드러냈다. 자신에게 관심을 가져 주어서 좋은 모양이었다.

"…… 혼자 사시나요?"

전혀 궁금하지 않았지만 물어주었다.

"와이프는 독일에 공부하러 갔어요."

나는 나도 모르게 남자의 얼굴을 살피고 말았다. 저 나이에 아내가, 그것도 외국에 공부를 하러가다니.

"무슨 공부를요?"

끝까지 믿어지지 않는지 나는 묻고 말았다.

“포르츠하임 대학의 교통 디자인학부에요. 그쪽은요?”

“난…… 혼자입니다.”

포르츠하임이라는 말을 또 듣는군, 이라고 생각하며 나는 아무렇게나 대답했다. 남자가 나를 빤히 바라보았다. 남자의 움직이지 않는 까만 눈동자가 불쾌했다. 갑자기 남자가 눈동자를 풀며 내 시선을 비켰다. 나 역시 남자를 빤히 바라보았던 모양이었다.

“와이프는 지고는, 못사는…… 여자예요.”

남자가 날 보지 않은 채 느릿느릿 내뱉었다.

“나한테도 절대로 지지 않아요. 지가 제일 잘 나가야 하는데, ……뭐 나 같은 거 만나서, 뭐 그런…… 여자이지요. ……죽어도 공부를 하러 가겠다는데, 뭐 어쩌겠소. ……죽일 수도 없고, 바람이 난 것도 아니고. 별 수 있소. 난 그런 면에서 좋은 남편이오. 그쪽은요?”

“나 뭐요?”

“애인은 있었을 거 아니오? 그쪽도 나처럼 좋은, 애인이었소?”

나는 어이없는 웃음을 날리고 말았다. 그러나 남자는 대답을 꼭 듣겠다는 듯 까만 눈동자를 고정시킨 채 나를 뚫어지게 쳐다보고 있었다.

“좋은? 왜 자꾸 좋은, 좋은, 이라고 하죠?”

나는 그녀에 대해서 말하기 싫어 좋은, 을 잡고 늘어졌다.

"그럼 나쁜, 애인이었소?"

남자는 오징어 배 쪽을 쭉 찢어 입안에 구겨 넣었다. 잘근잘근 씹어대며 눈을 치떠 나를 살폈다. 나도 오징어 한 짝을 찢어 입안으로 쑤셔 넣으며 남자의 시선에서 비켜났다.

그녀를 입 밖으로 내뱉는다면 그녀가 아무것도 아닌 게 될 것 같고, 내 존재 역시 아무것도 아닌 게 될 것 같았다. 만약 헤어지고 난 뒤부터 밤마다 빛처럼 꺼내 보고……, 그녀를 향한 내 마음을 말한다면 이 자는 비웃을 게 분명했다. 선생, 참 먹고 살 걱정 없이 팔자가 편한가 봐요. 마흔이 넘은 나이에 여자를 그런 식으로 생각하다니요. 잊으시오. 아니 잊고 말고 할 것도 없이 실제로 여자랑 안살아 봐서 그런 해괴한 말을 하는 거지.

나는 얼른 맥주를 바닥까지 비우고, 얌체가 없는 것 같았지만 자리에서 일어났다.

"왜요?"

남자가 기분이 나쁜 듯이 물었다.

"해야 할 일이 있어요."

"오늘 같은 날도 내 곁에는 아무도 없어요."

"오늘이 무슨 날인데요?"

남자가 힐끗 나를 돌아보았다.

"……나도 뼈 빠지게 일하고, 열심히 살았는데……."

뼈 빠지게, 열심히, 라는 말 때문인지 남자의 아내가 포르츠하임 대학에 공부하러 가지는 않았을 것이라고 생각했다. 공부를 하러 갔든 안 갔든 나하고는 상관없는 일이었지만.

"아내에게서는 자주 연락이 오나요?"

나는 도로 앉을까 망설이다가 할 수 없이 물었다. 그래도 맥주를 얻어먹었으니까.

"잘 안 와요."

남자는 나를 붙잡는 질척이는 목소리로 대답했다. 여기서 주저앉으면 이 남자에게서 벗어나지 못할지도 몰랐다. 나는 걸음을 옮겨갔다. 등 뒤로 남자가 구시렁거리는 소리가 들렸지만 돌아보지 않았다.

전자레인지에 밥을 데워 먹고, 샤워를 하고 나오자 발길이 커튼 앞으로 향했다. 커튼을 걷자 강이 보였다. 강은 어둠에게 붙잡혀 있었다. 오른쪽 다리에는 노랗고 빨갛고 파란 불빛이 규칙적으로 아래로 흘러내리고 있었다. 강물은 그 불빛을 깊숙하고도 길게 반영해 내고 있었다. 불빛이 긴 기둥처럼 반영되고도 있었다.

영미권 소설 번역은 일감이 많지 않았지만 내가 할 수 있는 유일한 일이었다. 처음에는 회사생활을 했지만 6개월쯤 지나자 내가 규칙적인 생활을 할 수가 없는 성격이라는 걸 알게 되었다. 사직서를 가방에 넣고 다니며 2년을 망설였으나 폭우가 쏟아져 지각을 한 날 그만 발작적으로 부장 책상에 올려놓고 말았다. 유학까지 갔다 왔으니까 하면서 잡은 게 번역이었다. 그건 그런대로 내 적성에 맞았다. 그러나 늘 가슴을 옥죄는 부분은 있었다. 내 창작을 하면 이 구멍의 입을 막을 수 있을까, 그렇지가 않을 것 같았다. 그보다는 이상향처럼 먼 일이고, 노력과 에너지를 더 원하는 일이라 실행할 엄두도 내지 못한 채 하루하루 미진함을 안고 지냈다. 새벽에 눈을 뜨면 내 현실이 가슴을 압박했다. 잠시 억울해하고, 아파하고, 어찌해야 할지 몰라 하다가 그만 심장 약을 먹었다. 그러면 가슴이 풀어지고 일상이라는 에너지와 의지가 생겨나 숨을 쉴 수 있었다. 일감이 있어서 몰입을 할 수 있으면 숨이 더 잘 쉬어졌다.

세계 명작 반열에 오른 소설 1. 2 두 권짜리 일감이 있을 때였다. 누구도 찾아오지 않고, 찾아올 사람도 없이 관계 제로인 상태에서 나는 번역에 몰입하면서 나 자신을 잊으며 드물게 내가 가장 원하던 시간 속에 있었다. 원룸의 초인종이 울렸다. 흐름을 놓칠지도 몰라 문을 열지 않았다. 다시 초인종이 울렸다.

등기우편물이라 사인을 하는데 집배원이 우편물을 하나 받아달라고 했다. 207호랑 통화했는데 204호에 맡겨놓겠다고 했다고. 집배원의 일에 치여 피곤해 보이는 모습 때문이라기보다는 우편물에 쓰인 유설아, 라는 이름 때문에 손을 내밀었다. 이어 작업을 하려면 신경 쓰이는 일이 있어서는 안 된다고 후회했다.

신경 쓰이게 아직도 안 찾아가다니. 자정이 되자 본격적으로 일을 시작하기 전에 우편물에 쓰인 번호로 전화를 걸었다. 톤이 조금 특이하면서 사회화가 잘된 목소리로 너무 늦었는데 찾으러 가도 되겠냐고 물었다. 나는 된다고 했다.

복도에서 저벅저벅 발소리가 들렸다. 내 삶을 향해서 뭔가가 저벅저벅 다가오고 있다고 아주 짧은 순간 나는 생각했다. 곧 웃기지도 않아, 라며 질책했다. 자정에 초인종이 울리자 뭔가가 내 삶에 신호를 보내는 것 같다는 생각에 픽 웃었다. 실없는 놈. 너, 네 삶에 지쳤구나. 진이 빠졌구나.

남방셔츠를 걸치고 문을 90도쯤만 열자 그 틈으로 여자가 손을 뻗어 우편물을 건네받았다. 그때 오른손 손가락에 낀 반지가 내 시선에 들어와 박혔다. 노란 바탕에 검은색에 가까운 고동색이 둥그스름하게 퍼져 있었는데 흰빛이 가느다란 선으로 서 있었다. 고양이 눈과 너무 흡사해서 나는 속으로 신기해했다.

현관문이 조금 더 열렸는데 그 사이로 여자의 얼굴이 완전히 보였다. 앞가르마를 탄 긴 머리카락 너머의 두 눈은 검은 강물에 불빛이 반짝이는 것처럼 빛났다. 눈 외에는 오밀조밀한 생김새와 매끈한 피부가 전형적인 도시 여자로 보였다. 그러니까 두 눈과 부조화를 이루는 얼굴이었다.

외국 작품에서는 첫눈에 반해 버렸다는 말이 잘 나왔는데 나는 될 수 있으면 그렇게 번역하지 않으려고 했다. 그건 과장되고, 있을 수가 없는 일이라는 것을 알았기에. 그러나 나는 여자에게 첫눈에 반해 버렸다. 내가 모르던, 있는 줄도 몰랐던 부분을 알게 해준 여자는 잔향도 남겨주고 갔다.

인터넷을 켜고 '고양이 눈을 닮은 보석'이라고 쳐보았다. 내가 생각했던 대로 고양이 눈을 닮아서 캐츠 아이라고 하는데 원산지는 외국이고, 외국에서만 팔았다. 그렇게 귀하고 값진 반지를 끼려면 결혼을 해야 가능할 것 같았다. 아침이 되자 자정의 허상이었다고 여기고 잊어버리기로 했다.

한 달이 지났을까. 먹을 게 다 떨어져 잠깐 마트에라도 다녀오려고 현관문을 열고 나왔는데 그녀가 구둣발 소리를 내며 복도를 걸어오고 있었다. 또각또각, 잊힌 곳을 밟아대는 소리. 그런데 그녀는 나를 모르는 것 같았다. 나는 안타까워 그녀에게 말했다.

"207호에 살죠?"

그녀가 걸음을 멈추고 돌아보았다. 그녀는 나를 잘 알고 있었다.

"왜요?"

그녀는 내가 또 우편물 같은 걸 받아 두었을 것이라고 여기는 모양이었다. 내가 아무 말도 하지 않자 그녀는 오른손을 들어 뺨을 비볐는데 캐츠 아이가 노랗게 출렁이며 까맣게 빛났다.

그녀는 가지 않고 원룸의 현관문 앞에 서 있었다. 내가 자신의 앞으로 오기를 기다리는 듯이. 나는 그녀 앞으로 갔다. 아, 오는구나, 그녀의 얼굴에 기쁨과 자신감이 재빠르게 지나갔다. 그녀와 나는 나란히 걸었다.

"극단 사람들과 한잔하려고요."

"배우세요?"

나는 나도 모르게 그녀의 얼굴과 위아래를 훑어보며 물었다. 내 고리타분한 시선이 마음에 들지 않았다. 그녀가 자부심 있는 얼굴을 위아래로 흔들었다. 길이 갈라지는 지점에서 나는 마트 쪽으로 내려가야 했고, 그녀는 위로 뻗은 골목으로 올라갔다. 이내 그녀의 모습이 보이지 않았다.

사나흘씩 두문불출하던 내가 일부러 그녀가 나올 가능성이 있는 시간이면 담배나 먹을거리를 핑계 삼아 밖으로 나갔다. 그런데 잘 만나지지 않았다. 강변을 돌아다니거나 극단들이 모여 있는 곳으로도 돌아다녔다. 전봇대나 가로수에 붙어 있는 공연포스터나 전단지에서 그녀를 찾아보았으나 진한 분장을 하고 있어서 그녀를 알아보는 것은 쉽지 않았다. 유설아, 라는 이름은 몇 번 보기는 했다.

그녀가 보고 싶은 순간이 있었다. 이상할 정도로 그녀가 보고 싶어서 9시 뉴스가 끝난 시각에 현관문을 열고 밖으로 나갔다. 문을 닫는데 복도에서 가벼운 발소리가 났고, 이어 그녀가 내 뒤에 섰다. 그녀는 청바지에 흰색 티셔츠에 빨간색 체크무늬 셔츠를 걸치고 있었다. 내가 청바지에 흰색 티셔츠를 입고 외출 때는 청색 체크무늬 셔츠를 걸쳤는데 그러고 보니 그녀와 마주칠 때마다 그 차림이었다.

나는 놀라서 아무 말도 하지 못했다. 그녀가 오른손으로 머리카락을 쓸어 올리며 내 앞을 지나쳐갔다. 그때도 나는 캐츠 아이가 빛을 발하는 것을 보았다. 그녀는 언덕배기를 후닥닥 뛰어 올라갔다. 왜 저러는 거지.

그녀도 204호 앞을 지나치면서 나를 보고 싶어 했다는 것을, 보고 싶은 순간이 딱 일치해서 그녀가 놀랐다는 것은 나중에 알게 되었다. 내 생각이 자꾸 나서 나와 비슷하게 옷을 차려입은 그녀는 204호 앞이라도 지나치려고 복도를 걸어 나왔다는 것도.

그 밤 소통이 된 그녀와 나는 주로 밤 강변을 걸었다. 강에는 나뭇가지 그림자가 누워 있었고, 그 가랑이 같은 가지들 사이사이로 불빛들이 반짝거렸다. 가랑이들 사이로는 배고픈 백로들이 먹이를 사냥하고 있었다. 백로의 흰 그림자와 불빛들로 가랑이 사이는 복잡해 보이기도 했다.

내가 무슨 말을 하면 그녀는 내 얼굴을 들여다보며 웃었다. 관객을 향한 잘 갈고 닦은 웃음이 아니라 나에게만 보내는 웃음이었다. 그 웃음은 내 불안과 허기와 고통을 한순간에 부수어 버렸고, 한 여자를 좋아하는 남자로 만들어 주었다. 그러나 정말 이 여자를 좋아하는 게 맞는 걸까, 싶어 그녀를 뚫어지게 쳐다보면 그녀 역시 나를 그런 시선으로 보는 것 같았다. 그건 나를 안심하게 하면서도 초조하게 했다.

검은 강이 내려다보이는 모텔에서 그녀와 몸을 섞을 때도 마음의 뒷간에 있는 보잘 것 없고, 조잔하면서, 냉정하고, 욕심 많은 내가 보였다. 그 마음이 겹나고 불안해서 나는 그녀의 손가락에 끼어져 있는 캐츠 아이를 만졌다.

그녀는 몇 년 전에 캐츠에 출연했는데, 역할이 미미해 무대 위에 몇 번 오르지 못하자, 내가 이것밖에 되지 못하나, 하는 자괴감과 절망스러움에 갖고 싶고 욕심냈던 캐츠 아이 반지를 매입해 손에 끼었다. 눈에 보이는 실물이라서 그런지 캐츠 아이가 자신을 지켜주는 것 같고, 자신이 특별하게 여겨지기 시작했다. 그건 그렇게 믿는 것이었다. 목에 뱀 형상의 보석 목걸이를 차고 나서부터는 뱀이 지켜줄 것 같아 무서울 게 없어졌다는 것처럼. 어머니가 아버지가 해준 사파이어 반지를 하느님에게 바치고(집사가 끼고 있는 걸 본 아버지는 분통을 터뜨렸지만), 매달 들어오는 빌딩 세에서 십일 조만큼 떼어내 에메랄드나 루비나 오팔로 반지나 목걸이를 만들어서 보석을 좋아하는 하느님에게 바쳐야 안심하고, 하느님이 자신을 지켜준다고 믿듯이.

기껏 캐츠 아이라는 반지에 자신을 맡겨버리고, 반지에 라도 자신을 걸어야 하는 여자가 일반적인 여자와 별반 다 를 것도 없네, 라는 실망감을 느끼면서도 그녀도 나만큼 불 안한 존재인지도 모른다는 생각에 다시 그녀를 껴안았다.

부모가 반대했지만 연극만이 자신을 살리고 있으며 이제 는 목숨과도 같다며, 지섭 씨는 반대하지 않지, 하고 진지 한 얼굴에 심각한 눈빛으로 나를 올려다보면 나는 몇 발짝 도망치는 모순덩어리의 나를 발견했다. 헤어지고 나면 후 회하며 그녀를 더 생각하게 되고, 내가 생각하는 분량만큼 상대도 나를 생각하듯이 그녀가 한 발짝 더 다가오고, 내가 다시 한 발짝 다가가면 그녀는 두 발짝쯤 물러났다. 내가 이제 그만할까 결심하면 예민한 감각을 가진 그녀가 또다 시 한 발짝 더 다가왔다. 그렇게 관계는 아슬아슬하게 이어 졌다.

출판사 사람들과 술자리를 가진 날이었다. 술잔을 입에

가져가려는데 이상하게 차가운 직감 같은 게 등을 뚫고 지나갔다. 잘못 쏜 화살이기를 바랐지만 시내버스를 타고 원룸으로 돌아올 때까지도 그 감정은 지속되었다. 주춤주춤 복도로 걸어 들어가 207호 앞으로 갔다. 돌아서려다 문고리를 당겼는데 열렸다. 안은 텅 비어 있었다. 그녀가 이사를 가 버렸던 것이다. 이날따라 외출을 했다니. 이어 배반감에 휩싸였다. 이렇게 가버릴 수도 있다니. 그녀에 대한 분노로 몸이 떨렸다. 이렇게 끝나버렸구나, 하는 안도감이 밑바닥에서 돋아나려는 순간 짓뭉개버렸다.

어디로 갔는지 알고 싶었다. 왜 내게 한 마디 말도 없이 가버린 걸까. 본가인 숲속 마을로 갔을 것이라고 여기면서도 나는 혹 그녀가 강변으로 오지 않을까, 싶어 가 보았다. 그녀는 보이지 않았다.

그녀에게서 들었던 이름의 극단에도 가보았다. 매표소 직원에게 물었다. 유설아 배우가 요즈음도 공연하냐고? 잠깐만요, 이라며 직원은 다른 사람에게 물었다. 극단 창조에서 한 편 한 뒤로는 요즈음은 안 보이는 거 같다고, 동료 배우인 듯한 남자가 말했다. 그럼 그녀가 이 도시에 있을 확률은 높지 않고, M시의 숲속 마을로 갔을 확률이 높았다. 그래도 나는 밤이면 강변이나 거리로 나갔다. 그녀를 찾아다니다 오면 그래도 오늘 난 최선을 다했어, 라고 내게 일

러줄 수 있었다.

그동안 일도 별로 하지 않아 번역거리도 떨어지고, 그녀도 없는 원룸에 사는 게 싫어서 어머니가 있는 J 시로 내려갔다. 사는 거처를 옮기면 그녀를 잊을 수 있을 것 같았다. 반쯤은 잊었는데 거처나 시선의 위치를 옮기자 그녀가 내 가슴에 차지하는 공간은 외려 더 넓어지고 높아지고 말았다. 만나고 있을 때 채워지지 않고 부족했던 것들은 다 사라지고 좋았던 것만 부피를 부풀려 그녀의 존재를 더 크게 했다.

2년 뒤에 번역원에서 주최하는 일에 참석해야만 해서 그녀가 있는 도시로 왔다. 망설임 끝에 〈빨간 의자〉라는 연극을 하는 극단으로 갔다. 극단 앞에 서 있다가 밤이 깊어서야 모텔로 돌아왔다. 가지 않으려고 했는데 일정이 모두 끝나자 다시 극단으로 발길이 향했다.

심호흡을 한 뒤 극단의 계단을 주춤주춤 올라가는데, 그녀가 계단을 내려오고 있었다. 아무 말도 못하고 무르춤하게 서서 서로 얼굴만 바라보는 것도 잠시 그녀가 주위를 두리번거리며 광장으로 가자고 했다. 그녀가 머리카락을 쓸어 올렸는데 캐츠 아이가 불빛에 노랗게 출렁거리며 검은 색에 가까운 고동색이 선명해졌다. 캐츠 아이를 아직까지 끼고 있는 것에 나는 안도했다.

"왜 말도 없이 떠난 거야?"

묻지 않으려고 했는데 나도 모르게 묻고 말았다. 사실 묻고 싶은 것이나 하고 싶은 말은 그게 아니었는데. 그녀의 얼굴에 실망감과 답답함 같은 게 스쳐 갔다.

"할말이 그것뿐이야?"

수많은 감정과 비난과 원망이 담긴 얼굴로 그녀가 물었다. 나는 그 얼굴을 맞바라보지 않았다.

"그만 가볼게."

그녀는 느티나무를 둘러싼 데크 의자에서 몸을 발딱 일으켰다. 그녀는 내가 뭐라고 할 사이도 없이 등을 돌리고 다시 극단 쪽으로 갔다. 나는 그 냉정한 등에 시선을 꽂고 있었다. 그녀의 흔들리던 눈빛과 안간힘으로 돌아서는 듯한 몸짓. 돌아설 때 손에 낀 캐츠 아이가 노랗게 흔들리던 것만큼 그녀도 흔들리고 있었다. 내가 그렇듯이.

오솔길은 온통 눈으로 덮여 있었다. 햇빛을 받아 더 희게 빛나는 눈은 간밤의 엄청난 폭풍, 폭설 뒤에 오는 평화였다. 고양이는 눈이 두껍게 깔린 오솔길로 나오지 않았다. 눈꽃이 핀 벚나무 가지 사이로 그래도 한쪽 면이 빛으로 번득이는 강이 보였다.

강어귀에는 눈이 쌓여 있고, 눈이 빈약한 갈대들을 마구 쓰러뜨려 놓았다. 가마우지나 고방오리나 청둥오리도 보이지 않았다. 바람이 미는지 수면이 잘디잘게 희게 반짝이며 내 앞으로 밀려왔다. 순간 오늘은 그녀를 만날 수 있을 것 같은 예감이 들었다. 기분이 상승되었다. 완역한 영미 소설을 어젯밤에 출판사로 보낸 뒤라 홀가분하고 여유로운 마음이기도 했다.

포르츠하임교를 지나고, 상류로 올라가자 점점 마음이 휑해져 가더니 갑자기 그녀가 멀게 느껴졌다. 눈이 온 뒤라 강에는 아무도 없고, 폐허 같기 때문인가. 나는 파카 깃을 당겨 목을 여몄다.

상류 쪽 강변에 일렬로 서 있는 앙상한 느티나무도 눈을 뒤집어쓴 채 회색 공간을 찌를 것처럼 날카롭게 서 있었다. 그곳에서도 새가 깃들였는지 눈이 뭉떵 떨어지면서 참새 두 마리가 날아올랐다. 강은 눈덩이를 일시에 먹어버렸으나 참새는 먹을 것을 찾아 더 날아갔다. 다리 위쪽 공간에는 회색 광선이 내리쬐고 있었다.

둔덕을 올라가던 나는 퍼뜩 뒤돌아보았다. 눈을 뒤집어쓴 흰 둔덕에 내 발짝이 아무렇게나 찍혀 있었다. 내 발짝뿐이라는 사실에 안도 대신 두려움 같은 걸 느꼈다. 왜지?

호텔의 불빛은 여전히 흘러내리고 있었으나 도로에도 사람은 거의 없었다. 호텔 앞에 세워진 사슴의 조잡한 뿔도 눈을 뒤집어쓰고 있었다. 모텔 앞의 호랑이는 아가리에 눈을 잔뜩 물고 있기는 했으나 여전히 어디로 가지 못한 채 인공바위 위에 그 자세 그대로 있었다. 눌러쓴 모자 위에 털 달린 파카 모자를 둘러쓰고, 검은 마스크를 쓴 남녀가 종종걸음 치며 달려오더니 호랑이 앞을 지나쳐 모텔로 들어갔다. 짧은 치마에 긴 롱부츠를 신은 스물 안팎의 여자가 담뱃불을 눈 더미에 던져 버리고 가래침을 끌어올려 뱉고는 옆의 신세계 모텔로 들어갔다.

언덕길 가장자리에도 눈이 쌓여 있었다. 주택단지의 박공지붕들을 대각선으로 덮고 있는 눈이 반짝 빛나다가 말았다. 똑같은 형태의 집은 대부분 현관문이나 창문이 굳게 잠겨 있었다. 나는 세 번째 집 앞에서 서성거렸다. 눈이 쌓인 베란다의 창으로는 보이거나 짐작할 수 있는 게 없었다. 흰색 자동차가 세 번째 집과 네 번째 집 앞에 애매하게 서 있었다. 차 지붕에 눈이 없는 것으로 보아서 오늘 주차를 한 것 같았다. 푸른 불빛이 깜빡거리며 나를 기록하고 있어서, 혹 그녀나 그녀네 것일지도 몰라 자동차 쪽에서 물러나 주택단지를 올려다보았다.

주택단지에 살고 있지 않다, 는 생각이 쇠공이 치듯이 내 뒷머리를 쳤다. 선득한 기운이 등을 휘감았다 놓았다. 그녀에게 무슨 변화가 생긴 걸까. 아니면 이제 그녀는 나를 전혀 생각하지 않는 걸까. 내가 그녀를 생각해야 그녀도 나를 생각하고, 그녀가 나를 생각해서 나도 그녀를 생각했다.

나는 언덕길을 내려가지 못하고 세 번째 집을 올려다보고 있었다. 부엌이 있는 쪽의 창에도 불빛은 없었다. 왜 난 이제 여기서 서성거리고 있지, 라는 성가신 의문이 든 것은 그때였다. 그녀를 만날 수 있는 확률이 전혀 없을 때 어두운 밤마다 빛처럼 그녀를 꺼내 썼던 행위와 하나도 다르지 않다는 자각이 이어졌다. 나는 조금도 앞으로 가지 못하고 있었다. 그러나 내가 억지로 행동을 취하지 않고서 유설아가 나와 상관이 있는 사람인지 아닌지는 꼭 알고 싶었다. 그때 세 번째 집과 저 창은 나와 아무 상관이 없다, 라는 생각이 또다시 나를 치고 지나갔다. 언덕길을 올라오는 사람도 없었다. 혹시 배우 유설아가 아직 이곳에 사느냐고 물어보고 싶었는데.

거리로 나가지 않고 곧장 왜가리교로 갔다. 강 한가운데의 누런 풀 더미에는 왜가리가 고개를 파묻은 채 꼼짝도 하지 않고 서 있었다. 아픈 걸까? 죽으려는 걸까? 돌멩이를 하나 주워 던져보았다. 돌멩이는 강물에 빠져 버렸다. 강물이 일으킨 파문에도 왜가리는 꼼짝도 하지 않았다.

강변을 거꾸로 걸어 내려왔다. 물이 조금씩 넉넉해지더니 갑자기 한쪽 강물에 수많은 반달형의 무늬가 생겼다. 그

무늬 사이사이로 노란빛이 끼어 있어 바람이 밀어젖힐 때마다 뱀이 몸뚱이를 뒤채며 스륵스륵 기어가는 것 같았다. 유속이 빠른 곳의 물소리가 귀에 닿자 불안감이 물러갔다. 눈 쌓인 강변에는 아까 내가 낸 발짝인지 몇 발짝 외에는 없었다.

강변에 퍼질러 앉아 있던 사내가 갑자기 벌떡 일어나더니 소주병을 강으로 집어던졌다. 소주병을 삼킨 강은 매끄럽게 번득였다.

"누나, 어디 갔어?"

털모자를 쓴 사내가 사내의 목을 움켜쥐며 악쓰듯이 물었다. 털모자가 흔드는 대로 사내는 목을 꺼떡거리며 이리저리 흔들렸다.

"말을 해라, 말을!"

털모자가 사내의 허벅지를 발로 차기 시작했다. 사내가 죽는 소리를 내질렀다. 시계가 약간 멀고 어두워지고 있어서 사내들의 얼굴은 알아볼 수 없었다. 털모자를 썼다거나 터벅머리 정도만 알 수 있었다.

고양이라도 보고 싶어 나는 다시 오솔길로 걸어 들어갔다. 어둑한 빛이 오솔길을 감싸고 있었다. 내 앞에는 흰 패딩에 흰 털 달린 모자를 뒤집어쓴 여자가 걸어가고 있었다. 저 여자가 유설아라면, 유설아라는 실체라면 좋겠다는 안타까움에 나는 희끗희끗 남아 있는 눈덩이를 발로 찼다.

고양이는 보이지 않았다. 밥자리에도 고양이는 없었다. 눈이 왔으니까 오지 않는 게 다행이기도 했다. 자동차 밑에라도 들어가 있기를 바라며 오솔길을 다시 거꾸로 걸어 나왔다.

오솔길이 갑자기 밝아졌다. 오피스텔 외벽에 박힌 등과 벚나무 사이사이에 박힌 등에 들어온 불빛이 오솔길을 안온하게 감쌌다. 세상과 내가 조금 더 가까워진 것 같으면서 불안 한 덩어리가 뚝 떨어져 나갔다. 내일 또 숲속 마을에 가기로 했다. 이번에는 그녀를 만날 수 있을지도 몰랐다.

편의점에서 흑맥주와 땅콩과 새우튀김이 든 도시락을 사가지고 나와 오피스텔 유리문을 밀었다.

"어디 갔다 오는 거요?"

주차장 쪽 테이블에서 남자가 큰소리로 물었다. 터벅머리라고 하기에는 애매한 것도 같고, 애매하지 않은 것도 같았다.

"한잔합시다. 이번 폭설에 내 친구가 동사했거든요."

유리문 안으로 들어가던 나는 뒤돌아보고 말았다. 오늘은 동사야.

"이리 와요."

남자는 손바닥으로 제 옆 의자를 툭툭 쳤다. 그 동작이 몹시 허전해 보여서 나는 테이블로 갔다. 남자는 내 앞으로 맥주 한 캔을 밀었다. 나는 캔 뚜껑을 따고 한 모금 들이켰다.

"예전에는 제법 잘나가던 놈인데, 한번 따악, 꺾이니까, …… 절대로 못 일어나더니…… 씨발, 결국에는 얼어 죽고 말았어."

남자는 맥주를 쭉 들이켜고 쥐포를 질깃질깃 씹었다.

"동사가 뭐야? 동사가. 우리나라는 길고양이도 얼어 죽지는 않는데."

길고양이가 얼어 죽지는 않는다는 말이 나를 안심시켰다. 그럼 그 녀석도 죽은 것은 아니겠지.

나는 흑맥주를 꺼내 뚜껑을 따고 남자 앞으로 밀었다. 남자가 검은 눈동자를 움직이지 않은 채 나를 빤히 바라보았다. 그게 기분이 나쁜 건지, 두려운 건지 알 수 없었다.

"뭐하던 사람이에요?"

여전히 검은 눈동자를 움직이지 않은 채 나를 보고 있는 남자가 혹 고백이라도 할지 모른다고 여겼는지 나는 황급히 물었다.

"아까 말했잖소. 예전에는 제법 잘 나가던 놈이라고."

짜증스럽게 내뱉고 난 남자는 흑맥주를 벌컥벌컥 들이켰다. 맥주가 턱으로 주르르 흘러내렸다. 남자의 붕 떠 있는 몸짓과 말들이 늘 그렇듯이 신뢰감을 앗아갔고, 이번에는

반감까지 들었다. 내 얼굴에 그런 표정이 드러나기를 바라
며 그의 눈을 주시했다. 그러나 남자는 나와 시선을 맞추지
않았다. 약간 돌아가 있는 턱에 흐른 맥주가 불쾌하게 번들
거렸다. 종잡을 수 없는 놈이라기보다는 용의주도한 놈일
지도 모른다는 생각이 휙 스쳐 갔다. 그렇지만 나하고는 아
무 상관이 없는 일이었다.

"난 할일이 있어서. 이만 가볼게요."

"선생, 그렇게 살지 마시오."

나는 퍼뜩 뒤돌아보았다. 나를 바라보는 그의 눈이 적의
로 번득거리는 것 같았다. 아니 악의일지 몰랐다.

"무슨 말이에요?"

뭐 때문에 그렇게 살지 말라는지 따져 묻고 싶었으나 갑
자기 숨이 막힐 정도로 귀찮았다. 남자는 입맛을 다실 뿐
아무 말도 하지 않았다. 자신한테 해야 할 말을 나에게 덮
어씌웠는지도 몰랐다. 나는 유리문을 세게 밀었다.

도시락을 까먹고 나서 샤워를 한 뒤, 일이라도 해야겠다
고 컴퓨터를 켰다. 남자랑 이야기를 하고 나면 썩 유쾌하지
는 않았지만 찝찝하거나 불안하지는 않았는데 동사라는 말
때문인지 내내 그 감정이 들러붙어 있었다. 인터넷 포털 사
이트가 떴다. 기사라도 훑어보고 난 뒤 새로 받은 책을 번
역하면 되었다. 메인 기사를 1에서 7까지 넘겨 가며 훑었

다. 별것도 없어 닫으려는 순간, 하단에 있던 유설아, 라는 글자가 시선을 파고들었다. 나는 손을 떨며 그 기사로 들어갔다.

향년 41세. 유설아(본명 유정숙) 연극배우. 2월 21일 사망. 앞가르마를 탄 긴 머리카락 안의 지적이면서 수줍음과 열정의 얼굴. 그녀가 출연했던 작품을 소개해놓았다. 동백을 기다리며, 캐츠, 초록색 소파, 빨간 의자. 기사를 다시 훑어도 왜 무엇 때문에 죽었는지는 나와 있지 않았다. 빈소는 M시의 대학병원. 가족장.

2월 21일이면 어제였다. 내가 나에게 펀치 한 대를 세게 얻어맞은 것 같았다. 내 입에서 신음이 흘러나왔다. 그녀로 간신히 잡고 있던 내 목숨 줄을 누가 재단 가위로 싹둑 잘라버린 것 같았다. 한 손으로 목을 움켜쥔 채 현관문을 휙 열어젖혔다. 바람은 내 열을 식히지 못했다. 맨발에 슬리퍼를 꿰고 강변으로 나갔다.

검은 물이 불빛을 실은 채 나를 조롱하듯 흘러가고 있었다. 그 불빛을 맨발로 자근자근 밟았다. 불빛은 용용 죽겠지, 라며 내 발등 위로 올라와 나를 조롱했다. 발이 시려 죽을 것 같았다. 동사하고 싶었으나 이까짓 물 온도로는 어림없었다. 미지근하기 짝이 없는 검은 물을 향해 나는 악악, 소리를 내지르고 말았다. 내가 악쓰는 소리에도 오피스텔에서는 그 누구도 내다보거나 주의를 주지 않았다. 이럴 때 남자라도 옆에 와서 쓸데없는 말이라도 붙이거나 내가 그녀 이야기를 두서없이 마구 쏟아내어야 숨이 쉬어질 것 같았다. 내 아픈 이야기를 듣던 남자가 나도 말이야, 라며 속 깊은 제 이야기를 해도 다 들어줄 수 있을 것 같았다.

남자도 보이지 않았다. 또다시 진눈깨비가 내리고 있었다.

오솔길의 벚나무들 사이로 한 면이 빛으로 번득거리는 강이 보였다. 빛이 내 속의 어둠을 몰아내는 순간이 지나갔다. 오늘 아침에는 그다지 불안하거나 고통스럽지 않았다. 왜일까. 침대 위에서 시선을 돌려보았다. 창에는 햇빛이 들러붙어 실내를 밝게 비추고 있었다. 자신을 파괴하고 싶어도 빛 하나만 있으면 포기하게 되듯이 나는 침대에서 일어났다.

벚나무 가지는 어쩐지 도톰해진 것 같아 오솔길 위의 빈 공간이 덜 드러났고, 강이 드러나는 면적도 조금 좁아진 듯했다. 까만 고양이가 사뿐사뿐 뛰어가고 있었다. 오른쪽 뒷다리에 하얗게 번개가 친 듯한 무늬가 있었다. 그 녀석이었다. 나는 안도했다. 그래 넌 살아 있어야지.

그동안 나는 아무것도 하지 않고 방구석에만 처박혀 있었다. 거의 먹지도 않고, 거의 자지도 않았다. 그건 허상이었다고 답했으니까. 내게는 아무도 없고, 아무것도 없는데 그걸 인정하지 않으려고 그녀를 붙잡고 무척 애쓴 것 같아서. 나를 지탱하게 해주던 실체는 어딘가에 따로 있을 것 같다는 생각이 지나가기도 했다.

밥자리에서 검은 덩어리가 느릿느릿 움직였다. 발소리를 한껏 죽였는데도 검은 덩어리가 휙 돌아보았다. 고양이는 노랗게 빛나는 눈에 검은 동공을 일자를 세우고 있었다. 하긴 내가 습식 캔이라도 한 번 줘 본 적이 있나. 나를 경계하는 것은 당연했다.

"괜찮아. 더 먹어, 임마."

내 말에도 고양이는 여전히 검은 동공이 일자로 박힌 노란 눈으로 나를 빤히 보고 있었다. 검은 동공에는 흰빛이 가늘게 서 있었다. 문득 이것만이 캐츠 아이의 실체 같다는 생각이 들었다.

피해 주어야 먹이를 먹을 것 같아 걸음을 옮겨 갔다. 그녀의 캐츠 아이는 어떻게 했을까, 하는 궁금증이 불현듯 일었다. 그걸 함께 묻어 주지는 않았을 테고, 그걸 그대로 빻아 유골과 함께 흩뿌려주지도 않았을 테고. 어머니가 유품으로 간직하면서 그녀가 보고 싶으면 손가락에 끼어 보거나 쓰다듬을까. 내 딸은 내 가슴에 살아 있다며.

오솔길에서 나와 다리를 건너고 강변으로 내려갔다. 상류로는 가고 싶지 않아 강변 한쪽에 서 있었다. 그녀를 기어이 바스러뜨리고, 재가 되어 저 얕은 물에 흘러가 버리게 만들어버리다니. 원하던 것은 결코 일어나지 않고, 네 것은 아무것도 없고, 넌 단독자일 뿐이고 ……. 두 손으로 눈을 가리며 신음을 흘렸다.

손을 내리자 태양빛을 받아 크고 동그랗게 번득거리는 강물이 보였다. 그 아래쪽에서는 빛이 빠르게 움직이면서 번뜩거렸다. 나는 숨을 몰아쉬었다. 저 빛만이 지금 내 눈 앞에 있다. 그녀를 대신할 나의 캐츠 아이처럼.

먼지

풀밭 끝 지평선에 다다르면 왜 이런 일이 일어났는지 알
지도 몰랐다. 여자는 두 팔을 휘저으며 풀밭을 기어 올라갔
다. 왼쪽 다리가 잘 딸려오지 않았다. 발목을 다친 것 같았
다. 두 다리를 질질 끌며 풀밭을 기어 올라가는 자신이 땅
벌레나 팔다리가 빈약하거나 허약한 장애자처럼 느껴져 기
분이 나빠졌다가 비참해졌다. 반도 못 올라갔는데 힘이 다
소진되어 몸이 내용물을 다 쏟아버린 자루처럼 늘어져 버
렸다.

논문을 제출하고 교수님도 만나야 해서 회사에서 조퇴를
하고 학교로 갔다. 약속 시간보다 이십 분이 넘었는데 횡단
보도의 신호등도 바뀌지 않자 그만 발작적으로 택시를 타
버렸다. 잔뜩 움켜쥔 손아귀를 펴 버린 것 같았다. 어디로
갈까요, 운전사의 물음에 여자는 그러나 섬에서 한 달만 방

을 얻을 계획을 세웠다.

　야생동물 주의라는 팻말이 붙은 도로를 지나고, 낙석 주의라는 팻말이 붙은 좁다란 도로를 지나고, 안개 시정거리를 지났다. 좁은 도로로 들어서자 양편에 빽빽하게 들어찬 나무들의 가지와 잎이 허공에서 얽혀 있었다. 그 도로를 가로지르던 고라니가 우뚝 멈추더니 산초 열매 같은 눈으로 차 쪽을 보았다. 저러다 치면 하루 종일 재수 옴 붙는다며 운전사가 신경질적으로 핸들을 틀었다. 그러나 앞 차창으로 고라니가 튀어 올랐다가 떨어져 나갔다. 죽었나 봐요. 차 세워 보세요. 여자의 말에 운전사가 뭐요? 라며 눈을 부라리더니 핸들을 난폭하게 틀어버렸다. 여자의 몸이 튀어나가듯이 앞인지 옆인지로 쏠렸고, ……그다음은 뇌에다 황칠을 해버린 것처럼 생각나지 않았다.

　여자는 다시 풀밭을 기어 올라갔다. 어렵게나마 아래서 올려다볼 때 한 선이었던 지평선에 올라섰다. 여기까지 올라온 것은 남편에 대한 증오심 때문이었다. 애인이 바위 절벽에서 실종되었는데도 남자는 찾지도 않고 함께 갔던 애인의 친구와 도시로 돌아와 새 연인이 되던 영화도 여자를 건드렸었다. 그런데 지평선이 아니었다. 가는 선이 아니라 약간 평평하면서 툭진 길이었다. 반대편으로 또 다른 언덕이 아래로 뻗어 있었다. 풀밭이 아니라 바람에 흙먼지를 일으키며 꿈틀거리는 회색 땅덩어리였다. 마을이라거나 집의 형태 같은 것은 어디에도 보이지 않았다. 또다시 오싹한 한기가 여자를 덮쳤다. 그런데 생자 공포는 아니었다. 이보다 더한 터무니없는 상황을 마주친다고 해도 아까 혼자 풀밭에 팽개쳐져 있다는 걸 알았을 때의 절망감이나 고립감 같지는 않을 것이다. 혼자. 절망감. 고립감. 여자는 자신이 호들갑을 떠는 것 같아 실소하고 말았다.

까치, 소나무, 호랑이, 태극기, 오방 무늬로 지갑이나 수건이나 보자기에 디자인을 하면서 대학원도 다녀야 했다. 회사에서 유능한 남편은 집에 돌아오면 손가락 하나 까딱하지 않았다. 주말에는 낮잠을 여덟 시간이나 내처 잤다. 전기밥솥에 밥을 해 놓아도 밥솥이 열리지 않으면 굶어버렸다. 맏이라는 책임감만 알아 시아버지를 잃고 혼자가 되자 살짝 정신 줄을 놓아 버린 시어머니를 21평 아파트로 모셔오기도 했다. 여자도 누구들처럼 일 년, 아니 육 개월만이라도 산속 별장 같은 데서 혼자 살아보고 싶었다. 혼자서 아무것도 하지 않고 살아보고 싶었다.

그래야만 숨을 쉴 수 있을 것 같고, 생에서 도망치지 않을 것 같았는데. 여자는 또 한 번 냉소했다.

땅덩어리를 덮은 흙이 소용돌이치더니 먼지들이 여자를 향해 몰려왔다. 먼지는 안개처럼 모든 것을 뒤덮어버리며 여자의 시야까지 차단했다. 먼지는 여자에게 먼지 외에 아무것도 보이지 않게 했다.

먼지가 자신을 향해 돌진해오는 사나운 동물처럼 여겨져 여자는 팔을 들어 얼굴을 막았다. 먼지가 여자한테까지는 오지 못한 채 스러졌다.

여자는 평평하고 툭진 길을 엉금엉금 기어갔다. 아무것도 보이지 않았다. 황급히 오른쪽을 내려다보았다. 데스밸리 같은 회색 땅덩어리밖에 보이지 않았다. 왼쪽으로 시선을 돌렸다. 황토색에 가까운 풀밭밖에 보이지 않았다.

대기는 짙은 잿빛으로 변해가고 있었다. 공기도 쌀쌀하고 차갑게 여자의 얼굴과 몸과 손에 닿았다. 시월인데도 이곳의 기온은 영하처럼 느껴졌다. 회색 땅덩어리 저 너머에 잔양이 삼각 모자처럼 떠 있는 것으로 보아서 그쪽에 산이 있을 것 같았다. 풀밭의 끝자락과 회색의 땅덩어리 끝자락이 만나고 있는 듯한, 여자가 가고 있는 툭진 길 끝 쪽에서 어둠이 몰려오고 있었다. 또다시 무서워진 여자는 주저앉아 자꾸만 이쪽과 저쪽을 번갈아 내려다보았다.

회색 땅덩어리에서 까만 점 같은 게 나타났다. 소용돌이치는 먼지를 헤치며 움직이는 게 무엇인지는 몰랐으나 점점 가까워지고 있었다.

먼지 속을 헤집고 나온 것은 놀랍게도 사람의 형체로 바뀌었다. 남편일지 모른다며 여자는 더욱더 감격적인 눈으로 지켜보았다. 달려 내려가서 남편을 안고 감격의 기쁨을 나누고 싶었다. 그러나 몸이 생각만큼 움직여 주지 않았다. 남편이 아닐지도 모른다는 생각이 잠깐 머릿속을 컴컴하게 했다.

여자는 형체를 지켜보며 남자가 아니라 혹 여자일지도 모른다는 불안도 지웠다. 모르는 여자라면, 그건 몹시 귀찮은 일이었다. 이 상황에서 여자를 만난다면 끝에는 서로 살겠다고 물어뜯겠지. 아주 성가신 일이야. 남편이기를, 만약 남편이 아니라면 여자만은 아니기를 빌었다.

첫 번째 것은 아쉽게도 들어줄 수가 없으니 두 번째 것이나마 들어준다는 듯이 툭진 길로 기어 올라온 것은 남자였다. 남편이 아니어서 안도하고, 여자가 아니어서 거푸 안도했다.

모자에 달린 줄이 짙은 구레나룻을 누르고 있는 남자는 여자를 발견하자 입술을 위로 당겨 웃어보였다. 구레나룻도 멋있게 움직였다.

여기가 어딘지 아세요? 라고 여자가 물었다. 여기가 어디예요? 여기가 어디예요? 라고 만나는 사람마다 꼭 두 번씩 묻던 시어머니가 떠올랐다. 남자는 고개를 짧게 흔들며 잘 모르겠다고 했다. 여자는 좌절했다.

남자는 여행 중인데 데스밸리처럼 죽은 땅과 활화산에 파묻혀 그만 길을 잃었다고 했다. 여자는 또다시 좌절했다. 남자 역시 조바심이 나기 때문인지 여자의 표정 따위에는 신경 쓰지 않았다.

여자는 울음이 섞인 목소리로 이제 어떻게 하냐고 물었다. 사실 남자에게 할 말은 아니어서 속으로 약간 계면쩍어 할 때 남자는 어디 찾아보면 분명 하룻밤 몸을 부릴 만한 곳이 있기 마련이라고 했다. 그 마지막 남은 한 패가 자신이 위험한 여행을 끝내지 못하는 이유이기도 하다고 했다. 여자는 남자가 믿음직스러웠다.

그들은 여자가 올라왔던 곳과 남자가 올라왔던 곳과 반대 방향 쪽의 오른쪽 길로 걸어갔다. 여자가 왼쪽 발목을 잘 쓰지 못하자 남자가 부축해 주었다.

깜깜한 밤이 되기 전에 몸을 부릴 만한 곳이 꼭 나올 것이라는 믿음이 여자를 버티게 했다. 만약 나오지 않는다고 해도 혼자가 아니라 둘이었다. 남자와 몸을 꼭 붙이고 하룻밤 선 위에서 보낸다고 해도 별다른 위험은 없을 것이다. 불곰이나 호랑이나 독수리가 나타날 리 없고, 그리고 괴한도 나타날 리 없었다. 아무것도 없는 황량한 땅이 이제 여자를 위로했다. 믿음직스러운 남자가 옆에 있다는 사실도 여자를 위로했다.

풍경이 달라지기 시작한 것은 계속 오른쪽으로만 걸으면서 이대로 가도 되는 걸까 하며 여자가 또다시 불안에 빠졌을 때였다. 길이가 훨씬 짧아진 삼각 모자형의 잔양이 좀 더 가까워져 있었다. 삼각 모자 아래로 산의 형체가 어렴풋이 박혀 있었다. 맨 허공이 아니어서 여자는 안도했다. 중국인들이 넓은 대륙이 막막하게 느껴져 기마병 같은 것을 만들어 일렬로 쭉 늘어놓는다는 게 이해가 되는 순간이었다.

남자가 눈을 번쩍 떴다. 붙들고 있는 여자의 무게가 점점 무겁게, 거추장스럽게 여겨질 때여서 더 크게 눈이 떠졌다. 툭진 길의 끄트머리에 통나무집이 한 채 서 있었던 것이다. 여자도 기쁨이 넘치는 얼굴로 남자를 올려다보았다. 둘은 잠시 똑같은 시선과 똑같은 마음이 되었다.

가까이 가서 보니 피톤치드가 유행일 때 산속에 많이 있던 통나무로 된 방갈로 형태였다. 방갈로가 사양길에 접어들자 수거했는데 미처 수거해가지 못하고 남은 한 채인 걸까. 주위를 놓고 볼 때 산장이거나 매점이거나 쉼터일 리는 없었다. 누군가의 별장이라고 하기에도 지역상으로나 위치상으로 맞지 않았다. 그렇지만 옛날 소금창고처럼 버려지거나 잊힌 집은 아니었다. 남자는 자신들처럼 오고 갈 데를 잃어버린 사람들을 위한 마지막 배려로 서 있는 집일지도 모른다고 편하게 생각하기로 했다. 어쨌든 앞에 바람이나 먼지를 막아줄 수 있는 공간이 있지 않은가.

그사이에도 바람이 몰려와 집을 때렸다. 마구잡이로 흔들리며 통나무집이 우는 소리가 여자의 귀를 쑤셨다. 남자는 집이 우는 소리가 마치 모래 우는 소리 같다고 했다. 그럴듯한 말이어서 여자는 고개를 끄덕여 주었다. 모래가 우는 소리를 들으면 몸의 세포 하나하나가 우는 것 같다고 남자는 퍽 낭만적인 말을 했다. 남자는 정말 여행을 많이 하는 것 같았다.

여자와 남자는 바람에게 두들겨 맞고 있는 집을 향해 다가갔다. 마지막 배려가 아니라 여기 들어오는 자 모든 희망을 버려라, 는 지옥의 입구라고 해도 들어가지 않을 수 없다고 남자는 생각했다. 문이 닫혀 있으면 어쩔까 하고 걱정했는데 통나무로 된 문은 두어 뼘쯤 열려 있었다. 마치 그들이 오기를 기다리고 있은 듯이, 입을 벌려 어서 오십시오라고 하듯이.

그들은 그곳으로 들어갔다. 여자를 부축하고 있던 남자는 한 손으로 손잡이를 끌어당겼다. 문이 닫히지 않았다. 그사이에도 문을 비집고 들어온 바람과 먼지가 여자의 다리와 남자의 다리를 휘감았다 놓았다.

남자는 여자를 바닥에 조심스레 앉혀 놓고 문 쪽으로 다가갔다. 아까 올라왔던 잿빛 땅덩어리에서 먼지가 몰려오고 있는 게 닫히지 않은 빈 공간으로 보였다. 순간적으로 공포를 느꼈으나 혼자가 아니라 둘이라며 남자는 문을 살피는 것에 정신을 쏟았다. 제법 큰 돌덩이가 프레임과 문 사이에 놓여 있었다. 일부러 문을 열어놓았고, 어떤 필요에 의해 이 집이 여기 있다는 달갑지 않은 깨달음이 있었지만 문을 닫아야만 오늘 하룻밤을 지낼 수 있을 것 같아 남자는 돌덩이를 들어내고 문을 힘껏 닫았다.

탁, 하고 문이 닫히는 소리에 여자는 마침내 구조되었다고 생각했다. 자신을 자루처럼 아래로 떨어뜨리던 풀밭과 먼지만 날리던 회색 땅덩어리와 두렵기만 하던 넓은 대지와도 이제 완전히 차단되었다. 안전한 곳으로 들어왔고, 안전해졌다고 여자는 비로소 마음을 놓았다.

남자도 제법 느긋한 표정으로 안을 들여다보았다. 대여섯 평 남짓한 구조였는데 아무것도 없었다. 순식간에 남자의 얼굴이 곤혹스럽게 변했다. 아무것도 없다니, 아까 본 넓기만 하던 것과 똑같은 비중으로 남자를 불안하게 했다.

남자의 표정을 본 여자도 황급히 안을 둘러보았다. 아무것도 없었다. 아니 있는 게 있기는 했다. 1미터는 족히 될 만한 하얀 스티로폼이 벽면에 세워져 있었다. 바로 그 아래 바닥에도 온통 먼지로 뒤덮인 스티로폼이 깔려 있었다. 여자는 몸을 조금 비틀어 마룻바닥을 돌아보았다. 그들의 발자국이 아무렇게나 찍혀 있었다. 이곳에 있는 것이라곤 먼지밖에 없었다.

두 개의 스티로폼으로 보아서 분명 버려진 집은 아니었다. 어쨌든 어떤 용도로든 쓰이고 있는 공간이었다. 스티로폼이 놓여 있는 곳 오른쪽 상단에 보통 크기의 노트북만 한 창이 두 짝 붙어 있었다. 창 한 짝은 열려 있었다. 창 아래쪽에는 먼지가 제법 도톰하게 쌓여 있었다. 버려진 공간도 아니었고, 폐쇄된 공간도 아니었다.

스티로폼 위의 먼지는 조금 색달랐다. 일반적인 먼지처럼 더럽게 느껴지는 것이 아니라 뭔가 특별한 가치가 있는 것처럼 느껴졌다. 먼지가 내려앉아 스티로폼을 더럽힌 것이 아니라 먼지가 필요해서 스티로폼 위로 모으고 있는 듯했다. 문을 두어 뼘쯤 열어둔 것도 먼지를 불러들일 목적으로 보였다. 이곳은 먼지를 모으는 곳이었다. 그들은 서로 안도의 표정으로 바라보았으나 이내 이곳에서 아무것도 할 수가 없다는 것을 깨달았다.

바닥에 앉아 있던 여자는 몸을 질질 끌고 가 통나무 벽에 기대앉았다. 맞은편에 있는 두 개의 스티로폼이 더 잘 보였다. 하나는 먼지를 모으고 있다 해도, 세워져 있는 것은 용도가 뭐지. 혹 이곳이 영화 세트장은 아닐까. 혹 이곳으로 유인되어 온 것은 아닐까. 그래놓고 카메라로 찍고 있는 것은 아닐까. 어디에 치명적으로 기록당하고 있는 것은 아닐까. 여자는 두리번거리며 카메라를 숨겨 놓았을 만한 곳을 찾았다. 너무 빤한 공간이었다. 숨겨 놓을 만한 틈새조차 보이지 않았다. 상황에 맞지 않게 내가 예민한 거야. 여자는 자신을 꾸짖었다.

남자는 여자와 마주 보고 앉을 수는 없어 여자가 앉은 쪽 끝에 자그맣게 몸을 부렸다. 왼쪽 벽의 한 선에 남자와 여자는 각각 양쪽 끄트머리에 앉아 있었다. 장대 끝에 앉은 두 마리 새처럼. 혹은 장대 끝에 앉은 두 마리 원숭이처럼.

저쪽 끝에 앉아 있는 여자는 뒷머리를 벽에 기대고 앉아 있는 남자를 힐끗힐끗 훔쳐보았다. 사회에서는 결코 잘 생겼다고, 그렇다고 남자답다고도 할 수 없는 얼굴과 외양이었다. 여행 중이라는 말이 영향을 미친 것인지 결혼을 하고 가정을 이루고 있는 것처럼도 보이지 않았다. 남자에게는 시니컬하면서 우울하고 어두운 분위기가 있었다. 몸뚱이에서는 쓸쓸한 바깥의 냄새가 나는 듯도 했다.

바깥에서는 무얼 하는 사람일까. 물어볼까. 아니야, 그런 게 뭐가 중요해. 바깥에서 뭐를 하든지 지금 안에서 내 옆에 있지 않은가. 낯선 남자와 비좁은 공간에 둘만 있다는 불편함 같은 걸 느끼지도 않게 하잖아. 그래도 물어보는 게 낫지 않을까. 그때 배에서 꼬르륵 소리가 났다. 홀쭉하다 못해 쪼그라든 위는 제발 먹을 것 좀 넣어달라고 아우성이었다. 여자는 벌떡 일어났다. 밖으로 나간다 해도, 아까 본 한쪽은 풀밭이고, 한쪽은 회색 땅덩어리인 곳에서 먹을 것을 구할 수는 없을 테지만 어쨌든 일단 나가야만 먹을 것이 생길 확률이 있었다. 걸음을 떼놓던 여자는 발목의 통증으로 비틀거리고 말았다.

남자가 재빨리 다가와 여자를 부축하며 왜 그러냐고 물었다. 여자는 배가 고프다고 했다. 먹을 게 넘쳐나는 세상이지만 주인이 주지 않으면 쫄쫄 굶고 있어야 하는 목줄에 매인 개와 다를 게 없었다. 밖에 나간다 해도 불가능한 일이라고 하면서도 남자는 자신이 나가 보고 오겠다며 여자를 조심스레 앉혀 놓고 문으로 갔다. 그런 남자의 등짝이 울퉁불퉁하지만 듬직한 암벽 같다고 여자는 생각했다.

남자는 문고리를 돌렸다. 돌리는 대로 돌아가기는 해도 문은 열리지 않았다. 문고기를 부숴버릴 듯이 돌리고 또 돌렸지만 헛돌기만 했다.

에잇, 남자가 비명을 질렀다. 무슨 일이예요? 여자는 발목이 아픈 것도 잊고 황급히 문 앞으로 갔다. 남자의 손을 밀치고 자신의 손으로 문고리를 돌렸다. 돌리는 대로 돌아갈 뿐 문은 열리지 않았다.

그제야 그들은 깨달았다. 간혹 있다던 밖에서 열어야만 열리는 문고리라는 것을. 문과 프레임 사이에 돌덩이를 놓아둔 것은 먼지를 불러들이기 위해서이기도 하지만 밖에서

만 열리기 때문일 수도 있다는 것을. 이제 이곳에서 먼지를 모으고 있는 작자가 나타나 먼지를 수거해가기 전까지는 나갈 수가 없다는 것을 그들은 절망적으로 깨달았다.

이런 염병할, 남자의 입에서 거칠고 원색적인 말이 튀어나왔다. 발로 문짝을 쾅쾅 차기까지 했다. 속으로 실망하던 여자는 곧 지금 이 상황에서 남자가 근사하기를 바란다는 자체가 웃기는 일이라고 자책했다. 남자에게 너그러워져야만 했다. 아니 무엇보다 자신에게 너그러워져야 했다. 어쨌든 나갈 때까지는 남자와 함께 웅크리고 있어야 했다. 그런데 갇혔다는 두려움보다는 뭐 어떻게 되겠지 하는 마음이 훨씬 컸다. 새로운 용기는 어쨌든 하나가 아니라 둘이라는 것에서 비롯되었다. 혼자였다면 온통 두려움뿐이었을 것인데. 커다란 활화산이나 허리케인 앞에서도 하나일 때는 두려움을 느끼지만 둘일 때는 낭만적으로 볼 수 있지 않은가. 한순간 자신이 가증스럽게 여겨지기도 했으나 안도하는 마음이 훨씬 더 컸다. 그러나 공간은 너무 어두웠다.

여자가 불을 켰으면 좋겠다고 생각했을 때 남자가 스위치를 올렸다. 안이 밝아졌다. 여자는 목을 뒤로 한껏 젖혀 천장 한가운데 동그랗게 달려 있는 전등을 올려다보았다. 역시 밝은 것은 에너지를 끌어내는 힘이 있었다. 밝은 조명, 이라는 간판 글자를 보았을 때도 힘이 생기지 않던가.

남자의 이마가 불빛을 받아 매끄럽게 반짝였다. 두려웠던 공간이, 휑하던 공간이 이제 둘로서 꽉 찬 느낌이었다.

그들은 다시 왼쪽 벽의 선에 앉았다. 아까와 달라진 것이 있다면 둘이 딱 붙어 앉아 있다는 것이었다. 배가 너무 고파진 남자는 먹다 남은 바게트를 배낭에 쑤셔 넣었던 걸 기억해 냈다. 배낭의 지퍼를 열고 손을 넣어 마치 여자의 살이라도 뒤지듯 안을 뒤적거렸다. 종이봉투가 손끝에 닿자 남자는 약간 흥분했다.

남자는 제법 길쭉한 바게트를 꺼냈다. 여자가 손을 내밀었다. 남자는 바게트를 반으로 분질러 여자에게 건넸다. 반은 자신의 입으로 가져가 우적우적 씹었다. 둘은 바게트를 아껴서 씹어 먹었다.

창 한 짝은 새까매져 있었고, 창 한 짝에는 검푸른 하늘이 한 뼘쯤 앉아 있었다. 춥다고 느낀 여자는 몸을 작게 웅크리며 남자를 돌아보았다.

여자를 읽은 남자는 스티로폼으로 다가갔다. 스티로폼에 손을 댄다면 나중에 이곳에 올 사람에게, 그러니까 먼지 기르기를 하는 사람에게 맞아죽을지도 몰랐으나 몸을 부릴 곳은 그곳밖에 없었다. 남자는 창문부터 먼저 닫았다. 딱, 하고 닫히는 소리에 여자는 순간적으로 바깥으로 향한 문이 닫혔다는 두려움을 느꼈다.

남자는 스티로폼을 뒤덮고 있는 먼지를 구석진 곳에다 고스란히 모았다. 먼지는 산등성이처럼 가운데가 볼록해졌다. 작은 산 같기도 했고, 모서리나 선이 뭉텅하기는 해도 피라미드 같기도 했다. 삼각형의 피라미드하면 수수께끼가 떠올라 여자는 먼지 한가운데를 손바닥으로 눌러버렸다. 먼지 더미는 가운데가 찌그러지면서 납작해져 버렸다. 그러자 아무 의미도 없고, 쓸모없이 귀찮기만 한 먼지로밖에 보이지 않았다.

여자가 손장난을 하는 동안 남자는 벽에 세워 둔 스티로폼을 내렸다. 먼지를 털어낸 스티로폼 옆에 놓았다. 남자는 먼지가 묻은 스티로폼 위에 올라앉았다. 벽에서 내린 다소 깨끗한 스티로폼 위에는 여자를 앉으라고 했다.

여자와 남자는 스티로폼을 한 짝씩 차지하고 앉았다. 여자는 두 다리를 한껏 싸안고 얼굴을 묻었다. 무슨 말이든 해야 한다는 생각에 여자는 스티로폼이 두터운 페르시아 양탄자 못지않다고 했다. 남자도 그런 것 같다고 맞장구쳤다.

말이 끊기자 또다시 바람 소리와 먼지가 몰려오는 소리가 과장되게 들렸다. 여자는 귀를 틀어막고 싶었다. 어둠이 더 두꺼워지자 기온도 더 떨어졌는지 여자는 몸을 으스스 떨고 말았다.

"춥군요. 스티로폼을 포개야겠어요."

남자가 말했다. 여자는 팔짱을 낀 채 엉덩이를 마룻바닥으로 옮겼다. 남자는 여자의 다리에서 빼낸, 엉덩이 무게로 조금 꺼진 스티로폼을 자신이 앉았던 스티로폼 위에 포갰다. 남자가 스티로폼 위에 올라앉자 여자도 남자 옆으로 옮겨 갔다. 몸을 붙이고 앉자 따뜻한 온도가 교환되었다.

어느새 둘은 한 몸처럼 엉켰다. 남자가 여자의 뺨을 자신 쪽으로 돌려놓으며 입을 맞추었다. 누가 먼저랄 것도 없이 서로 몸을 포갰다. 그들은 낙원의 아담과 이브처럼 원시적인 섹스를 했다. 여자는 갓 딴 사과처럼 싱싱했다.

섹스가 끝나자 여자는 눈물을 흘렸다. 남편과 7년 동안 살면서 부족하지 않을 만큼 섹스를 했지만 이만큼 흡족하거나 감격적이지는 않았다. 남자가 손을 뻗어 여자의 뺨에 흐른 눈물을 닦아주었다. 불을 켜놓고 섹스를 했다는 것을 깨달았지만 여자는 부끄럽지 않았다. 지금 여자는 남자를 사랑한다고 믿었다.

사랑해요, 기어이 여자는 내뱉고 말았다. 남편에게도 먼저 해본 적이 없는 말이었지만 여자는 쑥스럽지 않았다. 후회하지도 않았다.

지금 여자를 향해 끝없이 분출하고 있는 감정을 사랑이라고 해도 되는 것인지는 몰랐지만 여자의 말에 보답하듯이 남자도 여자의 귓속에 대고 사랑한다고 말했다. 데스벨리 같은 곳에서 길을 잃기 전에 남자는 새파란 바다와 지구의 한 선처럼 둥그런 수평선과 그 위의 역시 새파란 하늘뿐인 곳에서 특별한 공간을 혼자 차지했다며 감격스러워했다. 여자를 안고 있는 지금 그와 비슷한 감정들이 몰려왔다. 이제 함부로 여자를 만나거나 사지 않을 확신이 생겼다. 이 여자가 보고 싶으면 어떻게 하지. 헐거웠으나 깊은 성기로 보아 남의 것임에 분명한데도 한 달에, 아니면 보름에 한 번씩 이곳에서 만나 섹스를 해야 될지도 몰랐다. 이제 이곳에서 나가는 문제에 대해서는 신경 쓸 필요가 없었다. 그 사실이 둘 다 기뻤다. 여자도 여기서 나간다고 해도 남자를 그냥 그대로 보낼 줄 것 같지 않았다.

서로 사랑하는 두 남녀는 스티로폼 위에서 한 몸처럼 잠이 들었다. 추워서 중간에 깨어나 스티로폼 한 짝을 두 몸 위에 얹고 잤다.

창 두 짝으로 햇빛이 투사되고 있었다. 스티로폼 위와 아래에서 꼭 껴안고 있는 그들의 몸 일부분에도 햇빛이 엉겼다. 여자는 몸을 버둥거려 남자의 품에서 빠져나왔다. 발목이 시큰거리기는 해도 어제보다 통증은 덜 했다.

여자는 창 한 짝을 열었다. 기다렸다는 듯이 먼지가 밀고 들어왔다. 차가운 공기도 들어왔다. 햇빛이 폐쇄된 곳, 꽉 막힌 곳에도 들어찼다. 그 사실에 여자는 새삼 감격스러워하며 두 팔을 벌리고 섰다. 아파트 베란다 창에서도 단 한 번도 해보지 않은 행동이었다. 자연에 가까워졌다며 여자는 코를 벌름거리기까지 했다. 먼지 냄새밖에 코끝에 닿지 않았다. 어제 잔양이 삼각 모자처럼 남아 있던 산등성이 주위도 밝고 부옇게 빛났다.

여자 뒤에는 남자가 서 있었다. 빛줄기를 탄 먼지들이 흔들렸다. 먼지들은 그제야 먼지라는 실감을 띠었다. 남자도 두 팔을 벌리고 햇빛을 향해 섰다. 햇빛을 빨아들이는 몸짓으로 콧날을 씰룩이고 얼굴 근육을 움직거리며 몸에 힘을 주었다 뺐다 했다.

왜 이런 상황에서도 배는 어김없이 고픈 걸까. 여자는 무엇이든 오독오독 씹어 삼키고 싶었다. 그 욕구는 점점 강해졌다. 불가능한 것은 빨리 미련을 버려야 했다. 지금 이 순간은 햇빛을 최대한 잘 사용해야 했다.

여자는 스티로폼 위에 엎드렸고, 남자는 대자로 누웠다. 햇빛이 그들 위로 쏟아졌다.

사과나무나 뱀은 없었지만 그들은 아담과 이브처럼 하루를 지냈다. 배에서 나는 꼬르륵거리는 소리가 그들을 방해하기도 했으나 둘은 최대한 충만했다.

햇빛이 가뭇없이 사라져버리자 충만감도 사라지면서 그들은 조금씩 초조해지기 시작했다. 도시보다 훨씬 일찍 햇빛이 사라졌다. 홋카이도에서는 오후 네 시면 완전히 어두워서 아무 일도 못하던 것을 여자는 기억해 냈다. 지금이 몇 시인지는 몰라도 오후 네 시는 넘었을 것이다.

문이 자꾸만 덜커덕거렸다. 바람과 먼지가 문을 때릴 뿐 열리지는 않았다. 그들은 두려움을 지우려면 또다시 섹스를 할 수밖에 없다는 것을 알아챘다.

둘은 다시 입맞춤을 했다. 문이 덜커덕거리면서 열리는 소리가 들렸으나 바람의 심술궂은 발길질일 것이라고 여기며 둘은 몸을 더 밀착시켰다. 차가운 바람이 그들의 몸을 후려쳤다. 남자는 얼른 여자의 몸 위로 엎어졌다. 그 순간 믿기지 않게 누군가 들어왔다.

여자는 재빨리 일어나 옷을 끌어올리고 뒷머리를 다듬었다. 남자도 허겁지겁 옷을 끌어올렸다. 그러고는 둘이 똑같이 안으로 들어온 사람에게로 시선을 돌렸다.

검은 점퍼에 달린 모자를 둘러쓰고 있어서 작게 보이는 얼굴은 몹시 희었다. 죽은 자는 그림자가 없어서 한낮에만 나타난다는데. 여자는 자신이 너무 비논리적이 되었다고 여기면서도 검은 점퍼의 그림자를 찾았다. 유령은 아닌지 엎질러진 물 같은 그림자가 있기는 했다.

그들을 보고도 별다른 반응도, 별다른 말도 없던 검은 점퍼는 그들이 깔고 있는 스티로폼을 보자 벼락같이 여자에게 달려들어 마룻바닥으로 세게 밀어버렸다. 여자는 비명도 지르지 못했다.

"여기 있던 먼지 다 어쨌어?"

스티로폼에서 재빨리 내려온 남자가 여자가 손 장난치다 만 먼지 더미를 가리켰다.

"이것들이!"

허스키 보이스이기는 해도, 체격이 커서 남자 같기는 해도 분명 여자인 검은 점퍼는 마룻바닥에 팽개쳐져 있는 여자에게 달려들어 목을 조였다. 여자는 캑캑거리며 미안하다고 빌었다.

검은 점퍼의 우악스럽고 무자비한 손에서 목을 겨우 빼낸 여자는 숨을 몰아쉬며 숨통을 틔웠다. 남자에게는 달려들지 않으면서 왜 나는 목까지 조이는 거야. 남자가 더 가까이 있었잖아. 여자는 검은 점퍼에게 증오를 느꼈다.

산만한 틈을 타 남자는 문으로 갔다. 문고리를 돌렸다. 여자와 엉켜 있느라 문 열리는 타이밍을 놓친 것을 남자는 애석해 했다. 문고리는 매끄럽게 돌아가기는 해도 문은 열리지 않았다.

"우린 어쩌다 이곳을 발견했어요. 그래서 하룻밤 신세를 졌어요. 문을 열어주세요. 안에서는 안 열리는 것 같던데."

남자는 최대한 순하고 부드러운 목소리로 검은 점퍼에게

부탁했다.

"안에서는 안 열려."

"그럼 어떻게 들어왔어요?"

남자는 검은 점퍼를 거슬리지 않으려고 애쓰며 물었다.

"나야 열쇠로 열고 들어왔지."

"그럼 안에서도 열쇠로는 열 수 있겠네요."

"당연하지."

"열어주세요. 문이 열리지 않아서 나가지 못하고, 이렇게……신세를 지고 말았어요. 정말 죄송해요. 열어주세요."

여자가 애원조로 말했다.

"무단 침입에 남의 먼지까지 망쳐 놓고 그냥 나가시겠다, 그럴 수는 없지."

검은 점퍼가 냉정하게 말했다. 여자와 남자는 서로를 바라보다, 검은 점퍼를 멍하니 바라보았다. 검은 점퍼에게서는 한마디로 말할 수는 없지만 어둡고 부정적이고 찬 에너지가 흐르고 있었다.

"내가 너희들을 어떤 용도로 쓸 수 있는지 생각 좀 하고."

용도? 여자와 남자는 두려운 시선을 교환했다.

"먼지를 대체할 수 있는 도구."

"도구? 도구요?"

여자가 기분 나쁜 얼굴을 숨기지 못한 채 목소리를 높였다.

"내 도구를 망쳐놓았으니까 너희들이 도구가 되어야지."

검은 점퍼는 스티로폼 앞으로 걸어가며 사납게 말했다.

스티로폼이나 먼지와 같은 용도? 여자는 겁이 났다. 모든 상황이 분명 농담처럼 여겨지는데 사태는 점점 더 심각해지고 있었다. 남자는 별다른 반응을 보이지 않았다. 얼굴에는 어떤 생기가 있었고, 눈에서는 옅은 열기 같은 게 있었다. 이제 꼼짝없이 검은 점퍼의 도구가 될 수밖에 없다는 것을 여자는 자각했다. 그러자 두려움 대신 새로운 용기가 생겼다. 그 어떤 것도 풀밭에 혼자 내팽개쳐 있을 때의 두려움보다는 크지 않다는 걸 이미 체험한 상태였다. 그렇게 큰 두려움을 먼저 만난 것이 다행이었다. 곧 내보내 준다고 하니까 그동안 검은 점퍼의 명령에 따라 움직이면 돼. 명령이 몹시 싫었지만 한쪽 패를 알고 있으니까 생자 공포는 아닐 것이다. 분명 이미 체험한 수위를 넘어서지는 않을 것이라고 여자는 자신을 설득했다.

검은 점퍼는 스티로폼 하나는 벽에 세우고, 다른 스티로폼에는 두 손을 동원하여 먼지를 끌어 모았다. 여자와 남자는 처음에 이곳으로 왔을 때처럼 왼쪽 벽의 끄트머리를 하나씩 차지하고 앉아서 검은 점퍼를 주시하고 있었다. 먼지는 가운데가 도도록했다. 가장자리가 둥그렇기는 해도 분명 피라미드 형태였다. 삼각형의 피라미드는 수수께끼 같아서 여자는 순간적으로 인상을 썼다.

먼지를 끌어 모으고 있는 검은 점퍼가 무엇을 하는지 몰라 여자는 또다시 두려움에 빠졌다. 엉덩이를 조금씩 움직여 남자 곁으로 다가갔다. 손이라도 잡아줄 줄 알았는데 남자는 검은 점퍼의 행동만 지켜보고 있었다. 이때까지 남자에게서 저런 생기를 보지 못했다. 아니야, 아까 날 사랑한다고 할 때도 저렇게 생생한 생기를 띠었어. 남자에게 너그러워져야 했다. 까다롭고 뾰족해져서는 안 돼. 여자는 남자에게 몸을 기댔다. 남자는 한 손을 들어 여자의 어깨를 토닥여주었으나 의례적인 손길일 뿐이었다. 저게 끼어들어서 우리 둘 사이를 아무것도 아닌 것으로 만들어버렸어. 여자는 검은 점퍼에게 적의를 느꼈다. 그러나 여자가 할 수 있는 건 아무것도 없었다.

먼지를 다 끌어모은 검은 점퍼는 양 어깨에 메고 왔던 두 개의 가방 중 하나에서 비닐을 꺼냈다. 비닐에서 쏟아져 나온 것은 백색 가루였다. 체념한 채 죽은 듯이 있던 여자의 위가 요동을 쳤다. 설탕 가루인지 밀가루인지는 몰라도 검은 점퍼에게 달려들어 빼앗고 싶었다. 한 움큼 손아귀에 움켜쥐고 입안에 털어 넣고 싶었다. 그러나 검은 점퍼는 덩치가 크고 사나운 여자였다. 물어 뜯길지도 모른다는 두려움에 여자는 식욕을 눌러 껐다.

검은 점퍼는 백색 가루도 옆의 먼지와 똑같게 피라미드처럼 도독하게 쌓았다. 검은 점퍼가 다른 쪽 가방에서 돌돌 말린 검은색 가리개를 꺼냈다. 가리개 가운데 있는 꼭지에 침을 잔뜩 묻혀 창에 찰싹 붙였다. 순식간에 안은 캄캄해졌다. 일부러 사채 흉내를 내는 거대한 꽃에 갇힌 벌레 같은 기분이 여자를 건드렸다.

여자의 두려움을 조롱하듯 검은 점퍼는 다시 앙증맞은, 꼭 실내 소품 같은 램프를 꺼내더니 불을 밝혔다. 조명 판으로 가리자 벽과 스티로폼에만 인공 빛이 들어오면서 여자와 남자와 검은 점퍼 모두 검게 변했다.

벽에는 두 개의 섬이 생겼다. 하늘과 수평선과 먼바다가 회색으로 잠긴 곳에 두 개의 검은 섬이 있었다. 티끌인지 뭔지 모르는 작은 실 같은 것도 비쳐서 선미나 후미만 보이는 배 같기도 했다. 아무짝에도 쓸모없는 먼지로 저런 것을 연출해 내다니, 여자는 놀랐다. 검은 점퍼는 벽을 향해 셔터를 조심스레 눌렀다. 저런 눈속임이 있나. 저런 거짓이 어디 있어. 사람들은 엄숙한 고요에 잠긴 바다의 이미지만 볼 거잖아. 검은 점퍼가 스티로폼 위에다 먼지와 백색 가루로 만들어냈다고 말하기 전에는 절대로 알 수 없을 것이다. 이때까지 보고 놀라고 한 이미지들이 저렇게 만들어졌을 수도 있다고 생각하니까 여자는 모든 게 시시한 거짓 같아졌다. 이 상황조차도 슬슬 시시해져 버렸다. 검은 점퍼가 말한 도구라는 것도 먼지처럼 사용되는 것일지도 몰랐다. 그러자 여자의 두려움도 슬슬 거짓 같아졌다.

그럼 저 덩치 큰 여자가 예술가인가. 사진도 연출이었구나. 아까 검은 점퍼가 말한 도구라는 것도 여자와 나를 집어넣고 연출하려는 것이었어. 이 공간도 검은 점퍼의 연출로 만들어진 것이었어. 그렇다고 해도 검은 점퍼의 도구가 되는 것은 나쁠 게 없었다. 도구로써의 용도가 끝나면 여기서 나가게 될 것이다. 그 전에 검은 점퍼에게서 무엇인가를 획득하고 싶었다. 남자는 검은 점퍼를 탐색했다.

검은 점퍼는 자신이 근사하고 멋있게 보이는 각도와 위치를 알고 있었다. 무덤덤하기 짝이 없는 태도로 일에 몰입해 있지만 그 몰입한 모습이 남자에게 매혹적으로 보인다는 걸 검은 점퍼는 분명 알고 있었다. 매혹적인 여자에게서 획득할 수 있는 것은 섹스라는 걸 남자는 몸으로 느끼고 있었다. 점퍼를 벗어던진 검은 점퍼는 타이즈와도 같이 딱 달라붙는 옷을 입은 채 카메라를 눌러댔다. 군살 때문에 등이나 옆구리가 울퉁불퉁했으나 매끄러운 몸만 만지고 부딪쳐온 남자에게는 색다르게 다가왔다.

여자는 남자가 검은 점퍼의 동작 하나하나를 탐색하고 온통 검은 점퍼에게만 집중하고 있는 모습을 지켜보고 있었다. 남자에게 달려들어 너 이거밖에 안 되니? 하고 따져 묻고 싶었다. 그러나 이 상황에서? 고개를 젓던 여자는 동작을 멈추었다. 처음 들어왔을 때부터 연출된 공간일지 모른다는 의문을 가졌고, 카메라가 숨겨져 있을지 몰라 두리번거리기도 했는데 그게 맞아 떨어지고 있어서 사물을 보는 자신의 시선에 신뢰감이 들어 우쭐했던 것이다.

그러나 새로운 두려움이 몰려왔다. 검은 점퍼가 설정해 놓은 공간에 유인당해 들어왔을지도 몰랐다. 어젯밤 섹스도 관찰당한 것이 아닐까. 기록당한 것이 아닐까. 저 산돼지 같은 여자의 두 눈이 다 보고 있었던 것은 아닐까. 그것보다 이 안의 통나무 벽 어디에 커다란 눈이 있었던 것은 아닐까. 나무 관에 그려져 있던 커다란 두 눈은 사람을 얼마나 섬뜩하게 하던가. 여자는 재빨리 통나무 벽을 훑었다. 눈 따위는 없었다. 숨겨 놓았을 카메라도 없었다. 밋밋한 벽일 뿐이었다. 여자는 안도했다.

검은 점퍼는 알아들을 수도 없는 말을 중얼거리면서 발한 짝을 앞으로 쭉 내밀기도 하고, 엉덩이를 마룻바닥에 내려놓을 듯 말 듯 하면서 여러 각도에서 앵글을 잡았다. 그러면서도 그들을 피사체로써 틈틈이 탐색했다.

남자는 탐색당하는 게 싫지 않았다. 열정적인 사진가를 지켜보고 있는 남자의 아랫도리가 자꾸만 뜨거워졌다. 예술도 결국은 성적 욕구에서 출발한다는 말을 생각해 내던 남자는 웃고 말았다. 그런데도 성기는 점점 불룩해져 갔다. 옆에 있는 여자가 눈치챌지 몰라 괄약근에 힘을 주었다. 남자는 옆에 있는 여자가 거추장스러웠다. 셋이 되니까 아무것도 할 수 있는 게 없었다. 섹스도 할 수 없었고, 눈빛으로 사랑을 교환할 수도 없었다. 사랑은 둘이서 하는 것이었다. 셋은 아무짝에도 쓸모가 없었다. 천상에서만 성삼위라든가 세 개의 삼각형 지붕 따위가 필요할 뿐이었다.

그렇다면 둘만 남으면 된다. 이 여자가 없다면, 검은 점퍼와 단둘이 있다면 분명 어젯밤처럼 원시적인 섹스를 할 수 있을 텐데. 이 여자만 내보내 달라고 할까. 자신은 남겠으니, 자신만 볼모로 잡고 이 여자만은 내보내 달라고 한다면 여자는 나를 신뢰할 것이고, 검은 점퍼도 의리 있는 나에게 남성적인 매력을 느낄 것이다. 중성적인 이미지가 강하지만 검은 점퍼도 여자이니까 남성적인 힘 앞에서는 흔들릴 것이다. 그때였다. 여자가 발딱 일어나 문 쪽으로 가며 소리쳤다.

"난 나가야겠어요. 난 필요 없잖아요."

여자가 문고리를 잡고 덜컹덜컹 흔들었다.

"그래요. 여자는 내보내 줘요. 계속 있으면 탈진할지 몰라요. 어제부터 먹은 게 없어요. 나는 남을 테니까 여자는 보내요."

검은 점퍼는 뒤도, 옆도 돌아보지 않았다.

"내보내 달라고요!"

여자가 소리를 질렀다.

"내가 필요한 건 너희 둘이야. 하나 가지고는 안 돼. 우리
셋이서 하나의 작품을 만들 거라고."

"대체 그 작품이 뭐냐고요?"

여자가 악을 쓰며 물었다.

"몰라, 아직까지는. 그렇지만 곧 좋은 생각이 떠오를 거야."

여자는 기막혀 했다.

"지금부터 아무 말 하지 마. 입 닫고 있어. 내가 작업 중이
잖아."

검은 점퍼가 여자를 힐끗 노려보며 명령했다. 여자는 엄청
난 분노를 느꼈다. 저게 예술 외에는 아무것도 보이지 않는
태도잖아. 저건 필요하면 우리를 죽일지도 몰라. 저게 백색
가루나 먼지를 억지로 먹일지도 몰라. 그렇지만 내겐 아무
힘도 없잖아. 기다려야 해. 곧 열어준다니까. 나갈 수 있으니
까. 여자는 벽에 기대앉으며 자신을 설득했다.

남자도 벽 끄트머리에 기대앉았다. 바람 소리와 먼지가 기
어들어 오는 소리만이 안을 잔뜩 메워갔다. 작은 램프 불빛
하나만 켜져 있는 안은 빛과 어둠과 그림자로 세 동강으로

갈라져 있었다.

여자는 손바닥으로 마룻바닥을 쓸었다. 먼지가 쓸렸다. 드러난 마룻바닥에는 좀이 슬어 있었다. 여자는 손톱으로 마룻바닥의 좁은 틈에 낀 먼지를 파냈다. 바다에 떠 있는 두 개의 섬 앞에서 카메라를 눌러대는 저 여자만 없다면 어젯밤처럼 남자랑 섹스를 했을지도 모르는데. 그래야만 배고픔과 추위와 고독감과 배신감도 함께 사라질 것 같았다. 여자는 남자를 돌아보았다.

벽에 등을 대고만 있는 남자가 저 여자와 섹스를 하고 싶어 한다는 것을 여자는 또 한 번 눈치챘다. 그때 검은 점퍼가 그들을 돌아보았다. 검은 파카의 눈이 열기로 이글거렸다. 어디 기록당하는 건 아니겠지. 여자는 오싹해졌다.

"좋은 생각이 났어. 바로 이 먼지 위에서 너희 둘이 섹스를 하는 거야."

"미쳤어요."

여자가 소리쳤다.

"어젯밤에 섹스를 하지 않았어?"

여자는 입술을 깨물었다.

"그냥 나는 없다고 생각하고 어젯밤처럼만 하면 돼. 아무것도 의식하지 말고."

"당신이 있잖아요. 그리고 카메라도 있고. 도구라는 게 바로, 바로……."

여자는 말을 잇지 못했다.

"사진은 연출이야. 곧이곧대로 찍는다면 그건 한낱 기록 사진이지 예술이 못 돼. 섹스 중인 너희 둘 사이에 나중에 다른 도구를 끼워 넣을 거야. 그러니 안심해도 돼. 유리를 끼워 넣을 수도 있지만 그건 이미 있으니까 안 되고."

"못해요. 절대로 못해요."

"못한다."

검은 점퍼는 한 팔로 턱을 괴고 서성거렸다. 그리고 남자에게 물었다.

"넌 할 수 있지?"

"나도 못합니다."

남자는 여자와는 섹스를 하고 싶지 않았다.

"너도 못한다. 나하고는 할 수 있어?"

여자는 몸이 오들오들 떨렸다. 저들이 섹스를 하는 장면을 나한테 카메라로 기록하라는 건 아니겠지.

다행히 남자는 아무 말도 하지 않았다. 검은 점퍼는 또다시 몹시 생각하는 것처럼 턱을 괴고 서성거렸다.

"그럼 옷부터 전부 벗어."

검은 점퍼가 여자에게 명령했다.

"옷을요? 왜요?"

여자가 두려운 목소리로 물었다.

"옷을 전부 벗고 이 스티로폼 위에 엎드려."

검은 점퍼는 먼지가 모여 있는 스티로폼을 가리켰다.

"나 혼자 만요?"

어떤 일이라도 섹스를 하는 것보다는 나을 것 같기는 했다.

"그래, 옷 벗고, 엎드려."

남자는 검은 점퍼와 섹스는 할 수 없다는 것을 알아챘다. 그렇다면 이 상황에서 남자도 섹스가 아닌 뭔가를 획득하거나 습득해야 했다. 그게 뭘까.

여자는 옷을 모조리 벗었다. 나신의 여자는 군살은 없었지만 그다지 유연하거나 매혹적인 곡선도 아니었다. 저런 여자와 그토록 원시적인 섹스를 했다니.

남자가 자신의 몸을 샅샅이 지켜보고 있지만 실망하고 있다는 걸 여자는 느끼지 않을 수 없었다. 이제 남자는 자신과는 아무 상관없는, 회색 땅덩어리에서 올라오던 생소하던 타인이 되었다. 이제 각자 검은 점퍼의 손아귀에서 놓여나서 각자의 방식으로 이곳을 나가면 되었다. 여자는 먼지 위에 엎드렸다. 먼지가 몸에 묻으니까 안락해지면서 터무니없이 용감해졌다.

"무릎을 꿇고 엉덩이를 치켜세워. 허리는 최대한 낮추고 등은 솟구치게 해!"

　검은 점퍼는 여자의 몸에 손을 대며 자세를 잡아주었다. 여자는 혼자 하겠다며 검은 점퍼의 손을 털어버렸다. 그 손길에 굉장한 적의가 느껴졌다. 검은 점퍼는 전혀 개의치 않았다.

　저쪽 벽에는 나신의 여자 몸으로 만들어낸 길고 완만한 산등성이와 두 개의 봉우리가 있었다. 여자 밑이나 옆의 먼지는 나무들처럼 보였다.

　아, 저것이었구나. 남자는 놀랐다. 울퉁불퉁한 등을 씰룩이며 엉덩이를 내려놓고 오른쪽 다리는 쭉 뻗은 채 검은 점퍼는 카메라를 연신 눌러댔다. 가만, 여체, ……관찰자의 눈, 제 3자의 눈, 커다란 외눈을 그려 넣고, 그 외눈이 대상, 상품…… 새로 출시된 자동차를 여체처럼 바라보는 외눈으로 각이 섰다.

　근접 촬영, 클로즈업, 정면 촬영 등 다양한 각도로 셔터를 눌러댄 검은 점퍼는 포만감에 젖어 바닥으로 털썩 내려앉았다. 포효하듯이 숨을 내쉬고 난 검은 점퍼는 느릿느릿 문으로 다가갔다. 거만한 손길로 호주머니에서 열쇠를 꺼내 구멍에 꽂았다. 문이 덜컥 열렸다. 돌아서서 옷을 주섬주섬 주워 입고 있는 여자에게 이제 그만 가도 좋다고 했다. 여자는 다 입지 못한 옷을 안고 후다닥 문밖으로 나갔다. 바람과 먼지가 기다렸다는 듯이 여자를 후려쳤다.

"안 나가고 뭐해?"

검은 점퍼가 남자에게 말했다.

"나도 내보내 주는 거예요?"

"그럼, 내 작업은 끝났어. 빨리 나가."

남자가 느리게 몸을 일으켜 검은 점퍼에게로 다가갔다.

"이제 우리 둘뿐이잖아요. 나도 카메라와 관련이 있는 사람이에요. 광고를 찍거든요."

"빨리 못 나가!"

검은 점퍼가 집게손가락을 빳빳이 세워 문을 가리켰다. 남자는 뭉그적거렸다.

"빨리 꺼지라고."

검은 점퍼가 발을 들어 웃고 있는 남자를 차려고 했다.

여자는 문 앞에 주저앉아 있었다. 안에 있을 때는 나오기만 하면 된다고 여겼지만 무엇을 해야 할지 알 수 없었다.

뒷걸음으로 쫓겨나오는 남자를 보자 여자는 뿌연 먼지 속으로 달아났다. 몹시 절뚝거리며.

# 냉담한 자세

1


경쾌한 발걸음으로 빌딩으로 들어간 그는 아직 출입 카드가 없어 수위에게 '에펠로 구두' 사원이라고 했다. 수위가 출입구 한쪽을 열어 주었다. 그곳을 날렵하게 빠져나와 엘리베이터로 가는 그의 모습이 대형 거울에 찍혔다. 흰 와이셔츠에 스카이블루 넥타이에 감청색 양복을 입은 그는 예전과 달리 탄탄하고 다부져 보였다. 자신의 발이 이제 좋은 방향으로 가기를 바라는 마음에서 새로 산 구두도 광택이 났다.

10층 복도 끝에는 밝은 이미지의 남녀 배우가 분홍구두와 흑 칠피 구두를 신고 있는 배너가 세워져 있었다. 그는 반투명 유리로 된 출입문을 열고 안으로 들어갔다.

복도 쪽이 전면 유리로 된 자그마한 사무실에는 파티션으로 가린 책상이 마주 보는 형태로 배열되어 있었다. 사무실 한쪽에 반투명 유리로 된 간이 문과 또 하나의 공간이 있었다. 구두들이 보이고, 가죽도 보이는 것으로 보아 작업실인 모양이었다. 에펠로를 영어 흘림체로 쓴 나무장식 앞에 대리의 책상이 있었다.

대리는 모두 주목하라며 그를 새로 온 사원 우지운이라고 소개했다. 직원 아홉 명이 파티션 너머로 그를 주시했다. 새로 온 사원이라고 자신의 위치를 낮추는 건 아무렇지 않은데 어쩐지 나이와 걸맞지 않아서 그는 객쩍었다. 얼른 그런 기분을 털어냈다. 이곳에서까지 자신의 기분을 들여다보고 싶지 않았다. 기분, 예감, 직감, 예지력, 통찰력, 이런 게 얼마나 자신한테 불리하고 불이익을 가져다주는지 이제는 알아야 했다.

디자이너인 여직원 두 명과 역시 디자이너인 남자 직원과 영업 담당 직원들과 차례차례 악수를 나누었다. 마지막으로 기획 담당이라는 남자 직원이 손을 내밀었다. 머리숱이 적어서 이마가 더 넓어 보이면서 뒷머리가 내려앉거나 눌린 듯한 느낌을 주는 남자 목에는 박성준이라는 명찰이 걸려 있었다. 마지못해 손을 내밀 때부터 껄끄러운 시선이었는데 손과 손이 닿자 남자의 시선이 더욱 묘하게 변했다.

섬뜩한 기운이 지나갔다. 이어 가슴이 기분 나쁘게 뛰었다. 그는 또다시 자신을 예민하다고 주의를 주었다.

출입구와 가장 가까운 자리를 배정받은 그의 업무는 매출 현황을 파악하는 것이었다. 머리를 쓸 일이 없는 단순한 일이었다. 그만큼 월급은 적었으나 그에게는 일을 한다는 게 무엇보다 중요했다.

박성준이 파란색 서류 파일을 놓으면서 팔로 그의 어깨를 탁 쳤다. 실수가 아니라 적의 같은 게 느껴졌으나 그는 황급히 부정했다. 그럴 리가 없지 않은가. 오늘 처음 보는 사람이 뭐 때문에 내게 적의를 가지겠는가. 눈이 가늘게 찢어진 데다 매섭게 위로 올라가 있어서 자칫 적의로 느껴질 수도 있었다.

'에펠로 구두'는 내 발에 꼭 맞는 편안하면서 튼튼하고 실용적이고 심플한 디자인을 내세우고 가격도 그다지 높지 않아 이제는 백화점과 대리점 입점이 늘어나고 있는 알차고 실속 있는 회사였다. 자신은 억세게 운이 나쁜 사람은 아닐지도 몰라서 그는 안도했다. 수학을 가장 잘했던 그는 매출 현황을 파악하는 일이 즐거웠다. 대차 대조표를 작성하는 것도 재미있었다. 이곳에 자리를 잡고 안정이 되면 유진에게 연락을 해야겠다고 생각하자 아주 오랜만에 압박당하고 있던 가슴이 풀어졌다.

지하에 있는 직원 식당의 한 테이블에 에펠로 직원이 둘러 앉아 점심을 먹고 있었다. 그도 식판에 먹을 만큼만 덜어 그 테이블로 갔다. 모두들 반겼다. 여직원 둘이 똑같은 톤으로 그동안 뭐하셨어요, 라고 물었다. 뭐라고 해야 하나하고 그는 잠시 고심했다. 다른 직원들이 모두 호기심 어린 눈으로 그를 주시했다. 무척 정직한 그는 사실대로 말하려고 최근까지는, 이라고 하자 맞은편에 있던 박성준이 큰소리로 말했다.

"최은영 씨, 그 블라우스 저번 야유회 때 입었던 거 맞지?"

모두들 박성준에게로 시선을 돌렸다.

"그때 야유회 정말 좋았는데. 김 선배의 그 거북이 대가리 집어넣는 춤은 정말 쇼킹했어."

"뭐 거북이 대가리 집어넣는 춤."

"성준 씨는 어땠는데? 으, 그 각설이 타령."

모두 그때의 야유회 추억담을 이야기를 하느라 바빴다. 그는 빠질 수밖에 없었다. 시퍼런 다슬기가 섞인 아욱국을 떠 먹었다. 다슬기를 씹는데 어쩐지 위축되고 쪼그라드는 기분 이 들었다. 그럴 거 뭐 있어. 오늘은 첫날이고, 난 신입 사원 이잖아. 그는 또 한 번 자신을 예민하다고 꾸짖었다. 여기는 더 이상 뒤로 밀려나지 않고, 물러나지 않고, 쓰러지지 않으 려는 지렛대 같은 곳이지 않은가. 적의로 희번덕거리는 박성 준의 시선과 마주친 것은 그때였다. 순간적으로 가슴이 뛰다가 기분이 몹시 나빠졌다. 이어 불안하기까지 했다. 박성준은 고개를 90도쯤 돌려 또다시 말도 안 되는 너스레를 떨었다. 그는 박성준이 두려웠다.

2

S시 일대의 백화점과 대리점의 매출 현황을 파악하고 있던 그는 자신도 모르게 퍼뜩 고개를 쳐들었다. 파티션 경계선에서 박성준이 그를 노려보고 있었다. 박성준의 위압적인 시선 때문에 고개를 들었다는 것을 깨닫자 그는 성질이 확 돋았다. 뭐야? 이게. 그도 눈에 힘을 주며 박성준을 노려보았다. 박성준이 입가가 찢어질 듯이 웃어 보였다. 섬뜩했다. 왜 저럴까. 저자한테 내가 무얼 잘못했지.

회식 때도 박성준은 모두에게 맥주를 따라주며 호들갑스럽게, 천박스럽게, 비굴하게 굴어도 그에게만은 맥주를 따라주지 않았다. 저렇게 유치할 수 있을까, 중학생 정도만 되어도 저러지는 않을 건데, 하고 비웃으면서도 기분은 똑같이 나빴다. 무지나 유치한 것도 폭력이었다. 어쩌면 가장 무서운 상대이고, 가장 두려운 대상인지도 몰랐다. 그렇지만 이 회사에 꼭 발붙이고 싶어 박성준에게 말을 걸어보고 인사도 두세 번씩 했다. 박성준은 입을 길게 벌리고 웃을 뿐 절대로 인사를 받아 주거나 말을 받아 주지 않았다.

점심시간이 되자 그는 직원 식당으로 내려갔다. 에펠로 직원들이 한 테이블에 모여 있었지만 아무도 그에게 말을 붙이지 않았다. 이곳에서는 다른 직원들과도 좋게 지낼 수가 없다는 것을 그는 절감했다. 그들은 그저 냉정할 뿐이었다. 아무리 생각해 봐도 자신이 이런 대우를 받아야 할 만한 이유가 없었다. 난 잘못한 것이 없는데. 이유를 알아야 할 것 같은데. 왜 그러는지 물어볼 수도 없는 일이었다. 물어보면 당신은 너무 예민하군요, 라는 말이 돌아올 게 분명했다. 이유가 없는데도 일은 나쁜 쪽으로 진행되었다. 그는 점점 위축되어 갔다.

1층 로비 밖의 화단에 마련된 나무 재떨이 주위에 에펠로 직원들이 모여 있었다. 최은영은 커피를 홀짝홀짝 마시며 손가락으로 머리카락을 삐죽삐죽 세우기도 했다. 그곳으로 가서 담배를 피우며 대화에 끼어들 담력이나 넉살이 그에게는 없었다. 점심시간은 아직 삼십 분이나 남아 있었다. 엘리베이터에서 내린 그는 자판기에서 커피를 한 잔 뽑아 복도 끝으로 갔다. 비상문을 열고 계단으로 올라갔다.

계단에 주저앉아 커피를 마시던 그는 쇠 난간의 아라베스크 문양으로 무심코 눈길을 돌렸다. 아라베스크의 빈 공간

사이로 9층의 층계참에서 남자와 여자가 엉겨 붙어 있는 것이 보였다. 남자가 여자의 얇디얇은 초록 원피스 위로 엉덩이를 쓰다듬었다. 여자가 신음을 흘렸다. 그는 일어서고 말았다. 숨을 죽이고 죽은 듯이 있었다면 아무 일도 일어나지 않았을까.

여자가 휙 돌아보았다. 늙어 보이는데도 허리까지 오는 긴 머리카락에, 피부는 몹시 더럽고, 입술은 비뚤어져 꼭 남을 비웃는 것 같고, 눈꼬리는 아래로 쳐져 우는 쌍인 윤디자이너였다. 점심을 먹을 때도 짧은 원피스 차림의 다리를 꼬고 허연 허벅지를 드러내어 그곳에 남자직원들의 시선을 꽂았다.

그가 놀랄 사이도 없이 두 사람의 몸이 떨어지면서 간격이 생기자 남자가 휙 째려보았다. 악의에 찬 그 눈빛이 곧바로 그를 찌르고 왔다. 찌르는 듯한 저 눈빛, 박성준이었다. 그는 털썩 주저앉았다. 재수 없게 박성준의 적의에 더욱 불을 붙일지도 몰랐다.

서류를 작성하던 그는 퍼뜩 고개를 들었다. 파티션의 경계에서 박성준은 으르렁거리는 얼굴로 그를 노려보고 있었다. 그는 화가 머리끝까지 치밀었다. 생각 같아서는 달려가서 도대체 내게 왜 그러느냐고 따져 묻고, 내가 잘못한 게 있다면 지적해 달라, 그러면 고치겠다고 하고, 앞으로 나에게 그러지 말라고 경고하고 싶었다. 다른 때였더라면 그렇게 했을지도 몰랐다. 그러나 이제는 그도 불행을 피해가고 싶었다. 불행은 아주 이상한 방법으로 온다는 것을 알고 있었기에. 그리고 순수, 야성, 순진만으로는 살아갈 수가 없고, 그 세 가지가 혹 불행을 몰고 왔을지도 모른다고 자책하고 있는 중이었다. 그는 머리를 숙이고 서류작성에 집중했다.

퇴근을 하자마자 그는 곧장 원룸으로 왔다. 욕실에 들어가 몸을 씻어도, 저녁을 먹어도 박성준의 시선이 따라다녔다. 아껴두었던 양주를 개봉하여 반병쯤 마시고 난 뒤 잠을 청했지만 잠도 오지 않았다. 이불을 걷고 벌떡 일어났다. 무엇을 해야 할지 몰랐다.

그러나 아무것도 하지 않을 수 없어 스탠드 램프를 켜고 인문학 책을 읽었다. 글귀가 눈에 들어오지 않았다. 글자 사이사이에 으르렁거리며 노려보던 눈이 박혀 있었다. 책을 던져버렸다. 내가 너무 예민한 거야. 단지 낮에 안 봐야 할 것을 봤기 때문이야. 계단으로 안 나갔어야 했는데. 왜 재수 없게 계단으로 간 거야. 불쑥 화가 치밀어 올랐다. 우지운, 왜 너의 행동을 후회하는 거야. 계단으로 간 것이 왜 너의 잘못이야. 제발 당당해져. 넌 아무것도 잘못한 것이 없잖아. 이때까지 나빴으니까 이제는 나아질 수밖에 없다는 믿음이 있잖아. 그래서 나이로 보나 경력으로 보나 결코 어울린다고 할 수 없는 구두 회사에 신입사원으로라도 들어간 거잖아. 그는 다시 책을 읽었다.

인간이 가장 이기적인 동물이다, 라는 글귀를 읽는 순간, 그는 그만 또 박성준의 눈동자에 포위되고 말았다. 순식간에 기분이 떨어지면서 또다시 불안해졌다. 여기서 더 추락하면 절벽 끄트머리에서 굴러떨어질지도 몰랐다. 그러면 다시는 치고 올라오지 못할지도 몰랐다. 그를 가장 두렵게 하는 것도 한번 무릎이 꺾이면 다시는 일어서지 못한다는 말이었다. 그는 필사적으로 유진의 모습을 떠올렸다. 양주를 한 잔 더 마신 뒤 그는 용기를 내어 유진에게 전화를 했다.

"오래만이지?"

"어떻게 지냈어요?"

그의 목소리를 들은 유진은 한 동안 아무 말도 못하다가 약간 떨리는 목소리로 물었다.

"그 동안 쇼핑몰 일을 다 정리하고, 다시 회사에 다녀."

"어디?"

"구두 회사인데. 아직은 덜 알려줬지만 계속 성장하고 있고, 실속 있는 회사야."

"잘됐어요."

"만날까? 내일 퇴근하고 만날 수 있겠어?"

"내일은……."

그는 숨을 죽이고 유진의 말을 기다렸다.

"맡은 일이 하나 있는데, 거기에 내가 팀장이 됐어요."

"그래? 팀장이 됐어, 축하해."

그는 진심으로 그녀가 자랑스러웠다.

"그것 때문에 눈코 뜰 새 없어요. 매일 야근이고. 그게 이번 달 말에 끝나요. 그거 끝나고 연락할게요."

이번 달 말이라면 아직 보름간의 여유가 있었다. 유진을 만나려면 복잡한 마음이 들 텐데 그런 것을 하나하나 정리하고, 몸도 더 가꾸고, 두려운 욕망 같은 것도 다 지우고 만나고 싶었다. 재회를 준비하려면 보름 정도는 필요했다.

"그래, 그게 좋겠어."

"그때까지 건강하게 잘 지내세요."

그 말이 그렇게 따뜻하게 들릴 정도로 그는 추운 상태에 있는지도 몰랐다.

샤워기의 물을 정수리에 뿌리자 상쾌해지면서 재생 에너지가 상승했다. 뿌옇게 김이 서린 거울에 찬물을 휙 뿌리자 얼굴이 나타났다. 볼은 홀쭉했고, 눈두덩은 움푹 들어갔고, 입술은 껍질이 벗겨져 있었다. 어깨는 뼈가 날카롭게 드러나 있었다. 그는 다시 더운물을 뒤집어썼다. 거울의 그가 지워졌다. 역시 유진에게 전화를 잘했어. 시베리아 횡단 열차 여행 중이라고 한 뒤부터 보고 싶어도 전화를 하지 않았다. 유진은 이미 정리했다는 것을 확인하게 될지도 몰라서. 그렇지만 단 하루도 유진을 잊은 적이 없었다. 욕실에서 나온 그는 물기를 닦지 않고 그대로 침대 위로 엎어졌다. 유진의 얼굴이 눈앞으로 떠오르자 스르르 잠이 들었다.


3


당신은 아무 잘못도 없이 십자가에 매달려 있군요. 아프지 않나요. 어떻게 견뎌내고 있나요? 견뎌냈나요? 아무 대답도 들려오지 않았다. 두 손을 맞잡고 십 분 넘게 월넛 십자가에 매달려 있는 예수를 올려다보며 그 물음을 계속했다. 아무런 답도 들을 수 없었다. 그의 고개가 뚝 떨어졌다.

직원들과의 알 수 없는 벽은 차츰차츰 두께가 두꺼워지더니 이제는 업무와 관련된 말 외에는 거의 말 한마디 건네지 않았다. 가장 무서운 것은 직원들의 냉담과 거기서 오는 소외감이었다. 왜 그럴까. 난 아무것도 잘못한 것이 없는데. 직원 하나를 붙들고 왜 그러는지 묻고 싶었다. 내가 잘못한 것이 무엇인지. 내가 왜 마음에 들지 않는지. 마음에 들지 않는다고 공적이고 사회적인 곳에서 그렇게 따돌려도 되는

지. 그렇게 다들 사적으로 굴 수가 있는 건지. 난 주어진 일
도 정말 열심히 하고 있는데. 그 부당한 일 앞에서 나는 어
떻게 해볼 수가 없는데.

그는 코를 씰룩이며 고개를 들고 앞을 응시했다. 예수를
둘러싸고 있는 다섯 개의 스테인드글라스는 빨간빛과 주황
빛과 푸른빛을 투사했다. 그는 다시 정중앙의 예수를 올려
다보았다. 나쁜 상황에 처하는 건 제 잘못인 건가요?

아무런 답도 들을 수 없었다.

그는 어깨가 축 늘어진 채 본당에서 나왔다. 밖으로 나가
는 육중한 문을 밀다가 벽에 걸린 그림을 보았다. 푸른 옷
에 오른쪽 어깨에 주황색 가사를 두른 남자가 두 손을 맞잡
은 채 허탈한 표정으로 텅 빈 듯한 푸른 공간을 응시하고
있었다. 하늘은, 바깥은 저렇게 푸른데 저는 어떻게 해야
하나요, 라고 묻는 듯해서 그는 순간적으로 울컥했다.

성당에서 나온 그는 시선을 내리깔고 땅만 보며 걸었다.
어디서부터 잘못된 것일까. 신문사에 들어가기 전까지는
비교적 순탄하게 살아왔다. 대학 때는 데모도 하고, 연애도
하고, 책도 가리지 않고 읽고, 군복무를 마치고 복학하여
높은 학점으로 졸업했다. 신문사에 입사해서 경제부에서
한 삼 년 열심히 일했다. 그런데 갑자기 사장이 해임되고
새 사장이 들어왔다. 올바르고 정직한 기사만 쓰는 신문사

가 정부에 밉보인 것은 당연한 일이었다. 노조를 결성하여 사장 취임을 반대했다. 노조위원장을 맡을 사람이 없었다. 모두들 능력이나 리더십이 모자란다며 발을 빼버렸지만 그도 하지 못하겠다고 하면 뒤에서 속물이라고 욕을 할 것 같았다. 그는 독신이었다. 벌어 먹여야 할 가족이 있었더라면 속물 소리를 들어도 선뜻 노조위원장을 하겠다고 나서지 못했을 것이다. 속물이 되고 싶지 않은 허영은 그에게서 많은 것을 빼앗아갔다.

취재를 나가지 못하고 신문사 로비에서 사장 저지 데모를 했다. 정부에서 내세운 사장은 짖을 테면 짖어, 라는 얼굴로 데모대 앞을 지나다녔다. 선배 기자가 그에게 감옥에 들어갈 각오는 하고 있냐고 물었다. 그는 고개를 끄덕일 수밖에 없었다.

그 말이 예언이라도 된 듯 사장이 그를 업무방해죄로 고소했고, 도주와 증거인멸이 우려된다는 이유로 형사들이 한밤중에 집으로 쳐들어와 그를 체포해 갔다. 유치장에서 일주일을 보냈다. 속옷을 갈아입지 못한 데다 바지의 사타구니 부분에 마구잡이로 잡혀 있는 주름을 보면 발작을 일으킬 것 같았다. 면회 오는 노조 위원들에게 내가 짐이 되는 협상은 하지 말라고 했으나 그들이 돌아가고 나면 혼자서만 땡볕이 내리쬐고 있는 난바다를 항해 중인 기분을 지울 수가 없었다. 일주일이 되어도 석방될 기미가 보이지 않자 노조에서는 그를 꺼내준다는 조건으로 사장을 인정했다. 그들은 그를 그들의 짐으로 만들어 버렸다.

다시 신문사에 복귀했으나 동료들의 시선에도 무엇인가 껄끄러운 것이 있고, 분위기도 묘했다. 사장의 압박이 있는데다 신문사 사정이 예전 같지는 않아도 그래도 동료들이 그에게 그러면 안 되었다. 난 잘못한 것이 없는데, 저들을 위해 희생까지 했는데. 그러나 그들은 사장과 그를 동급으로 취급하고 있었다.

무언의 압박은 더 심해지고, 직원들은 노골적으로 그와 말을 섞지 않았다. 그가 말을 붙이면 마지못해 단답형으로 대답을 할 뿐 시선은 아래로 깔고 있었다. 그는 모욕을 느꼈다. 점심시간에도 혼자서 밥을 먹고, 혼자 커피를 마시며 맨 뒤에 사무실로 들어갔다. 취재를 나가면 숨통이 터졌으나 취재 건도 줄어들었다.

그들의 무시와 무언을 의식하지 않으려고 보란 듯이, 들으라는 듯이 최 기자에게 말을 붙였다. 최 기자도 처음에는 말을 받아 주었으나 점점 말이 짧아지더니 나중에는 그러니까 네가 당하지, 라며 그를 하찮고 쓸모없는 인간으로 보았다. 그러면 그는 꼼짝없이 하찮고 쓸모없는 인간이 되었다. 거울에 비친 옷차림새라든지 자신의 모양새가 한순간 하찮고 쓸모없이 보였다. 스포츠부로 옮겨 갔지만 그곳에서도 직원들은 그에게 껄끄러운 시선과 무언의 압박과 따돌림을 거두지 않았다. 집으로 돌아오면 신문사에서의 일들이 머릿속을 들쑤시며 그를 그 속으로 빠뜨렸다. 거실의 벽이 그의 가슴과 목을 죄어오면서 압박했다. 그는 숨을 쉴 수가 없어 문과 창을 다 열어젖히고 심호흡을 했다. 이내가 끼어 흐릿하게 보이는 하늘은 너무 아득했고, 아래의 바닥은 너무 깊어 그를 온전히 흡수할 것만 같았다. 여기서 한 발짝 더 나가면 돌이킬 수 없을지도 모른다는 위협을 느꼈다.

신문사에서 나와 육 개월을 책만 읽으며 지냈다. 아무 일도 일어나지 않고 평화롭고 안정된 나날이 계속되었다. 무엇보다 불편한 침묵과 껄끄러운 시선과 은근한 따돌림이 없었다. 그러나 어떻게 성인 남성이 책만 보고 살 수가 있는가. 그는 읽던 책을 손에서 놓고, 직장을 알아보기 시작했다. 단순한 직종을 원했다. 이력서를 세 군대쯤 냈는데 인터넷 회사에서 연락이 왔다. 그곳도 막 뜨고 있는 곳이어서 근무조건이라거나 대우가 좋았다.

새벽 6시 30분에 출근하여 밤 8시나 9시에 퇴근하는 생활에 지치기도 했지만 2년간은 순조롭게 흘러갔다. 그러나 언제부턴가 차츰차츰 일감이 줄어들더니 아예 일감이 오지 않았다. 내가 뭘 잘못했지. 그는 과장한테 왜 일감을 주지 않느냐고 따져 물었다. 내비게이션 지도를 그리는 일이 주어졌다. 당장 필요한 것도 아닌데. 그래도 그 일이라도 있어서 시간을 때울 수는 있었지만, 다른 직원들에게도 부끄럽지 않을 수 있었지만 그는 울분을 참을 수 없었다. 지도 그리는 일도 끝나자 그는 과장에게 따졌다. 아무리 생각해도 제가 이런 대우를 받아야 할 이유를 모르겠습니다. 제가 잘못한 게 뭡니까? 과장은 자신은 모른다며 위에서 시키는 일이라고만 했다.

새로 입사해온 유진은 키가 크고 몸이 가냘픈 데다 무엇을 설명할 때 긴 속눈썹을 깜빡거리고, 긴 생머리를 귀에 꽂으면서 아주 논리정연하게 말했다. 깜빡거리는 속눈썹이나 머리카락을 귀에 꽂는 게 그는 자신을 유혹하는 것처럼 느껴졌다. 일감은 없었지만 유진을 매일 볼 수 있다는 것으로 하루하루를 견뎌냈다.

유진에게 청혼을 하려고 할 때 과장이 그에게 인터넷 쇼핑몰을 차려보라고 했다. 회사에서 10억을 장려금으로 주겠다고 했다. 단 직원을 일곱 명 데리고 간다는 조건이었다. 그는 유진에게 지금보다 더 근사하고 떳떳한 남자이고 싶은 욕망과 이제 사장이 된다는 상승 욕구에의 유혹과 과장의 아무한테 사장 자리를 맡기겠느냐 다 자네가 그만한 능력이 있으니까 라는 인정 유혹에 선뜻 그 일을 시작했다. 집과 얼마

떨어지지 않은 곳에 그동안 저축한 돈과 적금을 모조리 깬 돈으로 사무실을 차렸다.

인터넷 쇼핑몰을 개설했지만 물건은 거의 팔리지 않았다. 처음이니까 노력하고 최선을 다하면 된다고 야근까지 했다. 본사에서 요구하는 계획서도 열심히 올렸다. 그러나 월말은 너무도 빨리 다가와 직원들의 월급을 주고 나면 적자가 쌓였다. 마이너스 통장을 개설하여 쓸 수밖에 없었다. 그래도 직원들이 똘똘 뭉쳐서 열심히 노력을 한 결과인지 차츰차츰 물건이 나가기 시작했다. 이제 회사에서 10억만 주면 어느 정도 자리를 잡을 것 같았다.

그는 밤을 새고 또 새어 눈에 실핏줄이 터질 만큼 열심히 계획서를 작성했다. 양복에 넥타이까지 매고 가 계획서를 넣었다. 그러나 이 정도로는 부족하다, 다시 작성해오라는 지시만 떨어지면서 오 개월 넘게 끌더니 결국 돈은 한 푼도 나오지 않았다. 어느 정도 궤도에 올랐지만 10억의 자금이 나오지 않는 한은 버틸 수가 없었다. 그러나 완전히 접을 수는 없어 재래시장 옆의 낡은 건물로 사무실을 옮겼다.

직원은 그가 사무실을 차릴 때 출자금 명목으로 돈을 낸 조와 그를 믿고 따르던 후배만 남았다. 이곳에서라도 실속 있게 쇼핑몰을 꾸려나가면 성장할 수 있다고 셋이서 단합 대회도 했다. 또다시 눈에 핏발이 서고 몸이 퉁퉁 부을 만큼 열심히 일했다. 그동안 자주 만나지 못했던 유진에게도 연락을 했다. 유진은 휴가를 받아 시베리아 열차 횡단 중이라고 했다. 돌아오면 연락하겠다면서 보고 싶다고 했으나 그의 등 뒤로는 찬바람이 지나갔다.

물건은 나가지 않고 자금이 돌아가지 않으니까 조가 그를 사장으로 대하지 않고 매사 무시하고 불만을 드러냈다. 자금이 돌아가지 않는 것보다 조가 자신을 노골적으로 무시하는 게 그는 더 견디기 힘들었다. 경제적으로 최악까지 떨어진다고 해도 또다시 신문사에서처럼 자존심은 다치고 싶지 않았다.

점점 조를 보는 것이 끔찍했다. 내보는 게 수였지만 그럴 만한 돈이 없었다. 거기다 후배 직원도 어쩐지 조와 한패 같았다. 조와 싸우면 고개를 처박고 제 할 일을 하는 척하면서 불만어린 시선으로 그를 힐끔거렸다. 후배도 무언으로 그를 무시하고 있었다. 무언의 압박도 진저리 처질만큼 겪었지만 그는 새삼 못 견뎌했다.

쇼핑몰이 더 돌아가지 않자 조는 아예 자신이 사장처럼 굴며 그에게 명령까지 했다. 그는 조가 무시하면서 했던 말들을 곱씹으며 괴로워했다. 그는 그만큼 심장은 허약하고, 자존심은 강했다. 또다시 말다툼이 일어나자 하찮은 상대와의 관계는 먼저 끊어야 하지만 명분은 있어야 하듯이 조

214

는 그에게 맹비난을 퍼부었다. 현실은 하나도 모르면서 자신에게 갇혀서 자존심만 내세우는 놈이라고. 그러고는 후배 직원까지 데리고 나가버렸다. 그는 쇼핑몰을 정리할 수밖에 없었다. 아파트 전세금으로 마이너스 통장과 그동안 쌓인 빚을 청산했다. 조가 걸어놓은 소송에서도 져 조의 출자금과 밀린 임금을 배상했다. 그에게 남은 것은 원룸의 전세금 정도였다.

내가 지금 이렇게 두려운 것은 여기서 또 잘못될지도 몰라서야. 그렇게는 안 되게 해야지. 그는 무릎에 힘을 주며 걸었다.


4


사무실로 들어서자마자 그는 몹시 씩씩하고 밝은 음성으로 안녕하십니까, 라고 외쳤다. 직원들은 고개조차 들지 않았다. 박성준의 정수리에는 적의와 멸시가 어려 있었다. 울분이 솟구쳤으나 그는 옆 동료에게 파일 좀 넘겨달라고 했다. 동료가 고개도 들지 않고 한 손으로 파일을 휙 책상에 놓았다. 그는 눈썹을 한 번 일그러뜨리고는 대차 대조표를 작성해 나갔다.

점심시간에도 혼자 테이블에 앉아 밥을 먹고 맨 나중에 나왔다. 로비로 올라오니까 키가 작고 아담한 체격의 최은영이 홍콩야자나무 앞을 지나가는 게 보였다. 그는 용기를 내어 최은영에게로 다가가 혹시 나한테 왜 그러는지 아느냐고 물어보았다. 최은영은 약간 곤혹스러운 표정으로 그를 올려다보았다. 그때 박성준과 껴안고 있던 윤 디자이너가 원피스 자락을 펄럭이며 다가왔다. 최은영에게 뭐해, 다들 기다리는데, 라며 팔짱을 끼고 데리고 갔다. 한 쪽이 더 길게 쳐진 원피스 자락을 펄럭이며 가던 윤 디자이너가 휙 돌아보았다. 네가 치기 전에 내가 먼저 친다는 표정이었다. 아냐, 저건 교활할 정도로 멍청해 보이는 표정일 뿐이야.

오전에도 박성준은 너를 힘으로 한껏 눌러버려서, 자근자근 짓밟아 주어서 기뻐 죽겠다는 듯한 눈으로 파티션 너머로 그를 보고 있었다. 박성준이 뭔가 잘못한 것이 있는데 먼저 상대를 제압하고 꼼짝 못 하게 밟아버리는 행위 같았다. 내가 안 다치려면 먼저 상대에게 선제공격을 해야 하고, 그래야 이길 수 있다는 태도였다.

그때의 박성준의 얼굴과 윤 디자이너의 얼굴이 비슷했다. 그러니까 나에 대한 모함과 비방만 듣는 직원들은 나를 무시할 수밖에 없었다. 매일 험담만 들으면 하찮게 보일 수밖에 없고, 하찮은 상대는 제 발 밑에 두게 되고, 자신을 더

우위로 올려준 박성준에게 은연중 고마움까지 느끼게 되어
있다. 그의 얼굴이 일그러졌다. 내가 너무 예민한 거야. 함부
로 결론 같은 걸 내지 말며, 지레짐작 같은 것도 하지 말자고
그는 자신에게 일렀다.

대차 대조표를 작성하던 그는 일을 멈추고 지하 커피숍으
로 내려갔다. 테이크아웃으로 커피를 열한 잔 샀다. 10층까
지 함께 배달해달라고 종업원에게 부탁했다.

그는 일일이 커피를 돌렸다. 고맙다는 말 서너 마디 들었
지만 그것도 그에게는 귀하게 들렸다. 박성준은 아예 고개
조차 들지 않았지만 괜찮았다. 이렇게라도 하면 괜찮아지겠
지. 마지막으로 대리 앞으로 가 커피 좀 드시고 하라고 공손
하게 말했다. 대리는 차가운 어조로 거기 놓고 가라고 했다.

풀 죽은 표정으로 물러나던 그는 퍼뜩 파티션 경계선 쪽으
로 고개를 돌렸다. 그를 주시하고 있던 박성준이 그와 시선
이 마주치자 노골적으로 비웃었다. 병신, 그런다고 뭐가 달
라질 줄 알아.

그는 자리로 돌아와 박성준에게 메시지를 보냈다. 퇴근 후
에 술 한잔 사겠다고 했다. 받아주지 않을 거라 여겼지만 박
성준은 답장조차 하지 않았다. 내가 그만 이런 더러운 회사
에서 나가버리면 끝나는 일 아닌가. 모든 걸 다 그만두고 싶
었다. 아니야, 그는 고개를 가로저었다. 이곳에서 견뎌야 해.

여기서 관두면 패배 의식에 갇혀 아무것도 하지 못할 거야. 이곳에서 견뎌내야만, 그래야 다음 코스로 갈 수 있어.

하나 둘 퇴근을 하자 그는 재빨리 박성준에게로 가서 잠깐 시간을 좀 내어주라고 했다. 박성준은 들은 척도 하지 않았다. 그는 그래도 그 자리에 서 있었다.

사무실에 다른 직원은 없다는 걸 안 박성준이 팔꿈치로 그의 허리를 탁 치며 일어났다. 그리고 지갑과 휴대전화를 챙기며 말했다.

"내가 형씨한테 내어 줄 시간은 없지. 여자를 주무를 시간은 있어도."

"내가 그 일을 말할까 싶어서 그런 모양인데 절대 말 안 해요."

"무슨 일? 이게 지금 또 무슨 말을 하는 거야. 짜증나게시리."

박성준은 몸으로 그를 세게 밀쳐버렸다. 그는 비틀거리다 몸을 세워 박성준을 똑바로 응시했다.

"그렇게 비겁한 방식으로, 계속 괴롭히면 나도 이젠 가만히 있지 않을 겁니다."

"가만히 있지 않으면 어쩔 건데?"

"나도 윤 디자이너와의 일이라든가 그 밖의 일을 까발리는 거죠. 나도 당신과 똑같이 할 수 있어요."

박성준의 눈빛이 위험을 감지한 동물처럼 매섭게 번쩍였다. 그러나 박성준은 표정을 굳히며 배로 그의 배를 밀며 나가버렸다. 책상 모서리를 붙잡는 그의 얼굴이 불안하게 일그러졌다.

<br>

5

<br>

그는 심호흡을 한 뒤 얼굴을 두어 번 씰룩였다. 그러고는 문을 씩씩하게 열고는 안녕하십니까, 하고 최대한 밝은 음성으로 외쳤다. 모두들 고개조차 들지 않았다. 테이크아웃 커피를 한 잔씩 돌리고 있던 박성준이 또다시 비웃음을 잔뜩 담은 시선으로 그를 노려보았다. 양 볼로 씰룩씰룩 웃기까지 했다. 그는 그 시선을 맞받아쳤다. 계단에서 키스하는 걸 본 거 가지고 이렇게까지 선수를 치다니, 비겁한 놈. 박성준은 시뻘건 혀까지 날름 내밀었다가 집어넣었다.

"우지운 씨, 왜 어제 B시 건을 안 넘기고 갔어요?"

대리가 어금니를 문 것처럼 딱딱한 어조로 물었다.

"그건 이번 토요일까지인 줄 아는데요."

"뭐요, 내가 어제 줬으면 어제 마쳐야지. 그런 식으로 할 거면 그냥 때려치워요."

대리는 지금 그에게 사직을 권하고 있었다. 잡음이 끊어지지 않는 사원은 피곤하고 귀찮다는 표정도 숨기지 않았다.

"알겠습니다. 오늘 중으로 올리겠습니다."

직원들은 커피를 홀짝이며 그를 곁눈질했다. 그는 자신의 자리로 갔다. 파일을 펼치는 손이 덜덜 떨렸다. 눈두덩도 팔딱팔딱 뛰고 있었다.

우지운이 성폭행범이라는 소문이 나돌고 있었다. 그는 처음에는 무슨 말인지 이해가 가지 않았다. 내가 성폭행범이라니. 그런데 왜 하필 많고 많은 죄 중에 성폭행인 걸까. 그건 잘못되어도 한참 잘못되었다. 내가 어디를 봐서 성폭행을 저지르게 생겼나. 자신의 이미지와 도무지 걸맞지 않는 소문이라, 그리고 이유를 알았으니까 이제는 모든 것을 바로잡을 수 있을 것 같아 마음이 홀가분해지면서 자신감도 생겼다. 직원들의 시선은 그러나 그게 아니었다. 그가 진짜 성폭행범인지 아닌지는 중요하지 않고, 그의 이름이 성폭행범으로 오르내리는 것만이 중요했다. 그의 깔끔하고 지적인 이미지나 차가운 분위기도 전혀 도움이 되지 않았다. 박성준과 키스를 한 윤 디자이너는 그가 옆으로만 가도 깜짝깜짝 놀라는 시늉을 하며 다른 곳으로 옮겨가는 제스처를 취했다. 모욕감에 그는 손을 떨었다.

점심시간이었다. 그가 가장 견딜 수 없는 것이 한 테이블에 둘러앉아 밥을 먹을 때의 사람들의 쌀쌀한 시선과 노골적인 무시였다. 다른 회사 사람들까지도 그를 힐끔힐끔 곁눈질하면서 수군대는 것만 같았다. 허약한 심장을 가진 그는 이성으로는 그럴 리가 없다고 여기면서도 자꾸 위축되고 쪼그라들었다.

그는 테이블로 주춤주춤 다가갔다. 직원들은 눈길 한번 주지 않았다. 그가 자리를 잡고 앉아도 말 한마디 붙이지 않았다. 그들은 늘 하던 사회적인 이슈나 정치나 주식이나 배우 이야기 등 안전한 이야기를 나누다 한꺼번에 일어나 나갔다. 새삼스러울 것도 없는데 소외감이 오물처럼 그를 덮쳤다.

최은영만 멸치를 오물오물 씹고 있었다. 타인의 시선이 달라붙지 않아 가질 수 있는 무심한 동작이 그는 진심으로 부러웠다.

"최은영 씨, 저는 그런 사람이 아닙니다……."

최은영에게 하고 싶은 말은 이런 건 아니었는데, 그는 입술을 지그시 깨물었다. 최은영은 발딱 일어나 식판을 들고 다른 테이블로 가버렸다.

그 테이블에 앉은 사람들이 웃고 떠들었다. 자꾸만 자신을 힐끔힐끔 훔쳐보는 것 같아 그는 고개를 숙이고 수저질을 했다.

술집에 들어가 안주도 없이 술을 마시고 나왔다. 택시를 타고 와 원룸 앞에서 내렸다. 현관문을 열고 들어가자 시커먼 어둠이 그를 덮쳤다. 잠시 놀랐지만 그는 그대로 침대 위로 쓰러졌다. 뭔가 또다시 불행이 이상한 방법으로 오고 있었다. 고삐를 잡아야 하는데 어디서부터 어떻게 잡아야 하는지 알 수가 없었다. 유진이가 따뜻한 손으로 무거운 어깨를 만져준다면 견딜 수 없는 고통에서 빠져나올 수 있을 것 같았다.

그는 퍼뜩 휴대전화를 열고 날짜를 보았다. 9월 30일이었다. 전화라도 해서 유진의 목소리를 듣고 싶었지만 아직 월말인 데다 월요일이었다. 아직까지 연락이 없는 것으로 보아서 일을 다 마치지 못한 모양이었다.

바쁘지? 보고 싶다. 이제 며칠만 기다리면 널 볼 수 있겠지. 그래서 참고 있다. 이번 주 금요일 오후 7시에 우리가 자주 갔던 카페 알토에서 만나. 괜찮지?

유진에게 메시지라도 보내고 나니까 살 것 같았다.

잠을 자던 그는 가슴에 통증을 느껴 벌떡 일어났다. 가슴을 쥐어뜯었다. 숨이 쉬어지자 휴대전화를 집어 들었다. 새벽 1시였다. 메시지의 답장은 없었다. 불길한 직감이 예리하게 스쳤다. 그러나 직감, 예감이 빠른 사람이 가장 약한 자인지도 모른다는 생각에 그는 얼른 부정했다. 아직 마감을 못 했을 수도 있고, 너무 바쁘다 보니까 메시지를 확인 못 했을 수도 있었다. 유진도 오지 않고, 이 회사에서마저 잘못되거나 해고를 당한다면 죽을 수도 있을 것 같았다.


6


"전 그런 사람이 아닙니다."

불안정한 목소리로 말하던 그는 깜짝 놀랐다. 내가 이렇게 유치한 대사를 하고 있다니. 스스로도 이해가 되지 않았다. 내가 망가졌구나, 내가 파괴되어 가는구나. 자신을 이런 곳까지 끌고 온 삶과 박성준에게 맹렬한 적의가 솟았다. 그는 아무것도, 아무 일도 하고 싶지 않았다. 그러면 어떤 식으로라도 끝장날 것이다. 그러나 무릎에 힘을 주었다. 박성준의 머리통은 파티션 위로 올라와 있지 않았다.

"우지운 씨, 앉아서 일하세요. 대차 대조표는 다 작성했어요?"

대리가 손으로 그의 머리를 누르는 시늉을 했다. 대리의 목소리와 행동에는 성폭행범이라든가 하는 게 뭐가 중요하냐는 뜻이 비쳤다. 실제 직원들도 그런 게 뭐가 중요하냐는 듯이 그를 힐끔거렸다. 그들도 이제 그런 추잡한 소문에서 발을 빼고 드라이해지고 싶은 심리가 있었다. 그는 유치하게 굴고, 자존심을 팔아버린 게 괴로웠지만 이쯤에서 일단락 지어질 수 있기를 바랐다. 자괴감으로 입술을 깨물면서도 약간 안도의 마음으로 대차 대조표를 작성해나갔다.

점심시간에도 식판을 들고 딴 테이블로 가려니까 한 직원이 이리 오라는 눈짓을 했다. 그는 지싯지싯 그 테이블로 다가갔다. 박성준이 고개도 들지 않고 명태 살을 씹었지만 그는 의자를 빼내어 앉았다. 한 직원이 그에게 말을 붙였다. 최은영도 그에게 구두에 대해서 의논까지 했다. 미적 감각이 있다는 걸 알아봤다고까지 했다. 그는 기분이 좋아졌다. 남자 디자이너가 그동안 무슨 일을 했는지 물었다. 정직한 그는 신문사부터 다 이야기했다. 모두들 고개를 끄덕이며 공감하거나 애석해 했다. 박성준만은 한마디도 하지 않고 김치를 우적우적 소리 나게 씹거나 국물을 한꺼번에 들이켜기도 했다. 섬뜩했으나 그는 모두 지나간 이야기가 되었기를 바랐다.

모두들 퇴근을 했다. 그도 컴퓨터를 끄고, 파란색 파일을 책꽂이에 꽂고 일어났다. 마지막으로 전원 스위치를 내리고 문을 열었다. 박성준이 앞을 턱 막으며 밀고 들어온 것은 그때였다. 그는 박성준의 튀어나온 배에 밀려 뒤로 물러나면서 비틀거렸다. 박성준이 커다란 손으로 그의 어깨를 꽉 쥐더니 얼굴을 들이댔다.

"넌 성폭행범 맞아."

박성준은 혀를 길게 빼고 말하면서 그의 턱을 조였다. 가까이 확대되듯 다가온 박성준의 얼굴. 그는 박성준의 존재가 너무 두려워 고개를 외로 틀고 말았다. 박성준이 그의 얼굴을 똑바로 제쳐놓으며 말했다.

"우지운은 성폭행범."

그는 웃고 말았다.

"왜 웃어?"

박성준은 그의 턱을 움켜쥐고는 마구 흔들었다. 박성준의 노한 얼굴이 그의 눈앞에 바짝 다가와 있었다. 그는 눈을 껌벅거렸다. 찢어진 듯한 눈, 생기다 만 듯한 얇은 입술, 가운데가 휘어진 듯 만 듯한 콧날. 본 적이 없는 얼굴이라고 단정 지어 버렸으나 몸은 반응하고 있었다. 좋은 일은 절대로 아니고, 몹시 나쁜 일에 연루된 것 같았다. 이게 선제공격일지도 모른다는 생각도 스쳤다.

"왜 웃어? 왜 웃느냐고?"

박성준은 두 손으로 그의 얼굴을 물건처럼 찌그러뜨렸다. 그러고는 그대로 그의 몸을 밀어버렸다. 비틀거리던 그는 의자에 처박히듯 앉고 말았다. 두 눈을 쥐어짤 듯이 질끈 감았다. 그때 머릿속으로 선명하지 않아도 떠오르는 것이 있었다. 늦은 밤. 어깨와 등이 드러나는 상의에 짧은 하의를 입은 여고생, 술내를 풍기던 사내가 등에 코를 묻고, 불룩한 성기를 비벼대고 ……, 그리고…… 처치해 주어야만 트라우마에서 빠져나올 수 있다는 말에 그는 보았다고 했다.

이럴 수가, 도리질을 하던 그의 입술에서 웃음이 실실 새어나왔다.

"이 좆만 한 새끼가 또 웃어?"

박성준은 달려들어 그를 일으켜 세우더니 뺨을 갈겼다. 참을 수 없는 모욕감에 그도 박성준의 뺨을 때렸다. 이게 쳤어, 라며 박성준이 그에게 발길질을 했다.

박성준이 발길질을 멈추지 않자 그는 바닥으로 쓰러졌다. 그때 사람들의 발소리가 들렸다. 이제 살았다는 생각을 하는 순간, 박성준이 갑자기 벽 쪽으로 가 머리를 찧기 시작했다. 그는 몸을 파르르 떨었다. 쿵쿵, 박성준은 연신 머리를 찧어댔다.

무슨 일인가 싶어 사람들이 몰려 들어왔다. 박성준은 갑자기 픽 쓰러지면서 통곡을 했다.

"이럴 수가 있나요? 이럴 수가?"

박성준의 이마에서 피가 주르르 흘렀다.

화장실에 가서 얼굴을 씻고 다듬는 그의 눈가가 불그레했다. 빌딩 밖으로 나오는 동안에도 사람들의 시선에 자꾸

위축되었다. 바깥세상이 두려웠지만 원룸으로 곧장 갈 수
도 없었다. 오늘이 10월 4일이라는 게 구원처럼 떠올랐다.
유진을 만나면 괴로움에서 벗어날 수 있을 것이다. 손목시
계를 올려다본 그는 택시 정류장으로 갔다.

알토로 들어가 늘 앉던 자리에 앉았다. 몇 년이 지났지만
변한 것은 없었다. 피아노를 연주하는 것도, 반짝이 터번을
두른 주인 여자도 그대로였다. 그는 차가운 물을 들이켰다.
이제 정직하게 네가 없으면 안 되니까 옆에 있어 달라고 말
할 것이다.

열 시가 가까워질 때까지도 유진은 오지 않았다. 전화를
했지만 신호는 가는데 받지 않았다. 일곱 번을 해도 계속
발신음만 울렸다. 받지 않는 전화. 그는 부정하고 또 부정
하며 메시지를 남겼다.

너무 바빠 오늘이 10월 4일 금요일 우리가 만나기로 한
날이라는 것을 잊었니? 그럼 다음에 만날까? 지금은 메시
지에 답이라도 줘. 기다릴게.


7


눈을 뜨는 동시에 그는 가슴을 쥐어뜯었다. 천장과 네 벽

이 갑자기 엿가락처럼 늘어지면서 그를 묻어버릴 듯이 위협적으로 다가왔다. 아니야, 그는 벌떡 일어났다. 맨발 두짝을 침대 밑으로 내리고 얼른 한쪽 벽 한구석으로 달아났다. 책상다리 네 개가 그의 이마를 칠 듯이 다가왔다. 그는 뒤로 물러났다. 이번에는 벽에 걸린 거울이 그의 앞으로 다가왔다. 네가 양복을 입는다고 달라질 거 같았니? 흰 와이셔츠를 입고 스카이블루 넥타이를 맨다고 달라질 거 같았니? 구두를 새것으로 바꿔 신는다고 달라질 거 같았냐고? 그는 거울 앞으로 손을 뻗었다. 거울은 잡히지 않고, 거울 안에는 잔뜩 웅크리고 있는 그가 갇혀 있었다.

그는 해고되었다. 자그마한 상자 하나 안고 한 손으로는 우산을 쓰고 터덜터덜 걸어 나오는데 자동차가 그에게 흙탕물을 튀기고 지나갔다. 그는 우산도 버리고, 상자도 버리고 달려가 은행에 볼일을 보러 들어간 운전자를 찾아냈다. 이래놓고 그대로 도망쳐? 고함을 치던 그는 흙탕물에 젖어 후줄근한 옷보다 자신이 더 후줄근하게 여겨져 비참했다. 운전자가 일부러 그런 것도 아니잖아, 라며 맞받아치자 분노가 검은 연기처럼 그를 휘감았다. 그의 눈을 힐끗 본 운전자가 세탁비라며 삼만 원을 건넸다. 뭐야, 이게. 그는 눈을 부라렸다. 운전자가 오만 원을 건넸다. 그는 로봇 태권브이처럼 오른팔에 막강한 힘을 실어 주먹을 휘두르고 말았다. 하지만 이 분노가 진짜 누구를 향한 것인지 알 수 없었다.

그는 두 손으로 머리를 조였다. 저는 잘못한 것이 없습니다. 모두 너의 잘못에서 비롯된 거라고요. 그렇다면 제가 뭘 잘못했나요. 모든 건 내 잘못이라고요. 아니야, 아니야, 난 잘못한 게 없어. 그는 두 손을 떨고, 몸을 떨었다. 또다시 천장이 내려앉으면서 그를 내리눌렀다. 벽들이 일시에 그에게 달려들었다. 그는 밖으로 도망쳐 나오고 말았다.

그는 무조건 달아났다. 건물과 건물 사이를 빠져나와 뒷산 쪽으로 가고 있었다. 야산의 좁다란 길을 달려갔다. 바위 위로 올라간 그는 망가진 인형을 절벽 아래로 내던지듯이 제 몸을 바닥으로 내동댕이쳤다.

어둑어둑해질 무렵, 그는 엎드린 채로 한쪽 눈을 떴다. 눈에 보이는 것은 오른팔뿐이었다. 오른팔만이 그의 앞에 거대하게 놓여 있었다. 그때 오른팔 옆으로 생쥐가 툭 떨어졌다. 그는 기겁을 하며 몸을 일으켰다. 생쥐는 까만 씨 같은 눈으로 그를 보면서 마지막까지 몸뚱이를 움직였다. 웃기지도 않아, 죽으려던 놈이. 그는 자조했다. 쥐는 쥐로 태어나서 쥐로 열심히 산 것뿐인데. 그는 왼팔을 뻗어, 쥐를 집어 두툼한 풀 더미 위에 놓아주었다.

조금이라도 고통스럽지 않게 가기를 바랐는데, 쥐는 더

이상 움직이지 않고, 목이 힘없이 틀어져 있었다. 쥐는 죽었다.

죽어버리니까 끝이구나. 그는 자신과 세상에 조금씩 냉담해져 갔다. 넌 네가 잘못이 없다는 소리만 했을 뿐 아무것도 하지 않았어. 내일이 되어야만 알 수 있는 게 있는데 널 던져 버렸지. 그러나 뭔가 마뜩찮은 게 따라다녀서 생각을 끊어버리고, 그대로 엎드려 있었다.

주위는 완전히 어두워졌다. 문득 신문사에서의 일과 박성준에게 당한 일은 패턴이 똑같다는 것을 깨달았다. 그랬구나. 앞으로도 난 이런 비슷비슷한 일을 또 겪게 되겠지. 널 부수러 오는 것들에게 널 오롯이 던져주고, 아무것도 하지 않고 또다시 패배자가 되겠지. 왼손으로 이마를 마구 긁었다. 그러나 이제 내가 모르는 일은 일어나지 않고, 내가 알고, 내가 겪은 범위 안에서, 그 허용범위 안에서만 일이 일어나겠지. 그는 일어나 앉았다. 척추를 꼿꼿이 세우고, 엉덩이에 힘을 주었다. 이젠 대처하는 방법은 달라질 수 있어. 그는 냉담한 자세를 풀고 일어났다. 오른팔이 끊어질 듯이 아팠다. 병원부터 가야 했다.

# 초승달

열일곱 살 때 나는 장소를 옮겼다. 소도시 할머니 집으로. 엄마 옷을 문밖에다 내동댕이치며 엄마까지 내쫓아 버린 아버지가 홍콩으로 갔기 때문이다. 자리 잡히면 데리고 가겠다고 했으나 헛말이라는 것은 할머니도 나도 알았다. 논밭 다 팔아 처먹고 평생 짐만 지우더니, 계집 단속도 못해 이제 아까지 나한테 맡겨. 할머니의 시큰둥한 말투와 내내 마뜩찮은 낯빛에 나는 의기소침해질 수밖에 없었다. 내 존재가 짐이라는 말이었으니까. 하이디가 알프스 산으로 가자 할아버지는 크나큰 위로를 받고 새 삶을 살았지만 내 존재를 보물로 바꿔 생각할 만한 여유나 외로움이 할머니에게는 없었다.

시장에서 떡장사를 하는 할머니는 어둑한 새벽에 전날 방앗간에서 찾아다 놓은 쌀가루를 찌고, 강아지떡, 인절미,

팥떡, 모시떡, 송편, 모찌 등속을 빚었다. 나를 두들겨 깨워 거들라고 했다. 나는 반쯤 눈을 감은 채로 고물을 입히고 팥을 넣었다. 야, 제대로 좀 해라. 할머니가 등짝을 때려서 고개를 쳐들었는데 아직 어둠을 물고 있는 푸르스레한 하늘이 눈에 들어왔다. 정중앙에 엄마가 정성 들여 잘 그린 눈썹 같은 달이 걸려 있었다. 어, 초승달이 떴네. 할머니가 나를 시뻐하는 웃음을 픽 흘렸다. 니는 그믐달하고 초승달도 구별 못 하나? 학교에서 뭐 배우냐? 학교 문밖에도 못 가본 할머니는 학교에서는 세상의 모든 것을 다 가르쳐주는 줄 알았다. 초승달은 초저녁에 잠깐 얼굴을 내비치는 거고, 새벽에 뜨는 저건 그믐달이다 마. 초승달은 마, 새촘하게 입을 동쪽으로 벌리고 있고, 저건 홀쭉한 배를 채울라고 아가리를 서쪽으로 벌리고 안 있나. 할머니는 옹이가 박힌 듯한 손가락으로 시계 반대 방향으로 동그라미를 반쯤 쳤다. 그 동작에 나는 그만 할머니에게 연민을 느끼고 말았다. 할머니도 홀쭉한 배를 채우려다 앙칼지고 그악스런 여편네가 되었다고.

수업을 마치면 나는 거리를 돌아다녔다. 남아서 자율 학습은 하고 싶지 않았다. 전망대의 꼭대기까지 올라가서 모형처럼 변한 건물이나 성냥개비의 유황 같은 사람의 머리들을 내려다보았다. 우체국 뒷마당에 자주 갔다. 화단 옆에 낙타 조형물이 서 있었는데, 이상하게 그걸 보면 마음이 편안했다. 잡혀 있지만, 나처럼 엉뚱한 장소에 놓여 있지만 전혀 모른다는 듯이 깊고 까만 눈으로 먼 지점을 쳐다보고 있어서. 무엇보다 우체국에 그런 게 놓여 있다는 게 신기했다.

우체국 뒷문으로 나오면 곧장 골목으로 갈 수가 있었다. 골목 입구쯤에는 대저택이 있었는데 오른쪽이 순명 의원과 안집이었고, 왼쪽이 정원이었고 그쪽에 철제 대문이 따로 있었다. 정원을 둘러싼 담장 앞을 지날 때까지는 기분이 좋았다. 좁직한 골목으로 들어서면 분위기가 확 바뀌는 만큼 불편해졌지만.

오월이었다. 담장을 끼고 도는데 장미 향기가 내 코끝에 닿았다. 코를 벌름거리며 향기를 빨아들였다. 미진하여 담장을 거꾸로 돌아 대문 앞까지 갔다. 장미 송이와 포도송이가 부조된 철제 대문을 손으로 밀어 보았다. 믿기지 않게도 쪽문이 뒤로 쓱 밀려났다. 나는 안으로 들어갔다.

노란 장미, 흑장미, 분홍 장미, 흰 장미, 주황 장미, 그리고 빨간 장미가 무더기진 채 오른쪽 담장을 따라 일렬로 쭉 배열되어 있었다. 학교 철책을 타고 올라간 빨간 장미만 장미인 줄 알았는데 세상에는 그렇게 많은 다른 종류의 장미가 있었다. 장미 무더기 주위를 돌면서 향기를 듬뿍듬뿍 취했다.

ㄱ자형으로 꺾어지는 담장 벽은 노란 장미가 뒤덮고 있었다. 그 앞에 서자 노란 장미가 내 머리 위에 조롱조롱 달렸다. ㄱ자형으로 막혀 있어서 어디 안전한 곳에 숨어든 것 같고, 안온하기도 했다. 흰 장미 무더기 옆에는 할아버지 제사 때 올리는 옥춘 같은 형태로 색칠이 된 의자도 놓여 있었다. 앉아 보고 싶었다. 정원 한쪽에는 아랫부분이 항아리처럼 뚱뚱한데 몹시 뒤틀린 불그스레한 소나무들과 뱀이 직립해 있는 듯한 곧은 소나무들도 있었다.

이쯤해서 나가야 한다는 걸 알았지만 아까워서 다시 분홍 장미 무더기 앞으로 갈 때였다. 뭐야? 누가 여기로 들어오라고 했어? 놀라 돌아보니까 병원에서 나온 쓰레기를 들고 소각장으로 가던 일꾼이었다. 내가 그대로 앞으로 가자 일꾼은 대빗자루로 마치 닭이나 족제비를 쫓아버리듯 나를 내리쳤다. 빨리 못 나가. 나는 잽싸게 흑장미 쪽으로 비껴나면서, 어떻게 찾아온 기회인데, 다시는 못 들어올 텐데, 한 대 맞더라도 지금은 못 나가, 라는 심정으로 버텼다. 원장님 나오시기 전에 얼른 나가. 일꾼이 이를 악물고 잘게 내뱉었다. 무슨 일이예요?

나는 퍼뜩 돌아보고 말았다. 남자의 등이 보였는데, 아까 정원으로 들어올 때 순명 의원 쪽으로 나가던 그 넓은 등과 비슷했다. 이, 학생이 말도 없이 들어와서는 아무리 쫓아도 나가지를 않네요. 어떻게 들어온 거지? 남자가 두리번거렸다. 흰 장미 무더기와 흑장미 무더기 사이에 서 있던 나는 움찔 머리통을 낮추고 말았다. 아까 내가 농약 방에 갔다 오면서 문을 꽉 안 닫았나 봅니다. 죄송합니다. 그렇다고 남의 집에 함부로. 일꾼이 용케 나에게 눈알을 부라렸다. 아저씨는 볼일 보세요. 여기는 제가 정리할게요.

일꾼이 물러가자 남자는 아무 말도 하지 않고 잔디밭 한쪽에 있는 그네 의자에 앉았다. 그러고는 천천히 몸을 흔들었다. 실컷 보라는 배려 같았다. 나는 다시 장미 무더기에 차례차례 코를 바짝 들이대며 향기를 맡고 꽃잎을 살짝살짝 만지기도 했다. 허락했으니까 마음 놓고. 나는 처음으로 마음을 놓았다. 늘 쫓기고, 불안해서 마음을 꽉 쥐고 있었다. 그네 의자에 앉아서 몸을 느릿느릿 흔들고 있는 남자를 간간이 돌아보기도 했다.

남자가 목을 뒤로 젖힌 채 쌍꺼풀진 커다란 눈으로 어딘가를 응시하고 있을 때는 걸음을 멈추고 남자를 훔쳐보고 말았다. 짧게 깎은 스포츠머리 때문에 파르라니 드러난 목덜미가 상쾌해 보이면서도 왠지 아려 보였다. 그때 오른쪽 그네 줄 너머로 서쪽 하늘에 떠 있는 가늘고 긴 초승달이 보였다. 초승달은 동쪽으로 입을 벌린 채 차갑고 가볍게 걸려 있었다. 나는 초승달을 남자의 머리 위에 얹어 보려고 각도를 달리하면서 이리저리 움직여 보았다. 초승달은 내 앞의 넓고 먼 공간에서 꿈쩍도 하지 않았다.

다 봤니? 내 눈길과 내 행동을 의식했던지 남자가 내 쪽을 돌아보지 않고 물었다. 네, 안녕히 계세요. 초승달은 머리 위에 얹지 못해도 흰 장미꽃을 그에게 바칠 수 있는 위치에 서 있었다. 재빨리 두 손으로 흰 장미꽃을 들어 올리는 포즈를 취했다. 그러고는 걸어서 나왔다. 잘 가. 등 뒤에서 남자의 부드러운 저음이 들렸다. 그다음은 어떻게 집까지 왔는지 기억이 없다.

너는 왜 칠판을 안 보고 창만 보니? 그러니 삼십 점밖에 못 받지. 영어 선생님이 비겁한 수법으로 야단을 쳤다. 반 친구들이 밤 논의 개구리처럼 와글와글 웃었다. 선생님들은 경쟁심을 유발하여 성적을 올리려고 그러는지 꼭 1번부터 50번까지의 시험점수를 불렀다. 다운증후군으로 얼굴이 둥글넓적하고 오리 궁둥이 같은 큰 엉덩이를 가진 친구와 내가 뒤에서 일 이등을 다투었다. 내 안에 들어와 있는 남자 때문에 창피하지도 않아 나도 뻔뻔하게 따라 웃었다.

순명 의원에 대해서 알게 되었다. 대대로 의원을 하던 집이고, 일본식 목조 가옥이었는데, 몇 년 전에 의원 건물과 안집을 대대적으로 고치고, 정원을 늘렸다고 할머니가 말해 주었다. 남자는 대도시에서 대학을 다니는데, 어째 집에 내려와 있을 때가 더 많다고 했다. 그 말에 내 가슴이 불그스레한 광채를 띠었다.

나는 순명 의원 담장에 더 바짝 붙어서 걸었다. 내 키가 크지 않아 담장 안에서 내 머리통이 보일 리가 없고, 내 발소리를 듣고 남자가 문을 열어줄 리는 없었지만. 학기 중에는 남자가 담장 안에 없다는 것을 알지만 나는 남자를 의식하고, 남자가 있다고 여겼다. 없다는 것을 알지만 있다고 여기는 것, 그게 내 삶의 한 방식이 될 줄은 그때는 몰랐다.

담장에 바짝 붙어 걸으면 가슴이 뛰면서 누군가 나를 들어 올리는 기분이 들었다. 나는 비밀을 가졌으니까. 담장이 끝나고 뒤를 돌아보았을 때 골목이 싸늘해 보이면 들어 올라간 만큼 내팽개쳐졌고 비참해졌다. 그렇게 반복되면서 지속되었다.

할머니는 떡을 팔고 나면 가게를 돌며 일수를 찍는 오야 일도 했다. 늘 입술을 빨갛게 칠한 만화방 주인 여자가 일수를 끌어다 썼는데 어째 만화방까지 넘어가 버렸다. 할머니는 신발이 벗겨지는 것도 모르는 채 득달같이 그 집으로 달려가 셰퍼드라도 끌고 왔다. 셰퍼드를 대추나무에 묶어 놓고는 남은 밥을 시래기 국에 부어 주었다. 야이 새끼야, 퍽퍽 좀 먹어라, 그래야 눈곱만큼이라도 빚을 갚지. 맛도 없는 밥을 주면서 잘 먹지 않는다고 구박을 해대는 할머니는 몸집을 더 키워서 우리 집 뒤쪽에 있는 우시장에 끌고 갈 속셈이었다. 우시장에는 소뿐만 아니라 철장에 갇힌 채 팔려오고 팔려가는 개들도 많았다. 시골보신탕이라는 음식점에는 늘 사람들이 북적거렸다.

그가 땀에 전 개구리복에 모자를 손에 쥐고 터덜터덜 걸어오고 있었다. 나는 대문 옆에서 한 시간째 그를 기다리고 있었다. 그는 인근 공군부대에서 상근 예비역으로 복무 중이었다. 안녕하세요. 나는 고개를 꾸벅 숙였다. 그는 의아한 시선으로 나를 건너다보았다. 마치 모르는 사람을 보듯이.

그 시선은 멀고 낯설었다. 내가 2년 가까이 그를 훔쳐보고, 내 안에 깊숙이 똬리를 튼 그를 저녁마다 꺼내 보고, 표면에 더 좋은 칠을 하는데 그는 나를 몰라보았다. 돌아서려고 했다. 그때 그가 물었다. 날 기다린 거니? 왜?

날 모르는 건 아니었구나. 나는 얼른 말했다. 우리 집에 셰퍼드가 있는데요, 할머니가 보신탕집에 팔려고 해요. 그래서 여기서 기르면 안 되냐고? 도다리 눈으로 그의 눈치를 살폈다. 그의 얼굴에 웃음기가 돌았다. 나는 용기를 내어 그의 눈을 정면으로 보았다. 쌍꺼풀진 커다란 눈이 수면이 반짝 빛나는 것처럼 그렇게 빛이 났다. 처음 할머니 집으로 왔을 때 암담하여 마루에 걸터앉아 있었는데 대추나무 잎사귀 사이사이로 빛이 반짝였다. 세수 대야에 담긴 물에 태양 조각이 떨어져 반짝이는 것이었다. 나는 안심했다. 나를 밝은 곳으로 이끌어주세요, 라고 읊조렸다. 그 눈은 그때와 비슷한 밝음으로 내게로 와서 나를 밝혀 주었다.

그래, 개 한 마리 있으면 좋지. 나도 적적하지 않고. 그와 한 일곱 발짝쯤 더 가까워진 것 같았다. 그를 향한 내 발길이 헛되지 않았다고 말해 주는 것 같았다.

집이 어디야? 그는 당장 개를 데리러 갈 태세였다. 골목 끝에 있는 할머니 집으로 그를 데리고 갈 수는 없었다. 슬레이트 지붕에 수돗가에 비실비실한 대추나무 한 그루밖에 없는 집에는. 내가 끌고 오겠다고 했다. 그래, 문 열어 둘게.

나는 어깨를 곧추세우고, 깨금발을 치며 집으로 갔다. 셰퍼드가 늠름하고, 그래도 살이 통통하고 볼품이 있다는 게 대견하고 자랑스러웠다.

나를 향해서 쪽문이 활짝 열려 있었다. 내 앞으로 두 번째로 열린 문이었다. 나는 셰퍼드를 끌고 열린 문으로 들어갔다. 이 안에 다시 들어오다니, 믿기지 않았다. 뭉그러지고 쪼그라든 장미꽃들은 향기를 풍기지 않았다. 소나무들 등치는 더 뒤틀린 것 같고, 힘 빠진 뱀이 간신히 직립해 있는 것 같은 소나무들 아래로는 솔방울이 까맣게 깔려 있었다.

왔니? 그가 샤워를 했는지 머리카락에 물방울이 남아 있는 채로 나에게로 왔다. 그는 셰퍼드 앞에 무릎을 꿇고 등

허리를 쓰다듬었다. 셰퍼드도 본능적으로 새 주인을 알아본 것인지 별다른 저항이 없었다. 내가 키울게. 그는 뒷주머니에 손을 넣더니 봉투를 내밀었다. 나는 손사래를 쳤다. 할머니에게는 개가 나가버렸다고 하고 신발이나 뭐 그런 걸로 등짝을 몇 대 두들겨 맞을 각오를 했으니까. 할머니에게 개값이라고 드려야 나도, 너도 편하지. 개도 떳떳해지고. 나는 봉투를 받았다. 그때 왜 문이 열려 있지, 라며 중년 부인과 동생인 듯한 여자가 들어왔다. 동생은 탄력 좋은 긴 생머리에 초록색 원피스를 입고 있었는데 어쩐지 여주인공 같은 느낌이었다. 나는 초라해지는 기분이었고.

셰퍼드가 겁에 질려 컹컹 짖으며 장미 무더기 속으로 들어갔다. 중년 부인이 기겁을 했다. 그가 내게 그만 가달라는 눈짓을 했다. 내가 나오자 그와 중년 부인이 언성을 높이며 싸우기 시작했다. 나는 철제 대문 상부의 창살 사이로 안을 들여다보았다. 불안해하면서 문 쪽만 보고 있는 셰퍼드. 내 쪽을 힐끗힐끗 보고 있는 동생. 내게 손을 들어 괜찮다고 신호를 보내는 그. 왠지 비애스럽고 걱정스러운 마음으로는 집으로 갈 수가 없어서 우체국 뒷마당으로 갔다.

낙타는 몸은 군데군데 헐었지만 여전히 깊고 까만 눈으로 먼 지점을 쳐다보고 있었다. 거칠거칠한 낙타의 몸을 손으로 쓰다듬으며 나를 안심시켰다. 그 사이로 뭔가 또 하나의 비밀을 가지게 될 것이라는 예감이 휙 스쳐 갔다. 골목 너머로 보이는 서쪽 하늘에는 초승달이 차갑고 가볍게 떠 있었다. 그 밑에는 개밥바라기가  떠 있었고. 나는 셰퍼드 가 밥을 게걸스럽게 먹는 모습을 떠올렸다.

그가 셰퍼드를 끌고 뒷산으로 간다는 걸 알게 되자 나는 할머니가 깨우지 않아도  일어나 조용조용 세수를 하고, 새 로 산 트레이닝복에 운동화를 신었다. 새벽하늘에는 초승 달과 반대로 뜬 그믐달이 있었다. 그 아래는 역시 개밥바라 기가 박혀 있었다.

뒷산 입구에 서 있는 나를 본 그의 눈에 놀람과 당황스러 움과 곤혹스러움이 스쳤다. 셰퍼드가 그래도 나를 반겼다. 나는 무릎을 꿇고 셰퍼드의 등허리를 쓰다듬었다. 그의 행 동을 따라 해 보았다. 가자, 건. 그는 셰퍼드를 끌고 숲길로 올라갔다. 나도 그의 뒤를 따라갔다.

새벽 숲은 어두웠지만 가장자리에 있는 나무들과 나뭇잎 의 틈새로 햇빛이 들어와 조금씩 밝아지고 있었다. 솔향기 가 섞인 찬 공기가 코끝에 닿았다.

숲길에서 나와 오르막을 오르던 나는 그악스레 뻗친 느 티나무 뿌리에 걸려 비틀거리고 말았다. 그가 얼른 내 팔을 잡아주었다. 반쯤 넘어지던 나는 그의 가슴으로 반 다 넘어 졌다. 그의 눈이 내 얼굴 앞에 와 있었다. 그의 입술이 내 입술에 닿았다. 나는 그의 뺨을 쓰다듬었다. 거칠거칠하고 까슬까슬한 내 생을 부드러운 손으로 쓰다듬듯이. 그가 내 트레이닝복 안으로 손을 집어넣어 가슴을 만졌다. 어떤 손이 내 뒷머리를 쓰다듬어 주는 것 같았다. 그 동안 외롭고 고통스러웠지만 잘 참았다고. 이제 그는 네 것이라고.

그런데 딱 거기까지였다. 그는 손을 빼고 셰퍼드를 끌고 오르막으로 막 달려 올라갔다. 나도 뒤따라 올라갔지만 그는 이내 짙은 산사나무 군락에 갇혀 보이지 않았다. 혼자 내팽개쳐진 것 같은 기분을 풀숲에 버려가며 그를 찾았다. 그가 셰퍼드를 끌고 산을 내려가고 있는 게 가늘고 긴 소나무들 사이로 보였다.

뒷산의 입구나 철제 대문 옆에서 그를 기다렸지만 그는 보이지 않았다. 창살 사이로는 정원에 있는 셰퍼드가 보였다. 아, 그럼 그도 잘 있는 거구나. 그렇게 나를 안심시키며 돌아갔다. 오늘은 보이겠지, 라며 창살 사이로 안을 훔쳐보아도 그는 보이지 않고, 셰퍼드만 보였다. 건이가 보이니까 그도 어디로 간 건 아니야. 지금 내 눈앞에 보이지 않을 뿐이야. 내일 다시 오기로 하고 돌아섰다.

그러나 가슴 한쪽으로는 그의 부재를 느껴야 했듯이, 그 부재를 부정하지 못했듯이 복무를 마친 그는 대도시로 가버렸던 것이다. 그는 정말로 그 안에 없었다. 배반감을 느졌다. 그에게도, 나에게도. 특히 나에게. 그가 없다는 걸 감각하지도 못하다니. 아무것도 모르고 그저 떼쓰듯이 있다고만 생각했다니. 안에 없었는데도 있다고 여기며 온갖 상상을 하고, 내 삶이 그가 있는 쪽으로 가기를 기도했다니. 내 세계와 이제 소통이 되지 않는 것 같아 순간적으로 서늘해졌다. 그와 나는 아무런 사이도 아니라는 걸까, 하는 의심도 지울 수 없었다.

그런데도 나는 또다시 창살 사이로 정원을 훔쳐보고 있었다. 셰퍼드는 파란색 지붕의 개집 앞에 웅크리고 있었다. 셰퍼드도 한 달이 넘도록 한 번도 본 적이 없다는 걸 인식했을 때는 더 좋은 곳으로 갔기를 바랄 수밖에 없었다. 그것밖에는 내가 할 수 있는 일이 없었으니까. 그리고 그가 정말로 그 안에 없다는 것을 인정했다.

나는 대학은 가지 않았다. 다운증후군 친구까지 원예과에 갔지만. 할머니가 제재소에 경리 자리가 있다고 했지만 도리질을 하며 거부했다. 그가 있는 대도시로 가야했다.

아버지에게 처음으로 손을 벌렸다. 아버지는 전복, 낙지, 문어, 조갯살 같은 값나가는 해산물을 손가락크기만큼 바짝 건조한 걸 싸게 사는 경로를 알아 사업이 잘되는 데다 재혼까지 해서 죄책감이 있었던지 방을 전세로 얻을 수 있는 돈을 보내 주었다.

그가 다니는 대학교 후문 쪽의 동네에 방을 얻었다. 직장은 있어야 해서 돌아다니다 큰 시장에서 숙녀복을 파는 용모 단정한 여성을 구한다는 전단지를 보게 되었다. 바로 채용되었다. 그믐달이 걸려 있을 때 새벽시장으로 가서 도매상인을 상대로 옷을 팔았다. 도매상인이 빠져나가고 나면 여사장은 공장으로 갔고, 나는 오후 네 시까지 소매상인에게 여성복을 팔았다.

퇴근을 하면 집보다 대학교로 먼저 갔다. 사 학년인 그는 학교에 잘 오지 않는 건지 마주치지는 않았다. 그래도 나는 교정을 돌아다닐 때 희망과 절망이 실시간으로 교차하면 살아 있는 걸 느꼈다. 캄캄한 방으로 들어가면 그 감정이 불빛으로 작용했다. 학교 안의 간이 성당에서 스테인드글라스가 햇빛을 받아 찬란하게 띄워지는 걸 보자 성민 씨를 만나게 해주세요, 라고 기도하는 마음을 가졌다. 그건 내일도 기다릴 수 있는 힘이 되었다.

플라타너스가 일렬로 서 있는 보도블록을 지나, 그가 다니는 W 물산이 있는 진녹색 유리 건물 앞으로 갔다. 간이 화단 쪽에 서서 회전문을 밀고 나오는 사람들을 지켜보았다. 그는 보이지 않았다. 그래도 오늘은 작정하고 끈질기게 기다렸다.

졸업식장에 가면 분명 그를 만날 수 있었지만 갈 수가 없었다. 막상 나를 드러내려면, 행동에 옮기려면 간간이 인식하고 있던 장애물이 압도적으로 커져 버렸다. 실행을 그만두면 내 앞에 놓인 허들 같은 게 치워지고 그를 향한 마음이 제자리를 차지했다. 그러나 이제는 잘 나가는 옷을 베끼기는 하지만 디자이너 대우를 받고 월급도 두 배로 올려 받고 있어서 자존감이나 자신감이 생겼다.

내가 눈썰미가 뛰어나고 감각이 있는지 유행하는 옷을 그대로 잘 베껴냈다. 애석하게도 할머니 집으로 장소를 옮기지 않았더라면 계속 그림을 그렸을지도 모른다. 사장이 요즈음 유행하는 것이라며 꽤 비싼 여성용 청바지를 사 들고 왔다. 호주머니에 메이커가 붙은 항아리형의 청바지였는데, 여자들의 엉덩이 부분에서 그 메이커를 많이 본 게 기억났다. 나는 정교하게 그대로 베껴냈다. 상표까지도 글자를 자세히 들여다보지 않으면 모를 정도로. 여자들은 이미테이션이라는 걸 알지만 만들기가 바쁘게 불티나게 사갔다. 그 뒤로 유행하는 여성복은 그대로 베껴냈다. 시장바닥에서 베끼기, 복사, 짝퉁, 짜가, 표절, 모방은 필요 없는 말이었다.

어둑어둑해졌을 때, 회전문이 핑그르르 돌아가면서 한 무더기의 사람이 쏟아져 나왔다. 그도 있었다. 안녕하세요. 나는 그의 앞으로 가며 꾸벅 고개를 숙였다. 어리둥절한 표정이던 그의 얼굴이 한순간 무겁게 변했다. 내 마음도 무거워졌다.

여길 어떻게? 그는 곤혹스러워하며 사방을 두리번거렸다. 윤주 씨 직장도 이 근방인가? 내가 그를 찾아 헤맨 행적을 모르니까 그럴 수 있지만 그의 행동과 말투와 눈빛은 차갑고 낯설었다. 내가 찾던 사람이 이 사람이 맞나, 하는 껄끄럽고 성가시고 서러운 감정이 나를 때리고 갔다.

윤주 씨, 어디 가서 차나 한잔해. 그가 앞서 걷기 시작했다. 나는 뛰어가서 그와 보폭을 맞추었다. 윤주 씨를 본 것도 같아 의아하게 생각한 적도 있었어. 그가 압도적으로 높은 건물 쪽을 보며 말했다.

빵집이 보이자 그가 배고프지 않느냐고 물었다. 나는 배고프다고 했다. 종업원이 새로 구운 크루아상을 집게로 진열장 안의 쇠 쟁반으로 옮기고 있었다. 나는 크루아상이 초승달과 닮았다는 생각을 했다. 내 시선을 읽었는지 그가 빵집으로 들어갔다. 크루아상과 우유 두 컵을 접시에 받쳐 야외 테이블로 왔다.

야외 테이블에는 손님들이 많았다. 그와 함께 있다는 게 자랑스럽고 든든했다. 그가 포크로 크루아상을 찍어 내게 건넸다. 손끝과 손끝이 닿았는데 나는 그의 손이 무척 뜨겁다고 느꼈다. 그와 마주 보고 있다는 것도 믿어지지 않았다.

그러나 그는 버스 정류장까지 나를 데려다주고는 약속이 있다며 위쪽으로 올라가버렸다. 나는 그의 무뚝뚝한 등을 보면서 그가 안간힘으로 자신을 단속하는 건지, 아니면 내게 별 마음이 없는 건지 알 수 없어 했다.

그는 나를 끌어당겨서 제 앞에 놓지는 않아도 나를 거부한 적도 없었다. 그게 그의 삶의 방식일까. 그는 의지나 애착도 없고, 그저 흘러가는 강물에 얹혀서 가는 나뭇잎 같았다. 나도 그가 옆에 있어도 친밀감도 없고, 그저 내가 회사 앞에서 기다리면 할 수 없이 만나주는 사람으로만 여겨졌다.

건물과 건물 사이로 보이는 불그스레한 하늘에 설핏 회색 기운이 돌자 차가운 초승달이 걸렸다. 해외 지사로 가게 되었어. 그가 건조한 목소리로 말했다. 끈질기게 신청한 결과라는 말도 덧붙였다. 몇 년이나요? 1년쯤이라는 기대를 붙들고 물었다. 내게 1년쯤은 아무것도 아니니까. 3년 정도.

3년 동안이나 그를 못 보다니. 영국은 거리상으로는 비행기로 11시간 정도 떨어진 곳이지만 내게는 초승달과의 거리만큼이나 먼 곳이었다. 이제 그만 끊어라, 잘라라, 는 말일까. 그는 나와 아무런 상관이 없는 사람일까, 라는 의심이 등을 타고 올라왔다. 내 세계에 또 한 번 금이 갔다. 그렇게 원해서 겨우 만났는데, 이게 뭐지? 내 세계를, 내 삶을, 나까지 신뢰할 수가 없어졌다. 그도 낯설어졌다.

가서 편지할게. 또다시 맞춤하게 말하는 그는 사람의 마음을 잘 읽는 뭔가가 있었다. 그러고는 내 주소를 물었다. 내가 불러주는 주소를 적던 그가 퍼뜩 내 얼굴을 보았다. 내 붉은 시선과 마주치기 전에 그는 고개를 돌려버렸다.

그 집에 가서 밥 먹을래요? 나는 갈증을 못 이겨 결국 말했다. 그는 준비할 게 많다며 그냥 가겠다고 했다. 순간 겁먹고 뒷발로 버팅이던 셰퍼드가 생각났다. 그가 시시해졌다.

그는 내게 시시한 남자가 되었다. 이제 떼어내어 버릴 수 있었다. 손가락에 있는 대로 힘을 주고 벽에 붙은 전날 씹던 껌을 떼어내듯 그를 떼어냈다. 그가 떨어져 나간 그만큼 세상이 넓어지고, 내 세계에서 내 자리도 넓어졌다.

약속대로 그는 편지를 보내왔다. 영국식 정원이라든가 화단이 수평면의 패턴으로 된 빌라 란테 정원이라든가, 친테 퀘레라든가 하얀 거인이 솟아오르는 듯한 몽블랑이라든가 하는 사진을 동봉하고 그곳에 간 느낌을 시적인 문장으로 써서 보냈다. 굳이 나에게 보내는 편지라고도 할 수 없었다. 그의 마음에는 타인도 없고, 나도 없었다. 그를 완전히 잊는 데 자주 오는 편지도 한 역할을 했다.

그사이 할머니가 저세상으로 갔다. 장례식장으로 내려갔다. 정교한 맞춤 가발에다 눈두덩의 지방도 제거하여 나이

보다 젊어 보이는 아버지는 나에게 결혼을 하게 되면 연락하라고 했다. 미움도, 원망도, 관심도 없어서 나는 아무런 말도 하지 않았다. 집은 작은아버지가 날름 삼켜버렸다. 순명 의원에 대해서도 알게 되었다.

황루미에게 끝없이 구애를 하던 남자가 있었는데, 루미가 끝까지 거절하고 만나주지 않자 남자는 담장을 넘어 들어와 소나무에 목을 매달았다. 목매다, 라는 걸 실행으로 보여 주었다. 남자의 시체는 사흘이나 정원에 방치되었다. 남자 부모가 시체를 거두지 않고, 만약 시체에 손이라도 대면 황 원장을 그냥 두지 않겠다고 협박했기 때문이다. 사흘 동안 더럽고 추잡한 소문이 동네로 퍼져나갔다. 황 원장은 결국 순명 의원을 처분하고, 더 외진 마을로 들어가 순명 재단이라는 정신병원 겸 요양원을 차렸다. 차츰차츰 뜸해지던 편지가 아예 오지 않을 때였다. 왠지 이제 그와도 다 끝난 것 같았다. 구질하게 남아 있던 실밥까지 이로 야무지게 뜯어내 버린 것 같았다.

나는 내 일에 충실할 수 있었다. 열심히 베끼고, 가끔 창조도 하고, 판매도 열심히 하고, 단골 도매상인이나 단골손님도 늘려 놓았다. 가게를 확장한 사장은 나를 놓치지 않으려고 인센티브까지 지급했다. 그 돈을 할머니에게 부치고 싶었다. 굼벵이도 구르는 재주가 있다더니 네가, 네가, 하면서 말을 잇지 못하는 할머니가 애달프게 떠올랐다. 이어 넌 이젠 증말 혼자야, 정신머리 잘 챙기고 살어, 라고 앙칼지게 쏘아붙이는 소리도 들리는 듯했다.

그런데 3년이 훨씬 넘었다는 걸 알아차리자 내 발길이 진녹색 유리건물 앞으로 향했다. 건물 한쪽에 있는 금속 두꺼비의 오돌토돌한 점을 세어가며 회전문을 지켜보았다. 선뜻 들어가지 못하고 건물 앞에서 서성대거나 얼쩡거리는 걸 또 반복하고 있다는 자각이 들었다. 회전문이 빙그르르 돌아가고, 한 무더기의 사람이 나올 때마다 긴장하는 것도 예전과 똑같았다. 난 앞으로도 이런 패턴에서 벗어나지 못할 거라는 마뜩찮은 깨달음이 지나갔다.

회전문을 밀고 나오던 그가 나를 발견하자 내게로 왔다. 윤주 씨, 하며 내 어깨를 감쌌다. 추운데 옷이 얇아 보인다고 했다. 늘 그렇지만 그는 나를 내치거나 거부하지 않았다. 그와 플라타너스 길을 걸었다. 코끼리 귀만 한 플라타너스가 바람에 날려가 차 밑으로 기어들곤 했다.

이제 건물 앞에서 기다리지 마. 왜요? 사표를 낼 거야. 왜요? 나는 안타까웠다. 더 이상은 못 하겠어. 돌아오지 않으려고 했는데, 그때 관두었어야 했는데. 그는 고통으로 일그러진 얼굴로 고개를 젓기까지 했다. 정착하거나 안주하지 못하는 그게 그의 매력인지는 몰라도 우수 어린 그의 몸짓이 위태롭게 여겨지면서 붙들어주고 싶었다. 내가 성민 씨 옆에 있어도, ……안 되나요? 그가 모호하게 웃었다. 왜요? 나는 화를 내고 말았다. 그가 너무 어려워서 쉬운 화를 냈다. 그는 아무런 말도 하지 않고 앞으로 가버렸다.

냉혹한 그의 등을 보며 뒤따라가던 나는 놀이터에서 여자애 둘이서 시소를 타는 것을 보았다. 무게가 맞지 않아서인지 몸집이 작은 여자애는 등을 통째로 덮는 책가방을 메고 있었다. 여자애들은 팡팡 땅에 엉덩이를 찧으며 잘도 오르내렸다. 그때 짝이 지어지려면 서로의 무게가 맞아야 한다는 말이 생각났다. 내 무게가 그의 무게이고, 그의 무게가 내 무게여야 했다. 내 인생을 그에게 맡기고 싶을 만큼 그는 나를 꼭 채워 주지만, 그에게 나는 90%만 채워지고, 그 10%가 안 채워져서 그가 날 선뜩 끌어들이지 못한다는 것도 알고 있었다. 그 10%가 비어 있어서 현실에, 땅에 발 붙이지 못했다는 것도 그가 외국에서 실종되었을 때에야 알았다.

윤주 씨도 이제 좋은 사람 만나 안정을 찾아야지. 내가 그의 옆으로 가서 보폭을 맞추자 그가 말했다. 나는 원망스러운 시선으로 그를 쏘아보고 말았다. 어떻게 그런 말을 할 수 있지. 이때까지의 그를 향한 내 발길, 내 행동이 헛된 짓이었다는 거잖아. 나도 그를 거리에 버리고 왔다.

장소가 바뀌면 달라질 수 있을 것 같아 집을 옮겼다. 그의 소식도 알려고 하지 않았다. 암막 커튼이 쳐졌는데 그걸 또 들추어보는 것은 어리석은 짓이었다. 가게 일을 열심히 했다.

사장이 선을 주선했다. 첫 만남에서 남자는 내게 결혼하자고 했다. 그가 내게 한 차가운 말도 늘 귓전을 맴돌고, 한 번 더 생각하게 되면 못할 것 같아 나도 그 자리에서 성급하게 대답을 해버렸다.

아버지에게 연락하니까 혼수품을 살 수 있는 돈을 넉넉히 부쳐주었다. 결혼식에도 참석해 준 아버지는 내 손을 잡고 식장으로 들어가면서 잘 살아야 돼, 라고 작은 소리로 말했다.

못 생기고 볼품없는 남편을 대할 때면 이 사람이 내 짝이라는 말이지. 네가 아무리 네 무게를 올려쳐도 그건 떼쓴 것에 지나지 않아, 라는 서글픈 깨달음은 나를 아래로 떨어뜨렸다. 그래도 순응할 수밖에 없어서 아버지 말대로 잘 살려고 노력했다.

남편은 생활비를 한 푼도 내놓지 않았다. 내게 돈을 주는 게 아까울 만큼 나에게 진심이나 마음이 없었다. 거기다 남의 밑에서 일하는 건 더러워서 못 해 먹겠다며 내 돈까지 투자하여 스시 전문점을 차렸다. 재수 없게도 6개월 뒤쯤 도로 맞은편에 똑같은 스시 전문점이 들어섰다. 한 접시에 1590원 하는 가격을 690원으로 내려서 장사를 하니까 그는 결국 못 견뎌내고 폐업을 했다. 내게 돈 남았지, 라고 물으며 또다시 타이어 대리점을 알아보고 다녔다. 남편과도 끝이 다가오고 있었다.

남편이 돈을 찾아오라고 한 날, 나는 헤어지자고 했다. 남편은 위자료를 내어놓으라고 했다. 내가 기막혀 하자 남편이 말했다. 김윤주 씨에게는 다른 남자가 있지 않습니까. 그의 높임말에 소름이 끼쳤다. 모를 줄 알았어요? 그는 야비한 시선으로 나를 똑바로 쳐다보며 물었다. 그 눈이 너무 무섭고 보기 싫어 나는 고개를 돌려 버렸다. 그러자 그가 더욱 득의만만해졌다. 김윤주 씨, 정신적인 강간이 더 큰 죄라는 말 들어보셨어요? 집에 들어가기 싫어서 거리를 돌아다니다 서점 진열장에서 『황성민의 여행기록』 책을 발견하고는 사 가지고 와 읽고, 책장에 꽂아 두었던 걸 의심했을까. 그럴 리가 없었다. 하기는 내 너덜너덜한 몸만 그의 옆에 물건처럼 두기는 했다. 김윤주 씨가 유책자입니다. 그는 고개를 외로 꼬며 쐐기를 박듯이 말했다. 미쳐 날뛰는 내 운명을 찔러 없애듯이 그를 찔러버리고 싶었다.

그러나 내가 가진 돈을 싹싹 끌어 모아 위자료로 던져 주었다. 그게 내가 다시 살 수 있는 방법이었으니까. 그는 단춧구멍만 한 눈을 희번덕거리며 좋아했다. 그럼 그렇지, 단춧구멍한 눈으로 세상을 보는 네놈이 어떻게 내 짝이겠니?

난 무게가 그렇게 가볍지 않아, 라며 또 하나의 나는 은근히 기뻐하고 있었다. 내 세계를 깔보고 원망했지만 다시 신뢰할 마음이 생겼다.

『황성민의 여행 기록』두 번째 책이 서점 판매대에 깔려 있었다. 그 책을 사서 읽었다. 첫 번째 책에서도 느꼈지만 그는 책이라도 내면서 살고, 버티는 것 같았다.

나는 또다시 진녹색 유리 건물 앞에 서 있었다. 내가 다시 돌아왔구나. 그가 없는데도 이 앞을 서성거리고 있구나. 내 패턴이 맞구나. 없는 걸 알면서도 있다고 여기는 것. 나는 이대로 이렇게 존재할지 모른다는 두려움이 한순간 일렁거리기도 했다. 그래서 발길을 돌렸다. 그런데 그가 전에 살던 오피스텔로 가고 있었다. 그렇게 회사와 오피스텔로 갔다. 그를 만날 수 있기를 바라는 마음과 그의 앞에 나설 수 없을 것 같은 위축된 마음이 반반이었다. 나는 더욱더 무게가 내려가 이제는 도저히 그와 맞출 수가 없게 되었다. 내 무게는 가벼워진 대신 내 삶은 육중하게 무거워졌다.

오피스텔이 밀집한 골목으로 들어서던 그는 마주 오는 나를 보자 믿기지 않는 듯, 윤주 씨? 하고 물었다. 그의 얼굴에 반가움과 감격스러움이 스치는 것을 나는 놓치지 않고 보았다. 그렇지만 그대로 도망가고 싶었다. 그가 내 곁으로 다가와 어깨를 감쌌다. 내 삶이 나를 외면하지 않는구

나. 내 발길은 그가 있는 곳으로 향했던 거야.

그가 새로 얻어 든 오피스텔 근처에는 메타세쿼이아가 서 있는 좁은 길이 있었다. 메타세쿼이아의 삼각형으로 퍼진 우듬지 사이에 초승달이 걸려 있기도 했다. 퇴근하면 그곳에 놓인 세 번째 벤치에서 그를 만났다. 그러면 누가 나를 들어 올리는 것 같았다.

오피스텔 505호로 들어가서 그와 결합하기도 했다. 그전에 할 수 없이 나는 결혼했었다고 했다. 그는 괜찮아, 나도 여자 경험이 없는 거 아니야, 라며 나를 안심시켰다. 내 정신에는 그만 있다는 것을 아니까 몸 부분은 양보했을 것이라고 나는 생각한다. 나는 정점까지 올라갔다.

그러나 그와 팔짱을 끼고 메타세쿼이아 길을 걸을 때조차도 위태롭고 불안한 마음이 가시지 않았던 대로 그는 석 달 뒤쯤 외국으로 가겠다고 했다. 아무것도 믿을 게 없고, 아무것도 신기한 게 없고, 아무것도 지켜야 할 게 없고, 모든 게 그냥 무(無)같다고 했지만 내 존재는 그에게 아무런 의미가 되지 못했다는 자괴감이 검은 보자기처럼 내 머리 위에 씌워졌다. 가지 마세요, 라고 나는 처음으로 내 의지를 표현했다. 도망가지 마세요, 라고는 하지 못하고. 그는 냉정하게 고개를 저었다.

집 앞의 공원에는 양버즘나무 한 그루가 있었다. 잎이 떨어지고 나면 하얗게 바랜 것처럼 보이는 나무인데 복잡하게 가는 줄기들이 하늘을 향해 뻗쳐 있었다. 하늘을 향해 안타까이 손을 뻗는 것처럼 보일 때도 있고, 기도하는 손처럼 보일 때도 있고, 손가락을 벌리며 간절히 간구하는 것처럼 보일 때도 있고, 우체국 마당에 있던 낙타가 거꾸로 서 있는 것처럼 보이기도 했다. 그 나무를 올려다보며 나는 읊조렸다. 왜 더 멀어지게만 하는데도 그를 떠나지 못하지. 너 때문인 거지? 그 때문이 아니라. 너 때문이지. 외국으로 떠난 그는 내게서 점점 더 멀어졌고, 내 세계도 점점 더 높게 멀어졌다. 양버즘나무 가지 사이로 보이던 초승달은 이내 어둠이 아랫부분을 삼켜 버렸다.

양버즘나무의 위로 뻗친 가지들이 열 손가락을 마구 벌린 채 달라고 간구하는 것처럼 보이던 날은 원망스러운 시선으로 그 나무를 쏘아보고 말았다. 주지도 않는 것, 그를 온전히 못 준다면 아이라도 줄 수 있는데, …… 내게 그럴 리가 있나. 양버즘나무의 복잡한 가지 사이로 보이는 하늘에는 아무것도 없었다.

그는 예전처럼 편지와 사진은 보내왔다. 그게 나중에는 책에 들어갈 내용인데, 내가 떠날까싶어 한 번씩 점검하는 것에 지나지 않았다. 그런데『황성민의 여행 기록』세 번째 책은 나오지 못했다.

그가 실종되었다. 세계에서 가장 높은 산을 오르던 등산객들이 갑작스레 눈 폭풍을 맞고 말았다. 바위 절벽에서 떨어진 외국인 한 명은 나중에 발견되었는데 계곡의 눈밭에 사슴처럼 모로 누워 있었다. 사망자 명단과 실종자 명단이 나왔다. 실종자 명단에 황성민(여행작가)도 있었다. 나는 아무것도 할 수가 없었다. 양버즘나무를 붙들고 물었다. 이 조그마한 삶이 이렇게 난해해도 되는 거냐고. 양버즘나무의 하얀 가지들은 하늘을 향해 더 손을 뻗치고 있을 뿐이었다.

그런데 차츰차츰 실종은 되었어도 사망자 명단에는 없었잖아, 라고 생각하게 되었다. 여기는 없어도 거기에 외국에 있다고 여기기 시작했다. 사장이 집으로 찾아왔다. 가게에 다시 나갔다.

다운증후군으로 얼굴이 둥글넓적한 사람이 가게에 여성복을 사러 왔다. 나는 칼라 부분이 날카롭게 빠진 정장 재킷을 권했다. 그 사람이 내 얼굴을 빤히 쳐다보았으나 나는 랩스커트도 권했다. 몽골리즘이라는 다운증후군을 앓는 사람들은 외국 사람까지도 다 비슷하게 생겼으니까. 그걸 싸달라고 하던 그 사람이 혹시 김윤주? 하고 물었다. 오리 궁둥이 같은 엉덩이를 보는 순간 원예과에 간 친구라는 걸 알았다.

친구는 원예과를 졸업하고는 잠시 원예 치료사로 일한

적이 있는데 그때 남편을 만나 아이 둘을 낳고 이 도시에 산다고 했다. 이 친구는 그래도 제 할 일을 제대로 하고 사는구나, 하는 외로움이 잠깐 나를 스쳐갈 때였다. 윤주야, 너 그 오빠 좋아했잖아. 어떤 오빠? 나는 놀랐지만 태연하려고 애쓰며 물었다. 순명 의원 아들. 네가 그 집 앞에서 그 오빠 기다리는 거 내가 많이 봤어. 그걸 알고 있었다니, 놀랍기만 했다. 나도 순명 의원 앞을 지나쳐야 했거든. 성심 유치원 옆 골목에 살았거든. 그래그래. 나는 빠르게 고개를 끄덕였다. 그 오빠 지금도 되게 잘 생겼던데. 여자들이 끔뻑 죽을 만해. 지금도? 너, 지금이라고 했니? 응. 친구가 고개를 끄덕끄덕했다. 그 오빠를 지금, 어디서 봤는데? 나는 입술을 파르르 떨며 물었다. 울 엄마가 치매기가 있는데 큰 오빠도 돌볼 처지가 못 돼 순명 재단 요양원에 모셨거든. 거기 가니까 그 오빠가 있던데. 나이가 들기는 해도 그 오빠 맞아. 눈이 크고, 콧대가 똑바르고, 이마가 훤하고……. 나는 숨을 쉴 수가 없었다. 고양이나 개가 본능으로 감각해내는 것이 뛰어나듯이 다운증후군인 친구도 본능적인 감각은 뛰어나서 틀림없을 테니까. 친구에게 원피스 한 벌은 덤으로 싸주고 곧장 셔터를 내렸다.

 기차가 강 위의 철교를 지날 때는 가슴이 떨어져 나갈 것처럼 쓰리고 아팠다. 무슨 일인지 아직 패를 보여주지는 않왔는데도 왠지 나쁜 쪽일 거 같아서도 아니고, 모르겠다. 그러나 그를 볼 수 있다는 기쁨도 커서 그쪽으로 무게를 쏠리게 했다. 역에서 택시를 잡아타고 순명 재단으로 갔다.

성모 마리아가 내려다보고 있는 연못은 노랑어리연꽃이 뒤덮고 있었다. 갑자기 내 눈에서 눈물이 흘렀다. 내 마음은 벌써 알고 있었다. 나쁜 패를 보게 될 것이라고.

곧장 사무실로 갈 수가 없었다. 뭘 어떻게 해야 할지 몰라서 병원 건물을 감싸고 있는 솔숲을 거닐었다. 마음이 좀 가라앉았다. 숲에는 곧은 소나무들이 촘촘히 서 있었다. 가파른 길로 올라가자 소나무 사이로 노란 페인트칠을 한 건물이 보였다. 건물 앞에는 할머니들이 옹기종기 앉아 있었다. 나는 숲에서 천천히 내려왔다. 내 발밑으로 녹색의 잔디밭이 보였다. 풀들이 빛을 되쏘며 일제히 흔들리기도 했다.

잔디밭을 걷던 나는 하마터면 자전거를 탄 청년과 부딪칠 뻔했다. 스트라이프 실내복에 상의는 초록색 티셔츠를 입은 청년은 짐승을 칠 뻔한 것처럼 아주 태연자약한 얼굴로 예스터데이를 흥얼거리며 자전거를 타고 씽 가버렸다. 어디로 가야 할지 몰라서 다시 연못으로 갔다.

연못을 보며 크기는 달라도 예전의 그의 집과 구조가 비슷하다는 생각을 하는데 뒤에서 철컥거리는 소리가 났다. 돌아보니 그네 의자를 타던 여자가 건물 쪽으로 가고 있었다.

나는 그네 의자에 앉았다. 이건 둘이서 타야 평형을 유지하며 높이 밀어젖힐 수 있다는 생각을 하며 엉덩이에 힘을 주었다.

여긴 내 자리인데요. 저음의 중후한 목소리로 누군가 그렇게 말했다. 나는 벼락이라도 맞은 듯이 돌아보았다. 그였다. 때가 하나도 묻지 않은 듯한 말간 얼굴, 목덜미가 파르라니 드러나도록 짧게 치켜 깎은 머리, 더욱 더 커진 새까만 눈. 그러나 그 눈 속에는 내가 없었다.

내가 일어서기는 해도 여전히 그네 의자 앞에 있는 것을 보자 그는 손을 뻗어 나를 밀치려고 했다. 그때 나는 알아차렸다. 그가 스트라이프 실내복을 입고 있다는 것을. 상의는 검은 티셔츠였지만. 내가 비칠비칠 옆으로 비켜나자 그는 그네 의자에 앉더니 몸을 느릿느릿 흔들었다. 쇠줄 소리가 약하게 났다.

황성민 씨, 하고 나는 그를 불렀다. 네, 하면서 나를 돌아보는 그의 눈에는 여전히 내가 없었다. 내가 아무 말도 하지 못하자 그는 다시 몸을 똑바로 하고 그네 의자를 흔들었다. 그때 나는 보았다. 왼쪽 귀 뒤부터 이마 쪽까지 마치 초승달 모양으로 꿰매져 있는 자국을.

침을 꿀꺽 삼킨 뒤 다시 황성민 씨, 하고 그를 불렀다. 제발, 제발 나를 알아보기만 해. 그럼 내가 널 책임질 거야.

네, 라며 돌아보는 그의 눈 속에는 내가 여전히 들어가지 못했다.

그가 나를 몰라본다는 게, 그의 의식에 내가 없어졌다는 게, 그의 정신에 내가 존재하지 않는다는 게 그가 나를 내버려두고 외국을 떠돌 때보다 훨씬 더 비참하고 참혹하고 잔혹하게 느껴졌다. 몸이, 덩어리가 바로 눈앞에 있지만 내게는 그것만 필요한 게 아니었다. 영혼이 없이, 정신이 없이 껍데기만 옆에 있다는 게 무엇인지 냉혹하게 알아야 했다.

차라리 그가 내 눈앞에 없었더라면, 그랬다면, ……그를 내 세계 안에 단단히 넣어두었을 텐데. 그게 훨씬 내 방식다운 건데, ……. 숨이 안 쉬어져 주먹으로 가슴을 쿵쿵 쥐어박았다. 기어이 빈 항아리 앞으로 나를 끌고 가 얼굴을 처넣으며 그 속을 들여다보게 하다니. 돌멩이를 주워 가슴을 퍽퍽 때렸다. 살갗이 찢어졌는지 옷 위로 피가 배어나왔다. 그는 계속 그네 의자를 탔다.

직원이 다가와 원장님이 찾는다고 하자 그가 마지못해 그네 의자에서 일어났다. 그네 줄이 멎자 그가 나를 향해 안녕히 가세요, 라고 했다. 나는 깜짝 놀라 그의 눈을 들여다보았다. 그러나 그에게 나는 생판 모르는 사람일 뿐이었다. 그는 실내복 바지주머니에 손을 찔러 넣고 지그재그로 걸어갔다.

밤기차를 타고 집으로 돌아왔다. 어떻게 살아, 왜 살아, 왜 살아야 하는 거야, 라며 그가 실종된 뒤부터 먹던 수면제를 모조리 입에 털어 넣었다. 그러나 아직 내 몫의 고통은 남아 있다는 것인지 사장의 전화에 깨어났다.

나는 이제 새벽에는 가게로 나가고, 초저녁에는 잠을 자 버린다. 그가 없는 내 세계는 너무 넓어 내가 감당을 못하니까 모르는 척, 시치미 떼듯이 잠 속으로 숨어버리는 것이다. 혹 중간에 깨게 되면 한가득 사다 놓은 크루아상을 먹고, 닭다리나 오징어를 찢어서 먹고 다시 잠을 청한다. 살이 찌고, 배에는 보름달 같은 게 생겨났다. 얼마 전에는 사장과 협상이 안 되어 그 가게 옆의 옆에 내 가게를 차렸다.

# 조끼를 입은 여자

조끼를 입은 여자

들판 한편에 유리 벽을 두른 버스 정류소가 있었다. 여기서 내려야 했나. 민성병원으로 들어서려던 그녀의 시선이 다시 유리 벽으로 향했다. 그래야 했어. 걷는 게 힘들어서 그랬어. 시외버스에서 내려 여기까지 걸어오는 동안 그녀는 스산하고 피폐한 기운을 느꼈고, 피부에는 알 수 없는 소름이 돋았다.

민성병원의 깨끗하게 손질해 놓은 회양목 울타리를 지나자 삐죽삐죽 열도 맞지 않은 돌덩이가 싸고 있는 물웅덩이가 보였다. 물은 빈약하게 고여 있었고, 돌덩이 사이사이에는 창포가 피어 있었다. 그녀는 보라색 창포의 목을 뚝, 뚝 분질렀다. 노란색 창포의 목도 뚝 분질렀다. 정원사인지 일꾼인지 모를 사람이 아까부터 못마땅한 눈으로 지켜보고 있었으나 그녀는 그 일에 지나치게 집중해 있었다.

여직원은 어머님이 며칠째 난동을 부려서 할 수 없이 팔을 침대에 묶어 놓았으니까 양해하라며 식사도 거부하고 있어 연락을 했다고 했다. 최상급에 공개적인 시설에서도 이렇게밖에 못해. 그녀의 눈이 세모꼴로 휙 치켜 올라가는 것을 여직원은 보지 못했다.

복도의 맨 끝 방 문짝이 햇빛을 받아 희게 보였다. 그녀는 기분이 조금 좋아졌다. 다행히 다른 환자들은 뒤뜰에서 산책 중이어서 그녀의 엄마 혼자 팔이 묶인 채 잠들어 있었다. 엄마의 머리맡에도 햇빛이 어려 있어서 엄마의 얼굴이 시체처럼, 해골처럼 보여 그녀는 움찔 놀라고 말았다. 갑자기 창밖으로 뛰어내릴 것만 같아 언제부턴가 조금씩 주변을 정리해 나가고 있는 과정에서 안동포 수의도 마련했는데 그게 어쩌면 엄마를 위한 것일지도 몰라 그녀는 무척 놀랐다. 그녀는 얼른 연민 어린 시선으로 엄마를 내려다보았다. 칼날보다 더 예리한 정신에 섬세하고 여린 신경 줄을 가졌던 엄마는 새로 옮겨간 직장에서도 섞이지 못하고 자신을 도와주었던 동료까지도 의심하며 분절 상태를 보이더니 그만 임계점을 넘어 버렸다.

그녀는 살짝 엄마의 팔을 흔들었다. 엄마의 가느스름한 눈이 휙 떠졌다. 엄마는 날카롭고 신경질적인 시선으로 그녀를 올려다보았다. 거울에 자신의 얼굴을 비춰보는 것 같은 이런 순간을 그녀는 좋아하지 않았다. 그녀는 얼른 아까 목을 분질러 온 여섯 송이의 창포 꽃을 건넸다. 순식간에 엄마의 얼굴이 활짝 벌어졌다.

"미안해요, 엄마. 내가 시간이 없어서 꽃을 못 샀어. 이 야생화라도 만족하세요. 다음에 올 때는 꼭 아이리스를 사 올게요."

엄마가 정수리 부분이 너무 허연, 짧게 치켜 깎은 커트 머리를 끄덕끄덕했다. 등 뒤로 외로움인지 고독인지 굳이 구별 지을 필요는 없는 감정이 휙 지나가면서 그녀의 존재를 잠깐 흔들어놓았다. 그녀는 이런 순간을 무척 두려워하고 싫어했다.

"엄마, 무슨 일이 있어요? 왜 식사도 안 하고 그러세요?"

"그놈이 내 몸을 만졌어. 그래서 그놈 팔뚝을 물어뜯었다. 그랬더니 날 일주일 동안이나 묶어놓았어. 이렇게, 이렇게."

엄마가 팔을 위아래로 흔들자 철커덕 철커덕, 거친 쇠줄 소리가 났다. 그 소리가 그녀의 심장을 긁었다.

"엄마, 그냥 마음 편히 지내세요. 식사는 꼭 하시고요. 여기서 더 나빠지는 건 정말 안 돼요. 내 말 무슨 말인지 알겠죠? 뭐 먹고 싶은 건 없으세요?"

그녀는 안간힘을 다해 짐짓 무감각한 목소리로 말했다.

"그놈이 날 어떻게 할지 몰라. 선희야, 날 좀 여기서 데리고 나가면 안 되니?"

선희라는 말에 그녀는 피가 멎는 듯했다. 자신을 몰라볼 때면 서운하기도 했지만 그게 더 편했다. 목욕을 시킬 때 벽에 기대놓고 나무에 묻은 먼지를 씻어내듯 찬물을 마구 뿌려댄 것을, 물기를 닦아주면서 그녀 자신의 생에 화풀이를 하듯 머리카락을 마구 헝클어뜨리다 벽 쪽으로 밀어 버린 것을, 셔츠의 맨 위 단추를 채우다 깃을 당겨 뒷목까지 딸려오게 한 것을, 했던 말을 계속 반복하는 입에 주먹을 반쯤 집어넣고 만 것을 어쩌면 엄마는 다 알고 있을지도 몰랐다. 그렇지만 엄마잖아.

"네 아파트에 가면 내가 아무것도 하지 않고 잠만 잘게. 절대로 돌아다니지 않고 잠만 잘게. 그러니 네 아파트에 데려다줘. 선희야, 그놈이 반드시 날 어떻게 한다."

엄마의 아래로 축 처진 두 눈이 더 처져 보였다. 그녀는 다 이해할 수가 없었다. 저 나이에도 그런 게 그토록 무서운 일인지.

"엄마, 여기서 나가서, 바람 좀 쐬어요."

"싫다, 그놈과 만날지 모른다. 그놈은 질기고, 무서운 놈이다. 선희야, 난 너무 무섭다."

"그럼, 여기 계세요. 내가 먹을 것 좀 사올게요."

그녀는 엄마가 잡고 있는 팔을 떼어내고 황급히 매점으

270

로 달려갔다. 황토 계란과 오렌지와 삼각 김밥과 샌드위치 등속을 마구 쓸어 담아 왔다.

엄마는 두 손으로 양 관자놀이를 누르며 한껏 웅크리고 있었다. 비명이라도 지르는 것 같았다. 유리에 달라붙어 있는 죽기 직전의 벌레 같기도 했다. 그녀는 모든 게 너무 싫어서 얼굴을 찡그리고 말았다.

여직원에게 그녀는 몹시 딱딱하고 기분 나쁜 어조로 지금 줄을 풀어달라고 했다. 그녀의 근엄한 사회적인 얼굴에서 뭔가를 감지했는지 여직원이 순순히 전화를 하더니 열쇠를 가지고 일어섰다. 그녀는 복도를 걸어가면서 여직원의 팬티 선이 선명한 타이트한 치마를 노려보았다. 저렇게 잘 꾸미고 나와서 자기 할 일 외에는 절대로 관심조차 두지 않는 것들. 직업의식도 없고, 내면도 없는 것들. 무엇보다 인간에 대한 연민이라거나 측은지심이 없는 것들. 기계보다도 못한 것들.

"이제 줄 같은 거 묶지 마세요."

여직원이 열쇠로 쇠줄을 풀어주자 그녀는 엄마가 들으라는 듯 몹시 위엄 있는 어조로 명령하듯 말했다. 엄마가 구원자처럼 보고 있어서 그녀도 뿌듯했다. 여직원이 담당 의사도 그렇게 하라고 했다며 다시는 줄을 채우지 않겠다고 했다. 머리를 조아리고 엄마에게 사과하라고 하고 싶었지만 일이 복잡해질지도 몰라서 그것까지는 참았다.

엄마는 포도 주스를 마시며 그녀가 쪼개놓은 오렌지 한 쪽도 우적우적 씹었다. 이렇게 무사히 가게 해주세요. 더 이상 아무 일 일어나지 않게 해 주세요. 그녀는 기도했다. 내 어깨에마저 무거운 쌀가마를 올려놓지 마세요. 그러면 나는 쓰러질 수밖에 없어요. 이번에 쓰러지면 수의를 입게 될 것 같아요. 기도를 한다고 해서 달라지지 않는다는 걸 알고 있지만 자신의 처지를 하소연하며 울먹거릴 수 있는 자기연민이라든지 자신을 보살피며 보호하는 느낌은 버릴 수 없었다.

기도하는 그녀를 엄마가 물끄러미 보고 있었다. 엄마도 해보세요, 라고 하려다가 그만두었다. 여기서 엄마가 더 깨 치기를 원치 않았다. 그냥 이 상태로만 지내다 시간이 그녀 속의 연민을 휘발시키거나 소멸시킬 때쯤 고요히 저세상으로 옮겨 가기를 바랄 뿐이었다.

"엄마, 이번 달 마지막 주에 올게요. 그때까지 밥 잘 먹고 있어요. 그리고 내가 담당 의사 만나서 그놈이 그러지 못하게 할게."

엄마가 삼각 김밥을 베어 물면서 말 잘 듣는 아이처럼 고개를 끄덕끄덕했다. 그녀는 엄마의 손을 잡고, 목을 끌어안고, 눈물을 쏟았다. 작은 죄의식과 혹 자신의 추가 악 쪽으

로 기울어질까 하는 두려움과 엄마에 대한 연민과 그리고
자기연민이 범벅이 된 눈물이었다.

"다음번에 올 때는 엄마 좋아하는 과일 사올게. 아이리스
도 꼭 사오고. 그 동안 식사는 거르지 말고 잘하셔야 해요.
저번에 사다 준 화장품 다 쓴 거 아니지? 화장을 하고 그러
면 기분도 나아질 거야."

마지막 말은 수용소에서 먹을 물로 세수를 하고 몸치장
을 하는 게 인간이고, 그렇게 인간이기를 원하는 사람이 끝
까지 살아남는다고 하던 은미 씨의 말이 생각나서였다.

화장이라는 말에 엄마의 얼굴에 반짝 생기가 돌았다. 엄
마가 머리맡의 사물함을 뒤졌다. 그녀가 저번에 사다 준 립
스틱과 시세이도 분홍 분통을 주섬주섬 꺼냈다. 그녀는 안
도의 숨을 내쉬었다. 엄마가 자그마한 손거울을 보며 립스
틱을 발랐다. 엄마는 하나에 집중하면 다른 것은 보지도 않
고, 보이지도 않았다. 그녀는 얼른 몸을 돌려 발꿈치를 들
고 문밖으로 나왔다.

문에 기대서서 숨을 고르는 그녀는 등 뒤로 엄마를 느꼈
다. 어쩌면 엄마는 화장에 빠진 척 해 주었는지도 몰랐다.
그녀의 마음속까지 낱낱이 꿰뚫어 보고 있을지도 몰랐다.
그렇지만 엄마잖아. 그녀는 얼른 보호색을 둘러썼다.

담담 의사 방으로 향하던 그녀는 만약 그 일이 알려지게

되면 엄마는 더 곤란을 겪게 될지도 모르고, 엄마는 또 난동을 부릴 것이고, 그러면 퇴원을 시킬 수도 있어서 망설임 끝에 발길을 돌렸다. 그놈이 누군지 안다면 개인적으로는 처리할 수 있어도 공개적으로는 어떻게 하고 싶지 않았다.

양을 몰고 오듯 환자들을 몰고 오던 간호사가 그녀를 보자 누구 보호자냐고 물었다. 그녀는 조금 일찍 복도를 빠져나가지 못한 것을 성가셔하며 할 수 없이 엄마 이름을 댔다.

"이성실 어머님, 상태가 좋지 않아요."

"괜찮을 거예요. 식사를 잘하겠다고 저와 약속했어요."

직원들 단속 잘하라는 말이 목구멍까지 올라왔지만 그녀는 참았다. 간호사에게 할 말은 아닌 데다 그래봤자 엄마만 불편해지고, 자신도 불편한 일을 또 겪어야 할지 몰랐다. 그런 직원이 실제로 있는지도 알 수 없었다. 엄마가 젊어서 한때 겪었던 일을 착각하고 있을지도 몰랐다. 그녀처럼 환상이나 몽상에 잘 잠기는 엄마는 충분히 그럴 수 있었다.

그녀는 간이 버스 정류소의 나무 의자에 털썩 엉덩이를 내려놓았다. 주먹으로 가슴을 쥐어박았다. 그래도 엄마잖아, 라는 엄마에 대한 연민 때문인지 자신만 불행한 것 같은 자기연민 때문인지는 그녀도 잘 몰랐다. 눈물이 조금 차오른 눈에 벌판 너머의 울퉁불퉁하게 굴곡진 산등성이들이 들어왔다. 그러자 불현듯 그가 떠올랐다. 당신, 잘 있나요.

산등성이 위에 동그랗고 화살촉 같은 광선을 뿜어 대서 똑바로 바라볼 수 없는 태양이 떠올라 있었다. 눈살을 찌푸리며 고개를 돌리던 그녀의 시선이 유리 벽에 닿았다. 하늘빛에 녹아들어 흐릿하던 산등성이와 빛살이 퍼져 있던 태양이 유리 벽에는 실제를 왜곡하듯 또렷하고 댕그랗게 떠 있었다. 그녀는 유리 벽 가까이 다가갔다. 또렷한 태양에게 손을 뻗었다. 차갑고 스산했다.

첫 작품 전시회 때 어떤 분이 그녀에게 다가와 이야기를 좀 하자고 했다. 어떤 분은 흰 드레스를 입은 소녀가 창틀에 손을 짚고서는 십자가가 꽂힌 무덤과 사이프러스 나무가 있는 곳을 보고 있는 그림 앞으로 그녀를 데리고 갔다. 그는 그 소녀가 누군가를 몹시 그리워하고 있는 것 같은데 맞느냐고 물었다. 그녀가 그렇다고 하자 그는 밖으로 나갔다. 그녀도 샌들을 들들 끌며 따라 나갔다. 참 이상한 일이었다. 평소의 그녀라면 어림도 없는 일을 너무도 자연스럽게 하고 있었다.

모지스 할머니나 브뤼겔처럼 시끌벅적거리지 않고 한 사람, 그것도 몹시 순결한 여자가 등장하고, 고요하면서 신비로운 분위기의 그림이 좋다고 그가 말했다. 평소 미소에 인색한 그녀가 자꾸 웃었다. 그의 평이 맞아서가 아니라 그가 그녀에게 호감을 표시하고 있어서였다. 그녀가 평소에 마음속에 그리던 남성상, 즉 존경할 만한 조건을 다 갖춘 사람으로 보이기 때문이기도 했다. 그가 명함 한 장을 건넸다. 무역업의 대표이기도 한 그가 말했다. 저 당분간 아무것도 하지 못할 것 같습니다. 왜요? 그녀는 시침을 떼고 물었다. 당신 때문에요. 순간 그녀의 영혼이 반으로 쪼개졌고, 그가 쪼개진 영혼의 반을 가지고 갔다.

그녀가 보고 싶어 아무 일도 할 수 없었던 그가 전화를 걸어왔다. 그녀는 저녁 식사 준비 중이어서 남편이 받아서 전해 주었다. 그는 그녀가 결혼을 한 사람인 줄은 몰랐는지 당황하면서도 보고 싶어서 전화했다고 했다. 다음 날 그녀와 그는 자동차를 타고 바닷가로 갔다. 바다가 붉은색으로 일렁일 때 그가 그녀의 입술에 입을 맞추었다. 그녀에게는 절대로 있을 수 없는 일이 일어났다. 한 남자의 아내로 살고 있었지만 육체적 쾌락은 모르는 몸이었다. 늦게 집으로 돌아온 그녀는 욕실로 가서 실신을 할 때까지 물을 뒤집어썼다. 눈을 떴을 때는 침대 위에 널브러져 있었다. 남편은 그녀를 잘 알고 있어서 조금 냉정하게 굴기는 했어도 뭐 크게 문제랄 것은 없이 행동했다. 그렇지만 그날부터 그녀는 남편의 몸을 거부했다. 자존심이 상한 남편은 서재로 갔다. 그녀는 홀가분했다.

그때는 단순히 각방을 쓴 것뿐인데 좋지 않은 일은 이상

한 방법으로 오듯이 자꾸 각방을 써야 할 일이 생겼다. 논리적으로는 그렇게까지 할 필요가 없는데도 실제로 그만 각방을 쓰는 부부로 4년 가까이 살았다. 둘 다 어디 나갈 때는 노크를 하고는 행선지를 알리며 언제 돌아올 것이라고 알렸다.

남편의 월급은 꼬박꼬박 그녀의 통장으로 들어왔다. 그녀는 자신의 몸만 제외하고 결혼한 상태로 최선을 다해 살았다. 그렇게 사는 것에 조금도 부담을 느끼거나 불편을 느끼지 않았다. 경제력을 해결해주고, 보호색도 빌려주고, 안주의 평온함을 주는데도 몸은 빠진 그 상태에 죄의식을 느끼기는 했다. 그렇지만 이렇게 사는 수밖에 없지. 사실 그녀는 마음뿐만 아니라 상상 속에서 그에게 수십 번 몸도 주었기 때문에 남편에게 줄 몸은 없었다. 그러니 남편과의 관계에서 그녀가 이익을 보는 쪽이었다.

남편도 손해만 보고 살 수가 없었는지, 몸이 빠진 거래는 견딜 수 없었는지, 이혼남이라는 사회적인 불편과 편견을 감수하겠다고 마음을 단단히 굳혔는지 협의 이혼을 요구했다. 그녀는 도장을 찍어 주었다.

그녀에게 유일한 남자가 된 그를 그러나 실제로는 잘 만나지 못했다. 1년이나 2년에 한번쯤 만나 자동차를 타고 교외로 갔다. 그게 3년으로 늘어나도 그는 여전히 그녀 안에서 나무처럼 자랐다. 그녀가 물을 주고, 비료를 주고, 바람과 햇빛을 넣어 주기 때문에 그 나무는 늘 싱싱했다.

8개월 전에 그를 만났다. 높은 자리에 있는 그는 말을 걸 상황이 못 되었는지 스치듯 지나갔다. 그에게서 메시지가 왔다. 잘 지내시지요? 여전히 아름답고 고독해 보이더군요. 그것이 선희 씨 작품을 윤택하게 할 것이라고 믿소. 건강하게 잘 지내시오. 내가 바라는 것은 그것뿐이오.

네, 건강하세요. 그녀는 짧게, 인색하게 메시지를 보냈다. 여러 말보다는 그게 그한테 각인된 그녀의 이미지와 맞아떨어졌다. 그리고 여전히 아름답고 고독해 보인다는 그 말은 발췌해 가슴에 저장했다.

그래 아름다움은 고독이라는 후광이 있어야만 하지. 여전히 아름답다는 것은 여전히 그만은 나를 알아본 거야. 지금처럼 등 뒤에서부터 묻어 올라오는 울음 한 동이의 슬픔까지도. 그때 휴대전화가 울렸다. 그녀의 얼굴이 환해졌다. 내가 그를 생각했으니까, 그 순간 그도 나를 생각했어. 가슴과 가슴을 질긴 끈으로 묶어놓은 사이니까. 대지나 뿌리 같은 존재인지에는 조금 자신이 없지만. 황급히 폴더를 열어 귀에 대는 그녀의 온몸에 긴장이 퍼졌다. 여보세요, 그녀는 목소리에도 슬픔과 연약함을 깔아 모기만 한 소리로 대답했다. 그녀의 가는 목소리를 두고 모두들 아주 많은 걸 겪어서

갈수록 깊어진다고 했다. 그런데 후배 은미였다. 그녀의 입술이 비뚤어졌다.

"왜?"

그녀는 쌀쌀함과 짜증이 묻어나지 않게 간단하게 물었다.

"유 선생님, 오늘 안 들어오시는 건가요?"

"관장님한테 말했는데. 오후에는 근무하지 못한다고."

"알아요. 그것 때문에 전화한 건 아니고, 참 유 선생님 어머님은 어떠세요?"

"그저 그래. 왜 전화한 거야?"

"저번에 말한 파견 작가 건 오늘쯤 말하려고요. 함께 가주면 힘이 될 텐데 안 계셔서."

"그냥 혼자 가서 말해. 그건 은미 씨의 권리야."

"그렇지만 공개적인 것도 아니고, 성호 씨한테서 들은 말이라서."

"내일 봐. 내일부터 미술 대학 교양 수업 시작되지?"

"알았어요. 내일 봐요."

이런 것까지 의논을 하고 지랄이야. 내가 자기 해결사야, 뭐야. 그녀는 은미의 아무것도 모르는 순수함에 화가 났다.

포틀랜드 파견 작가에 뽑힌 이성호 씨가 개인적인 문제로 이번에 못 나간다고 평소에 좋은 감정을 가지고 있던 은미에게 귀띔을 해준 모양이었다. 은미는 포틀랜드에 머물면서 작품을 몇 편 더 완성하여 가을쯤에 전시회를 하고 싶어 했다. 은미의 작품은 최소한의 것으로 자기가 표현하고 싶은 것을 간결하게 정리해 보여주었다. 연두색과 주황색과 녹색의 네모와 동그라미 속에 푸른 십자가를 숨겨놓은 그림을 보고 그녀도 놀란 적이 있었다. 간결하고 단조로운 은미의 그림은 내면으로 들어오면 숭고한 미의 세계로 바뀐다는 평들이 있었다. 포틀랜드에 가서 작품에만 매달린다면 은미의 작품 세계는 더 깊어지고 넓어질 것이다.

그런데 은미가 이성호 씨 대신 포틀랜드에 가고 싶다는 말을 하지 못하는 것은 아직 공식적인 일이 아닌 데다 관장의 현실적이고 깐깐한 시선에 밉보일지 모른다는 두려움 때문이었다. 관장은 미술대학을 졸업했지만 예술가 쪽이라기보다는 경영가적이었다. 그런 관장의 마음에 들지 않으면 불이익을 당하고, 큐레이터로서도 불편이 따르고, 큐레이터 외의 시간에 하는 작품에도 영향을 미칠 수밖에 없었다.

태양은 완전히 사라지고 대지로 서서히 잿빛이 섞여들고 있었다. 황폐한 바람 한 줄기가 버스 정류소에 앉아 있는 그녀의 팔을 건드렸다. 큼지막한 리본이 달린 꽃무늬 실크 블라우스에 화장을 곱게 한 여인이 그녀 옆 의자에 털썩 엉덩이를 내려놓았다. 엄마가 아니어서 그녀는 가슴을 쓸어내렸다.

"막차 지나갔어요?"

초점이 맞지 않는 눈으로 여인이 딱히 그녀에게라도 할 것 없이 물었다.

"아뇨. 아직요."

혼자뿐이어서 그녀는 대답을 할 수밖에 없었다.

"다행이다. 막차로도 안 오면 진짜 안 오는 건데."

여인은 유리 벽 앞에 서서 머리를 가다듬고 립스틱이 발린 입술을 짝짝거리며 혼잣말을 했다. 그제야 그녀는 깨달았다. 병원에서 만든 가짜 버스 정류소라는 것을. 자신이 이때까지 병원에서 빠져나가지 못했다는 것도. 그녀는 서둘러 그곳을 떠났다.

잿빛으로 가라앉고 있는 호수 표면이 일제히 한 겹 들뜬 채 바람을 따라 쓸려가고 있었다. 그녀는 차창 밖에만 시선을 두고 있었다. 파고가 높은 그곳을 오리 한 마리가 횡단했다. 오리는 자꾸만 옆으로 밀려나지만 계속 횡단을 감행했다. 오리가 가여운지 그녀의 눈에서 눈물이 뚝 떨어졌다. 그녀는 종합터미널보다 두 구역 앞에 내렸다.

온통 굵은 통나무로 된 기도실의 맨 앞자리에서 고개를 숙이고 기도를 하고 있는 사람의 뒷모습이 낯익었다. 목사인 동생이었다. 그녀도 두 손을 모으고, 하얀 벽돌 앞에 붙은 커다란 나무 십자가를 보며 기도했다. 내용은 아까 엄마 앞에서 했던 것과 동일했다.

밖으로 나오던 동생은 기도실로 오르는 계단 난간에 엉덩이를 대고 있는 그녀에게 다가왔다.

"엄마가 안 좋아. 어떻게 좀 할 수 없어?"

그녀는 단도직입적으로 말했다. 동생의 얼굴이 죄책감과 자괴감으로 일그러졌지만 곧 평온한 얼굴에 그윽한 시선으로 그녀를 바라보았다.

"누나, 미안해."

그녀도 더 이상 할 말이 없었다. 동생의 형편이나 상황은 그녀보다 나을 게 없었다.

"그래, 나도 너무 답답해서 널 찾아온 거 같아. 갈게."

"여기까지 왔으니까 저녁 식사라도 하고 가."

동생이 그녀의 팔을 붙들었다. 그녀는 혼자 있으면 거의 먹지 않게 되어서, 혼자 있으면 자신을 굶겨 죽여 버리고 싶을 때가 있어서 여기서 저녁 식사를 하기로 했다.

사택으로 들어가자 올케가 반갑게 뛰쳐나오고, 두 조카가 차례대로 그녀의 품에 안겼다. 그녀는 손을 들어 작은 조카의 정수리를 쓰다듬어주었다. 그와 어쩐지 눈이 닮은 듯한 조카였다.

갓 삶은 고구마와 감자를 담은 소쿠리와 상추, 치커리, 순무, 비트 따위가 식탁 위에 놓였다. 올케는 자신의 아이 둘에게만 무엇을 더 못 먹여 안달할 뿐 그녀에게는 달랑 밥 한 공기 퍼주고는 알아서 먹겠지 할 뿐이었다. 동생도 고구마나 감자 껍질을 벗겨 자신의 두 아이에게만 건넸다. 그녀는 밥 한 공기를 겨우 비우고 일어났다. 올케는 마루의 벽에 기대어 놓은 자루 가득 든 고구마나 감자도 싸주지 않았다.

그녀가 현관문 밖으로 나갈 때에야 올케가 아참, 하면서 방으로 뛰어 들어갔다 나왔다. 저번에 인도 성지 순례를 다녀오면서 사온 것이라며 자수정 목걸이를 건넸다. 그녀가 마음에 들어 한다는 것을 올케는 눈치챘다. 올케가 안도의 숨을 내쉬는 것을 그녀도 보았다. 당분간 할퀴지 말고, 발걸음도 하지 말라는 뜻이었다. 자수정 목걸이는 마음에 들었다. 희고 가는 목에 자수정을 건 그녀를 그가 보고 있었다.

아파트로 돌아온 그녀는 불을 켜기 전에 벽에 몸을 기대며 스르르 내려앉았다. 슬픔과 고독이라는 짐승이 허약해진 그녀에게 맹수처럼 달려들었다. 그녀는 얼른 두 팔을 뻗어 6년생 나무를 붙들었다. 당신, 잘 있나요. 나 때문에 아무 일도 하지 못할 것 같다던 당신은 제 할 일을 잘하며 잘 살아가고 있겠죠. 당신이라는 나무 때문에 내 나무는 자라지 못해요. 보고 싶어요.

그는 보이지 않고, 시커먼 어둠이 수의처럼 그녀의 몸을 감싸고 있었다. 어떤 여자가 유리창 앞으로 가더니 그냥 뛰어내려 버리는 영화를 봤어요. 나도 그 여자처럼 언제든지 뛰어내릴 수 있어요. 그러니 와서 조끼를 벗기세요. 당신이 내게 자살 폭탄 조끼를 입혔잖아요. 조끼를 벗길 수 있는 건, 입힌 당신뿐이에요. 난 벗는 순서나 회로를 몰라요. 크리스마스까지만 참아볼래요. 그때까지도 당신이 오지 않는다면, ……두리번거리던 그녀의 눈에 닫혀 있는 유리창이 들어왔다. 그녀는 눈을 치며 장식장 위에 둔 안동포 수의를 찾았다. 어둠 속에서 흰 덩어리처럼, 작고 흰 봉분처럼 보이는 수의가 그녀의 시선으로 들어왔다. 그러면 저 수의를 입고 자는 듯이 가는 수밖에 없어요.

눈물을 훔친 그녀는 일어나 불을 켰다. 캔버스 앞으로 가 오늘 유리 벽을 통해 본 태양과, 바람의 결을 따라 흐르던 물을 힘겹게 횡단하던 오리를 그려 넣었다. 그것을 관찰자의 시선으로 보고 있는 한 순수한 영혼을 가진, 순백의 드레스를 입은 여자를 그려 넣었다. 스케치가 끝났을 때는 창밖의 어둠이 껍데기를 벗으면서 푸르스름해지고 있었다.

까만 정장을 입은 은미는 미술대학 교양수업 준비 중이었다. 은미는 이름만 대면 누구나 아는 권위 있는 미술 평론가를 모셔 오려고 무척 힘을 썼다. 5주간의 수업이 진행되는데 모두 이름 있는 작가나 교수로 채워 넣으려고 불이 나게 전화를 하고, 직접 찾아가기도 했다. 뭐 굳이 저렇게까지 할까 싶었지만 은미의 책임감 있고, 철저한 프로 정신에 그녀도 뒤지고 싶지 않아 다음 주부터 1층부터 5층까지 전시될 현대 작가전 전시회 준비를 철저히 해나갔다.

그녀를 발견한 은미가 그녀 앞으로 뛰어왔다.

"잘돼가?"

그녀는 시큰둥한 얼굴로 물었다. 은미는 서른여덟이나 먹었는데도 아무것도 겪지 않은 것처럼 거의 어린애에 가까운 얼굴을 가지고 있었다. 코가 낮고 턱이 짧고 입술이 작은 탓도 있지만 순수한, 아니 순진하기 짝이 없는 영혼을 가졌기 때문이었다. 아무것도 겪지 않은 것은 인생에 대해서 하나도 모른다는 것과 같은 말이었다. 그래도 맑고 투명한 것은 좋고 편리해서 그녀는 은미를 상대해주었다. 사랑하는 그가 죽을 만큼 보고 싶을 때는 은미에게 그의 이야기를 했다. 하나의 좋은 귀에다 그에 대해 속삭이면 그를 좀 더 가까이, 좀 더 실감 있게 느낄 수 있었다. 그럴 때만 은미에게 마음이 한 뼘쯤 열렸다.

그녀와 은미와 학예사 정 선생님과 한 달간 연수를 받으러 간 적이 있었다. 모두 열다섯 명이 모였는데 옷차림이 요란하거나 회식에 빠지거나 성적인 걸 질질 흘리고 다니거나 하지 않고 특별하게 눈에 띄는 것 없이 다 고만고만했다. 뚜렷한 표적이 없었다. 그러자 얼굴이 어두운 데다 말을 잘 안 하고 혼자 있고 싶어 하는 은미가 걸려들었다. 개성이

강하니, 불편하게 하니, 얼굴이 너무 어둡니, 비밀스러운 데가 있니 하며 벽을 만들어 그 벽 안에 은미를 처넣었다. 예민한 은미가 못 견뎌하자 그녀가 말했다. 신경 쓰지 마. 집단에는 마녀사냥 심리가 있어. 그렇게 한 사람을 따돌리고 싶은 야릇한 심리가 있지. 그 위로가 힘이 되었는지 그 뒤로 정미는 터무니없을 정도로 그녀를 믿고 의지했다. 미술관의 한 남자에게 프러포즈를 받았지만 동료 이상으로는 생각할 수가 없다고 하자 그다음부터 남자는 사사건건 트집을 잡고, 냉정하게 굴며, 대놓고 무시까지 한다고 은미는 괴로워했다. 은미 씨는 왜 그렇게 순진해. 남자들 아니라는 판단이 딱 서면 그때부터 더 무섭게 구는 거 몰라. 한순간 잘못 흘렸던 감정을 도로 찾아가서 꼬꾸라진 자존심에게 주는 거 몰라. 그녀는 은미가 거추장스러웠다. 제발 좀 깨쳐. 제발 그런 상담은 그만 해. 내가 상담가야. 그 말은 내뱉지 않아서인지 은미는 여전히 무슨 일이든 의논을 했다.

"가서 말 해. 그건 은미 씨의 권리야."

"교양수업 때 관장님이 내려와서 인사말을 하게 되어 있는데 그때 조용히 말할래요."

"그래, 그렇게 해."

그녀는 재빨리 돌아섰다. 저렇게 독립심이 없어서야. 저건 남자한테 의지해야 하는 타입인데. 왜 남자들은 저걸 좋아하지 않지. 신비하고 고독하지 않아서인가. 신비하고 고독하다는 말은 그가 그녀에게 한 말이라는 것을 기억해 내자 그가 또다시 보고 싶었다. 아니 내 그림이 고요하고 신비롭다고 했나, 하는 의심이 들자 재빨리 머리를 흔들어 지워 버렸다.

그녀는 특수한 방으로 들어갔다. 토끼 귀를 탁 치면 줄 저쪽에서 네모진 노란 상자가 줄줄이 딸려 올라오는 기네틱 아트 장치와 이쪽 나무 잎사귀를 찢는 시늉을 하면 저쪽 나무가 버섯을 피우는 장치를 남자 학예사와 함께 설치하고 나니 점심시간이었다. 잠을 자지 않고 작업을 해서인지 입 안이 모래알을 씹은 것처럼 껄끄러워서 식당으로 가지 않고 방으로 왔다. 커피포트에 물을 붓고, 물이 끓는 동안 노트북을 켜고 CD를 넣었다. 아베 마리아가 흘러나왔다.

신비롭고 감각적인 목소리가 커피를 마시는 그녀의 귀에 깊게 닿았다. 당신, 잘 있나요? 그녀는 의자 위에 두 다리를 올리고 두 팔을 무릎에 얹고 쭈그리고 앉았다. 어젯밤에는 당신을 생각하며 작업을 했어요. 요즈음 통 붓을 들지 못했는데, 당신이 너무도 보고 싶은데, 그런데 볼 수 없는 그 절망과 답답함이 독이 되어 작품으로 왔나 봐요. 이번 작품은 잘될 것 같은 예감이 들어요. 다 당신이 날 알아 봐 주고 내가 잘되기만을 바라고 응원해 주고 있기 때문일 거예요.

그녀를 그녀만의 세계에서 끄집어내듯이 휴대전화가 울렸다. 까만 딱정벌레가 독침 한 방을 맞은 듯 부르르 떨어대는 휴대전화를 집어 드는 그녀의 얼굴이 나쁜 일을 직감한 듯 몹시 일그러졌다.

"유선희 씨죠? 어머님이 자해소동을 벌였어요."

"그러니까 직원들 단속을 잘해야죠."

자해까지 할 정도로 그놈이 엄마를 괴롭히고 있다니. 분노가 머리 꼭대기까지 차올랐으나 목소리는 힘이 빠져 있었다.

"무슨 말이죠?"

담당 의사는 아무것도 모른다는 듯 사무적인 음성으로 되물었다. 의사가 아무것도 모른다고는 생각하지 않았다. 제 영역 밖의 일이라 여기고 모르는 척 하기 때문에 그런 일이 일어나고 계속 반복된다. 그런 말 대신 그녀는 치료는 잘했나요, 라고 물었다.

"네, 치료는 끝났지만, ……오세요. 어머님이 유선희 씨를 애타게 찾고 있어요. 유선희 씨만이 어머님을 안정시킬 수가 있어요."

"동생한테 연락하세요. 저는 해외 파견 근무 때문에 지금 공항에 나와 있어요."

그녀는 휴대전화를 책상 위로 던져버렸다. 엄마에 대한

연민의 구렁텅이로 굴러떨어지고 싶지 않았다. 엄마가 화장을 하던 모습이 눈앞에 어른거렸다. 그녀는 입술을 깨물었다. 엄마나 나나 절규해봤자, 비명을 질러봤자 그건 너무 희미할 뿐이야. 소용이 없는 거야. 삶의 색깔이 바뀌지 않는 한은. 엄마의 매끄럽지 못한 현실이 엄마를 집어삼켜 버렸듯이, 그녀도 사십 년을 넘게 살았는데도 생은 조금도 달라질 줄을 몰랐다. 중학교 때나 고등학생 때나 대학교 때의 허덕임, 팍팍한 생활, 결핍, 채워지지 않는 상승 욕구, 기름때가 끈적끈적하게 달라붙은 듯한 빽빽한 현실. 몇 년 단위로 달라지는 듯해도 돌아보면 그 자리였다.

그녀는 멀리 달아나고 싶었다. 아무도 모르는 곳으로 가고 싶었다. 엄마를 생각하면 가슴 한쪽이 떨어져 나가는 것처럼 아프지만 자신이 가지 않으면 분명 동생한테 연락이 갈 것이고, 선한 사람인 동생은 어떻게든 엄마를 책임질 것이다. 사 개월이나 육 개월이 지나면 지금보다는 상황이 좋아질 수 있었다. 그녀는 은미에게 전화했다.

"파견 작가 건 관장님한테 말했어?"

은미가 이미 말했는데 자신도 가고 싶다고 한다면 가지도 못하면서 이미지만 나빠질 수 있었다. 관장은 빈틈없이 깐깐하고 오만한 여자였다.

"아뇨, 아까 관장님이 내려오셨는데 말할 틈이 없었어요.

수업 끝나고 나서 말할 거예요. 신경 써줘서 고마워요."

"그래, 일해."

그녀는 음악을 끄지 않고 곧장 관장실로 올라갔다. 관장실의 방문을 노크하자 밝고 경쾌한 음성으로 네에, 들어오세요, 라는 소리가 들려왔다. 예감이 좋았다.

관장은 커피에 우유를 잔뜩 넣은 라떼를 마시며 포갠 다리 한 짝을 낮게 틀어놓은 음악에 따라 살짝살짝 흔들고 있었다. 천만다행으로 관장의 기분은 좋아 보였다.

"제가 이성호 씨 대신 포틀랜드 파견 작가로 갈 수 있을까요?"

그녀는 심각하고 진지한 표정으로 물었다.

"그렇잖아도 오늘이나 내일쯤 공개적으로 말하려고 했는데, 유선희 씨가 가장 먼저 말했으니까, 그렇게 하세요."

관장은 순순히 수락했다. 그녀는 두 손을 모으고 코에 댔다. 모든 일이 이렇게 잘 풀릴 줄은 몰랐다. 그동안 힘들었다고 어루만져 주는구나. 때리고 나면 어루만져 주고, 어루만져 주고 나면 또 때려도 말이야. 관장은 그런 그녀가 순수하고 순진하다는 듯 미소를 지었다.

현대 작가전의 까맣고 윤이 나는 대형 개 조각상을 남자 학예사와 미술관 입구 쪽에 설치하고, 1층의 한쪽 벽에 그림들을 걸고 난 뒤 그녀는 방으로 왔다. 나머지는 내일 해도 늦지 않을 것 같아 좀 쉬고 싶었다. 마음이 홀가분했다. 모든 게 다 잘될 것 같았다. 엄마의 일도 잘 해결될 것 같았다. 그와도 바짝 가까워진 것 같았다.

창 앞에 놓인 나비 난을 그림자가 반쯤 덮고 있었다. 그녀는 나비 난을 만지작거리며 아베 마리아를 흥얼거렸다. 노크 소리가 났다.

문을 열고 들어오는 은미를 본 그녀의 얼굴과 입술이 으그러졌다.

"선배님, 그 건 저에게 양보하세요. 거기에 가려고 저 많은 것을 준비해 왔어요. 전 꼭 그곳에 가서 작품을 해야 해요."

은미는 웃는 얼굴로 부탁하듯 말했다.

"다음번에 또 그런 자리가 날지 모르잖아. 차분하게 기다려봐."

그녀는 근엄한 얼굴로 차갑게 말했다.

"차분?"

은미의 목에 핏대가 섰다.

"선배님은 왜 차분하게 기다리지 못하고 배신을 때린 거죠?"

그래, 그렇게 화를 내는 게 정상이지. 순수를 가장한 느리고 나른한 몸짓, 역겨워. 그녀는 동그랗게 모은 입술 안쪽을 혀로 훑었다. 그리고 차분하게 말했다.

"미리 이야기 못한 것은 미안해. 그렇지만 내 사정이 좋지 않아. 내가 그런 곳에 가는 거, 별로 좋아하지 않는 거 은미 씨도 알잖아. 그런데도 그곳으로 가야 한다면 내 사정이 얼마나 좋지 않은지 짐작이 안 돼?"

"선배님은 지금도 계속 자기 이야기만 하네요. 선배님이 무슨 일을 했는지 모르죠?"

"무슨 일을 했는데?"

그녀는 몹시 기분 나쁜 얼굴로 물었다.

"파견 작가 건, 그거 사실 아무것도 아닐 수 있어요. 날 이때까지 어떻게 생각한 건지 보여줬죠. 선배님이 인간관계를 어떻게 생각하는지도."

그녀는 투미한 표정을 지었다. 그리고 객관적인 음성으로 말했다.

"기분 나쁠 수도 있다는 거 알아. 그렇지만 어떻게 하면 내 진심을 보여줄 수 있을까."

"무슨 진심을요?"

"그곳에 가지 않으면 안 될 사정이 생겼다고. 그 사정 좀 헤아릴 수 없어. 은미 씨는 좋은 부모 만나서 편안하게 살잖아. 모든 걸 다 가졌잖아."

은미가 소리 내어 웃었다. 저게 저렇게 큰소리로 웃을 줄도 알아, 그녀는 냉랭하고 경멸 어린 시선으로 은미의 얼굴을 훑었다.

"선배님만큼 자신에게 빠져 사는 사람은,"

"너무 무례하다고 생각하지 않아?"

그녀는 은미 말을 낚아챘다. 은미가 허탈한 표정을 지었다.

"은미 씨가 나에 대해서 뭘 안다고. 하여튼 사람들은 너무 일방적이야, 다 지 것밖에 안 보는 것들이 남에 대해서는, ……."

은미는 고개를 절레절레 젓더니 물끄러미 그녀를 쳐다보았다. 경멸을 넘어서 뭔가가 흘러넘쳤지만 그건 일방적인 생각일 뿐이어서 그녀는 그 시선을 외면했다.

은미는 문을 쾅, 닫고 나가버렸다. 그래, 그게 너의 본 모습이지. 순수를 가장한 말과 몸짓, 이제 더 이상 내게는 통하지 않아. 보기 싫은 저것 좀 누가 정리해 주면 좋겠는데? 관장의 깐깐하고 엄격한 얼굴이 떠올랐다. 그러나 지금은 더 이상 행동으로 옮기고 싶지 않았다. 포틀랜드로 무사히 가야 했다.

그녀는 책상 위에 두 다리를 올려놓고 눈을 감으며 뒷머리를 젖혔다. 수녀들이 청아하고 옥구슬이 굴러가는 듯한 목소리로 부르는 아베 마리아가 흘러 다녔다. 자꾸만 아까 은미의 시선이 그녀를 긁어댔다. 거울 좀 봐요, 라고 했나. 그 말은 안 했나. 하여튼 성가신 여자야. 그때 그녀를 탁 치는 게 있었다.

간결한 미니멀리즘에 자코메티처럼 앙상하지만 옹골진 철 조각상을 미술관 뜰에 설치할 때였다. 옆에서 거들던 은미가 선배 같아요, 라고 했다. 그녀의 눈에는 그 조각상이 처연하도록 고독하고, 고통에 찌들고, 벌레가 파먹은 듯한 몸에, 세상과 고립된 채 홀로 기도하는 마리아처럼 보였다. 그녀는 그 마리아에게 매혹당하고 있는 중이어서 야위지만 기품 있고, 성스럽다는 뜻으로 받아들였다.

그렇다면 이때까지, 저게 날, 내가 느끼고 있던 나처럼 본 게 아닐 수도 있잖아. 그럼 고독에 찌들어 볼품없이 말라비틀어졌다고. 아냐, 그녀는 얼른 부정했다.

그러니까 사람은 이런저런 일을 겪어 봐야 남의 진심을 들여다볼 수 있지. 그녀는 화가 나려고 했다. 포틀랜드에 다녀오고 나면 꼭 없애버릴 거야. 지금은 내 머릿속에서 없애 버렸지만.

그녀는 책상 위에 올려놓은 두 다리의 위치를 바꾸고 눈을 감았다. 당신, 오늘 내가 얼마나 외로운지 아세요? 당신 말고는 아무도 날 몰라요. 당신 말고는 아무도 날 이해하지 않아요. 이해하지도 못해요. 그런데 지금 당신은 내 곁에 없잖아요. 보고 싶은데도 볼 수 없잖아요. 그래서 그녀는 지독한 고독에 빠져들었다. 오세요, 와서 내 조끼를 벗겨주세요. 그녀는 번쩍 눈을 떴다. 포틀랜드에 가려면 미리미리 챙겨놓아야 할 게 많았다.

# 살아 있는 자들의
# 빛나는 몸짓

정재훈(문학평론가)

살아 있다는 것 — 이 표현의 낯섦이 갑자기 나를 후려친다.
마치 그 표현이 그 누구에게도 적용되지 않는 것처럼.
— 에밀 시오랑

김영옥은 2012년에 등단을 하여 첫 단편 소설집『숲의
정적』(문이당, 2017)을 내놓았다. 수록된 작품들에는 인간에
게 안식처가 되지 못하는 자연물들이 여럿 배치되어 있는
데, 이는 '인간'이라는 존재적 한계를 떠올리게 한다. 인간
을 둘러싸 옥죄는 녹색, 삼켜버리는 물, 기억을 덮어버리는
눈, 기습하는 햇빛의 이미지는 공포스럽고 강렬했다. 그렇
다면 김영옥의 이번 두 번째 소설집은 어떠한가. 도시에 그
리 멀지 않은 "산맥"(「산의 미소」)을 비롯해서 세상의 끝에 자
리 잡은 바다(「바다를 향해 있는 계단」), 황량한 사막을 연상케

하는 "땅덩어리"(「먼지」)까지 작가에게 자연은 여전히 인간에게 공포스럽고 낯설다. 왜냐하면 이것들은 갑자기 나에게 들이닥치고 후려치면서 그 낯섦으로써 '살아 있음'을 다시금 전율케 하고, 어디에도 적용되지 않았을 표현법을 고안해야 함을 절실하게 느끼게 하기 때문이다.

소설에서 자연이라는 것이 대개 어머니와 같은 이미지로 포장되거나, 아니면 이렇게 공포스럽고 낯선 것으로써 묘사되는 데에는 작가 나름의 의도가 있었기에 가능한 것일 테다. 단순히 인간에게 도구화되지 않은 자연을 묘사하여 그 소중함을 일깨워주고자 하는 일종의 상투성을 말하는 것이 아니다. 김영옥의 작품들에서 나타나는 이러한 우호적이지 않은 자연적 이미지는 결국 '인간'을 말하기 위함이다. 공간적 측면에서 공포스럽고 낯선 상황들이 작중 인물들에게는 일종의 윤리적 시험대이며, 삶에 대한 진중한 물음이자 일상의 균열로써 다가온다. 타자와의 관계, 사회적 지위, 관습화된 일상의 패턴에 생긴 균열은 본디 서사가 지닌 원초적인 힘이며, 제어될 수 없는 영역이기도 하다. 필연성과 우연성의 경계를 횡단하는 서사는 언제든지 독자인 우리들의 의도를 이탈함과 동시에 새롭게 다가오는 것이다.

김영옥은 이 경계선을 누구보다 예민하게 포착한다. 「산의 미소」에서 가장 먼저 눈에 띄는 것은 "푸르스레하게 물러나 있는 산맥"이다. "골진 부분마다 비밀을 숨기고 있을 것" 같 았고, 하늘로 솟아오른 뾰족한 봉우리 끝에는 "쇠한 태양 빛 의 부스러기"가 떨어졌다. 이러한 자연의 이미지는 도시와 는 정반대이다. 갑자기 세상을 뜬 국회의원을 애도하기 위 해 그의 지역구 내에 마련된 임시 분향소의 풍경은 '인생무 상'을 자연스레 떠올리게 한다. 푸르스름하게 오랫동안 굴곡 을 형성하면서 자리 잡은 산맥과 비교한다면, 인간의 삶은 너무나 짧고 허망할 뿐이다. 인간의 손길이 미치지 못한 푸 르스름한 산맥이 품은 비밀에 가까이에 있는 마을에서 '은 이'의 삶도 아직 뿌리를 내리는 중이다.

작중에서 은이는 산자락에서 국화를 키우며 생계를 꾸려 가는 여성이다. 그녀의 아버지가 운영한 화훼 농사를 물려 받아 현재까지 혼자서 농사를 하고 있다. 아버지는 경운기 를 타다가 논둑에 굴러떨어지는 사고를 당했고, 당시 "졸업 은 했으나 취직을 못 하고 있던" 그녀가 아버지 대신 농사일 을 해야만 했다. 이후에 다친 다리가 "완전히 회복되고 나서 도 아버지는 아무 일도 하지 않았"고 그렇게 화훼 농사일 전 부를 은이가 떠맡게 되었다. 어머니는 병으로 세상을 떠났 기에 그녀의 유일한 혈육은 아버지뿐이었다. 하지만 집에 서 유튜브만 시청하는 아버지를 보면서 은이는 원망의 눈초 리를 보냈다. "아버지가 은이에게 물을 충분히 주지 않듯이"

방치한 탓에 그녀의 마음은 어디에도 자리 잡지 못했다.

은이와 함께 작중에서 비중 있게 다루어지는 이는 바로 '노인'이다. 노인은 아침마다 산에 올랐고, 해가 지면 내려왔다. 우연히 노인과 대화를 나누면서 은이는 그가 산에 올라가는 이유를 알게 된다. 학도병으로 참전하였고, "구십 평생"을 살면서 재산이라고는 한 푼도 없이 살아왔던 노인은 자신의 어머니가 좋아했다는 꽃을 따라 산을 올랐던 것이었다. 컨테이너에서 함께 사는 젊은 남자는 노인의 친아들이 아니라, 버려진 아이를 당시 그의 아내가 간곡히 원해서 키웠던 양아들이었는데, 노인의 실종에도 아들은 아랑곳하지 않았다. 이렇게 보면, 노인도 은이와 마찬가지로 어디에도 의지할 데가 없는 상황이라 하겠다. '가족'이라는 허울은 노인과 은이 모두에게 아무런 보호 장치가 없는 빈껍데기와도 같았다. 이야기가 전개되면서 오히려 은이가 노인의 안부가 걱정되어 산으로 올라가기까지 한다.

국화를 돌보며 비닐하우스, 납품을 위해 도시로만 갔던 그녀의 동선이 최초로 이탈하여 '산'으로 향한 데에는 '노인'을 향한 걱정과 동질감(가족에게 버림받았다는 심정) 때문으로 보인다. 염소로 분한 노인을 만나는 꿈까지 꾸면서 그녀는 결국 노인의 행적을 쫓아 산에 오르게 된다. "그 누구도 발길을 들여놓지 않은, 그냥 버려져 있는 곳. 사람에게도 알지 못하는 빈 곳이 있을 것 같"다는 생각이 불현듯 들었을 때, 그녀는 이미 깊은 산속에서 길을 잃고 있었다. 직감적으로 마침내 뒤쪽 바위에 "파묻히다시피 한 몹시 바란 남색 양복 자락"을 발견하게 되고, 노인은 그렇게 백골인 채로 그녀 앞에 모습을 드러냈다. 순간 공포심에 서둘러 도망치다가 다시 그녀는 "산이 그동안 노인을 지켜주었다는 생각"이 들었고, 이것이 곧 "나에게 주어진 일"이라고 마음을 다잡았다.

꽃을 키워나갔던 그때의 마음처럼 앞으로 자신 주변에 어떠한 존재들도 결국 꽃과 같이 보살핌의 대상일 것이라는 그 깨달음은 '산'이 준 선물이었다. 그에 감응하여 은이는 갈증을 해소하듯이 벌컥벌컥 물을 마신다. 살아야만 했던 것이다. 그리고 노인의 양복 위에 국화꽃 묶음을 올려두었다. 유일하게 노인의 죽음을 애도하는 자의 몸짓이었다. 작품 서두에서 산이 품었다는 '비밀'의 진짜 모습은 바로 이것인지도 모르겠다. 은이가 바라본 "빈 곳"이 어쩌면 자연의 위대함으로써 비밀에 감싸져 있던 곳이 아니라, 오히려 그 '빈 곳'에서 의미를 채워 넣고자 하는 인간다움의 몸짓이야말로 '산'이 비워둔 진정한 여백이지 않았을까. 그렇기에 은이는 "산이 미소를 짓는 것 같았다"라고 느꼈던 것이었을 테다. 의인화된 산의 미소는 상투적인 너그러움이 아니라,

인간다움을 향한 자연의 응답인 것이다.

「바다를 향해 있는 계단」에도 "청회색으로 변한 바다"가 펼쳐있다. 주인공 '미정'은 대학 강사인데 억울하게 교내에서 밀려나 이곳 바다 끝까지 왔다. 발길 따라 당도한 한적한 모텔의 주인 얼굴에도 "세상 끝에 다다른 표정"이 가득했다. 미정은 "멀리 달아나듯이 멀리 왔는데도 달라진 건 없"다는 생각이 들었다. 험난했던 사회생활을 제대로 이겨내지 못했다는 자책감은 해변의 거친 바닷바람과 더해져서 다시금 날카롭게 미정을 찔렀을 것이다. 자신을 향해 "성적 모욕을 최대의 모욕으로 써먹는 김 교수"의 비릿한 표정이 미정의 뇌리에 사라지지 않았다. 세상의 끝에서도 안락함을 기대해서는 안 되었다. 뭍에서는 느껴보지 못했던 매서운 바람처럼 "외부의 것에 떼밀려 생긴 고독은 칼이 되어 제 살을 찌르고 피를 흘리게" 했기 때문이다.

작중에서 미정이 만난 이들은 모텔 겸 식당을 운영하는 '주인 여자'(미정과 또래로 보이는)와 그녀가 여행지에서 만나 데리고 온 원숭이 '치치', 그리고 영화 평론가인 '이환'이라는 사내가 전부다. 그런데 이들 또한 미정과 마찬가지로 상처 입고, 세상 끝에 내몰린 자들이다. 주인 여자는 어부였던 아버지를 풍랑에 잃었고, 어머니마저 사고로 생을 달리하여 지금은 홀로 가게를 운영하고 있었다. 이환은 "처자식이 있는데" 아내와 상의 없이 자기 "마음대로 증권 회사를 때려치우고 영화 공부"를 하면서 평론가가 되었다. 그렇게 "예술 대학원에 나가 영화학 강의"도 하였는데 이때 학생과 눈이 맞아 불륜을 저질렀다. 남편이자 아버지로서 그는 최악의 선택을 했고, 그래서 스스로 이곳 세상 끝까지 흘러들어온 것이다.

작중에서 주인공인 미정 또한 마찬가지로 풍파에 시달렸던 삶을 고스란히 회상한다. 미정은 모텔의 낡은 계단을 오르내리면서 이와 유사한 "목조 계단"이 떠올랐다. 허풍이 센 아버지는 늘 밥 먹듯이 사업에 실패를 했고, 어린 미정은 시장에서 잡화상을 운영하는 어머니 밑에서 자랐다. 당시 친구였던 '금숙'이네를 오가면서 그곳의 다락방이 미정에게는 최고의 안식처였다. 다락방에서 "다 읽은 책을 품에 안고 계단을 총총 내려오면 충만함으로 마음 한쪽이 채워질 때"도 많았다. 그렇게 공부에 전념하면서 국비 장학생으로 해외 유학까지 갔지만, 전임 교수('유진호 교수')의 강압으로 논문 대필을 하게 되었고, 끝내 "강사 자리"를 잃었다. 어려운 환경에서 공부에 매달렸던 미정에게는 청천벽력과도 같은 일이었다.

이 작품은 이렇게 세상 끝에 내몰린 자들의 일상은 무기력하면서도 뭔가 간절하게 생을 붙잡고자 하는 몸부림도 엿

보인다. "이젠 못 떠나는 거죠. (중략) 목숨 줄을 끊으면 된다, 라고 생각하면 그제야 숨이 쉬어졌어요."라는 주인 여자의 말은 단순한 체념이 아니다. '죽지 못해서 산다는 것'이야말로 도리어 '살아야 한다는 것'이 된다. "마음의 각도"라는 것이 정말 있다면, 그 각도에 따라 보이는 세상도 저마다 다를 것이다. 미정과 주인 여자, 그리고 이환은 서로를 바라보며 왜 이곳까지 흘러들어온 것인지 궁금해 한다. 그렇게 보는 각도에 따라 저마다의 존재를 탐색해 나가는 과정을 통해 이들은 동병상련을 느낀다. 하지만 작품 말미에 이환은 내일 떠나겠다는 갑작스런 선언을 한다. 아내에게 다시 돌아갈 수 없는 그였음에도, 이곳마저 떠나버린다면 그것은 과연 어떤 의미인 것일까.

「앵무조개, 만지다」의 '인호'도 가족에게 사랑을 받지 못하고 있다. 그의 형은 폭력적이고, 어머니는 형에게 더 의지한다. 회사 생활은 사장의 괴롭힘이 일상적이었다. 그의 입장에서 미래는 불확실성으로만 가득 차 보였다. 그렇게 "의기소침해지는 인호의 시선"에 들어온 "앵무조개"는 독특한 "세로 줄무늬"를 선보이며 세상 만물의 "정교하고 질서정연"한 질서에 더 마음이 끌리게 된다. 그가 원하는 것은 단지 '평온'이었다. 어떠한 돌발적인 위험이 없고, 그에 따른 고통도 인호는 원치 않았다. 외부에 어떤 일에도 휘둘

리지 않고 그저 "앵무조개나 뱀처럼 동그랗게 말린 채 있는
것"이 그가 정말 원하는 삶의 방식이었다. 하지만 그것을
기대하긴 어려웠다.

그의 일상을 버젓이 침범하고 뒤흔들었던 "음악 소리"의
진앙은 "휴대폰 가게"였다. 인호의 항의에도 아랑곳없이 계
속해서 소음을 유발했던 가게 팀장은 급기야 소송까지 진
행하였고, 결국 인호는 "백만 원의 약식 기소"를 받게 된다.
심지어 경찰이 조사를 진행할 때도 가게 팀장을 노골적으
로 편들기도 했다. 작중에서 이러한 에피소드는 인호에게
상당히 부조리하게 다가왔을 것이다. 억울하게 누명을 쓰
고, 가족에게도 위로받지 못하는 그의 마음은 "부글부글 끓
어"오른다. 일상의 사소한 평온마저 기대할 수 없는 상황은
그를 더욱더 위축시켰을 것이다. 스스로 목숨을 끊을까도
했지만, 결국 그는 '똘똘이'(검은 개)에게 밥을 주면서 이것
이 "나를 지탱하게 하는 것"이라고 믿는다.

이렇듯 이 작품에서도 방황하는 청년 세대들이 등장하며
그들의 애환을 매우 상세하게 그려내고 있다. 앞서 살펴본
「바다를 향해 있는 계단」과 마찬가지로 이 작품도 인호를
비롯해 꽃을 파는 '현국', 가게를 운영하는 '미야'도 서로 비
슷한 또래로서 각자의 삶을 살아가고 있었다. '현국'은 리어
카에 여러 꽃들과 작은 화분들을 파는 일을 하는데, 늘 휴

대폰으로 게임에 열중이고 "손님이 오든 안 오든 상관없"다는 듯이 살아가는 청년이다. 하지만 그가 유일하게 적극적으로 행동에 돌입한 때가 있으니, 그것은 바로 인호와 미야의 우호적인 분위기에 대한 적대감(질투)에서 비롯된 행동이었다. 반면, 미야는 잡화점을 운영하면서 별자리에도 관심이 있는 여성으로 나오는데, 사실 그녀도 과거에 은행원이었으나 은행이 합병하게 되면서 어쩔 수 없이 퇴직을 하여 지금의 가게를 꾸리고 있는 것이다.

인호와 현국의 다툼은 미야 때문이다. 그리고 이들에게 미야의 가게는 "치유의 공간"이었다. 인호의 입장에서 미야의 환대는 단순히 고객을 대하는 태도로 볼 수 없다. 형과 어머니에게 정서적으로 기댈 수 없고, 일상생활도 소음으로 가득 찬 그의 상황에서 미야는 유일한 안식처와도 같은 존재이기 때문이다. 그런데 이는 현국 또한 마찬가지로 보인다. 무심하게 휴대폰에만 열중하는 듯해도 그 역시 외로운 삶을 살아왔을 것이다. 현국이 인호에게 보인 적대감은 미야를 향한 마음과 비례한다. 그도 인호와 같이 외로운 존재였기에 그만큼 미야에게 심적으로 기댄 측면도 있을 것이다. 결국 이들의 싸움은 단순한 해프닝처럼 끝나게 되었지만, 인호에게 남은 상처는 생전 처음 보는 낯선 무늬로 나타났다. 그것은 "사람의 손으로는 도저히 그릴 수 없고, 셀 수도 없는 것"처럼 보였다. 인호는 질서정연한 것을 원했는데, 갑자기 나타난 무늬는 그야말로 예측 불가능한 어떤 '운명'을 암시하는 듯하다. 그는 무늬를 직접 붙잡으려는 것처럼 손으로 그것을 옮겨 그렸다. "신발 회사의 디자인 공모가 떠오른 건 그때"였다. 앞으로 그가 맞이할 인생의 또 다른 무늬일지도 모를 일이었다.

「캐츠 아이」는 한 여성을 따라 배회하는 남자의 심리를 그린 작품이다. 번역가로 일하는 '나'는 우연히 그녀('유설아')를 만났던 적이 있는데, "그녀의 손가락에서 빛나던 캐츠 아이"는 무척이나 강렬했다. 서두에서 그('나')의 앞에 나타난 고양이의 이미지는 그동안 잠시 잊고 있었던 그녀를 다시금 뇌리로 호출했다. 그녀가 살고 있는 숲속 마을과 가까운 오피스텔로 다시 짐을 옮긴 상태이며, 지금까지 그녀를 향한 마음이 진심이었음을 재차 느끼고 있었다. 그녀를 만날 수 없다는 상황이 더욱더 스스로의 마음을 확인해 보는 계기가 되었을 것이고, 시간이 갈수록 그녀를 만나게 될 것이라는 확신에 찼을 테다. 흐르는 강물처럼 이것은 언젠가 분명 맞닥뜨릴 일이었고, 그렇게 "거슬러 가지 않고 내 시간이 순조롭게 그녀에게 가 닿기를" 바랄 뿐이었다.

이 작품에서 주로 나타나는 장소는 '강변'이다. 이것은 곧 "그녀를 향한 내 마음"을 의미했다. 그가 한동안 이곳을 떠

나왔어도(그는 5년 동안 이곳 도시를 떠나 있었다), 강은 여전히 변하지 않았다. 그녀를 향한 '나'의 확신은 그만큼 견고하게만 보였다. 그런데 이야기가 전개되면서 선뜻 그의 행동이 뭔가 적극적으로 나타나지는 않는다. 강을 따라 발걸음을 옮기고, 그녀가 산다는 "숲속 마을"도 가보지만, 어딘지 모르게 그녀 주위만을 맴도는 것처럼 보인다. 강물처럼 흐르는 시간에 의탁하여 가만히 때를 기다리는 이는 '나' 말고도 또 있었다. "사십 중반대의 남자"는 독일로 유학을 갔다는 아내를 기다리면서 한가하게 강가에 "범선 모형"을 띄우는 인물이다. '나'는 이 '남자'와 함께 이런저런 대화를 나누면서 마음을 터놓기도 했다.

'나'의 회상으로 전개되는 그녀와의 첫 만남은 강렬했다. 그는 우연히 그녀의 우편물을 잠시 맡아두었는데, 그때 자신의 우편물을 찾아온 그녀와 첫 대면을 하게 된 것이다. "두 눈은 검은 강물에 불빛이 반짝이"듯 했던 그녀 +의 이미지는 '캐츠 아이'와 겹쳤다. '나'에게 이러한 불빛, 반짝임은 분명 평소에 본 적이 없었던 이질적인 이미지였을 텐데, 이러한 것에 매료된 그의 상황은 아마도 번역 일을 하면서 느낀 일종의 권태감에 따른 무의식적인 일탈로도 보인다. 게다가 극단 단원으로 활동하는 그녀가 '캐츠 아이'를 끼게 된 연유를 알게 되면서 "그녀도 나만큼 불안한 존재인지도 모른다는 생각"에 더욱더 동질감을 느꼈을 것이다. 하지만 그녀는 위태롭던 '나'와의 관계를 갑작스럽게 청산하듯이 이사를 가버리고야 만다.

이 작품도 '나'를 비롯해 '남자'의 고독을 세밀하게 그려내고 있는데, 결국 이들에게 '사랑'은 무슨 의미인지를 묻고 있는 듯하다. 말미에 '나'는 인터넷 검색을 하다가 그녀의 부고 기사를 보게 된다. 기사에는 그녀가 왜 죽었는지 나와 있지가 않았다. "흔들리던 눈빛과 안간힘으로 돌아서는 듯한 몸짓"이 그녀가 죽기 전 마지막 모습이었다. 마치 강의 표면에 "수많은 반달형의 무늬"가 감춰졌던 것처럼 그녀는 '나'에게 어떤 비밀을 감춰왔던 것일까. 그녀 주위를 공전했던 '나'는 이제 절망적인 상황(그녀의 죽음에 따른 부재)에서 완전히 미아가 되는 것인가. 그 순간 강물의 한 표면이 "빛으로 번득거리"면서 그가 생전 못 보던 빛이 드러났다. 그의 눈앞에 나타난 또 다른 '캐츠 아이'였다. 살고자 하는 강렬한 의지가 눈을 뜬 것이다.

「먼지」는 「바다를 향해 있는 계단」와 비슷하게 세상의 끝을 연상케 하는 작품이다. "땅덩어리를 덮은 흙이 소용돌이"치는 광경은 마치 사막을 떠올리게도 한다. 작중에서 '여자'가 난데없이 사고를 당하고, 기이한 공간에 갇힌 것은 다소 급작스럽게 보인다. 이러한 상황은 곧 '여자'가 지금까지 살아왔던 삶의 궤적을 다시금 돌아보게 하는 계기로 다가온다. 집안일에 시달리고, 시어머니를 모셔야만 했던 일상의 무게에서 벗어나, 여자는 이곳 낯선 땅에 발을 내딛게 되었다. 오히려 잘된 일이었다. "혼자 살아보고 싶었다"는 그녀의 바람은 이제 현실이 된 것이다. 하지만 이곳의 먼지는 "자신을 향해 돌진해오는 사나운 동물" 같았고, "대기는 짙은 잿빛으로 변해가고" 있었다.

이러한 극단적인 환경에서 여자는 '생존'을 우선시한다. 우연히 만난 '남자'도 그녀와 같은 상황이다. 이들은 난데없이 이 혹독한 상황에 갇히면서 서로에게 의지하고, 급기야 성관계를 맺기도 한다. 독자가 보기에는 다소 당황스러운 대목이기도 하겠으나, 결국 이러한 작중 인물들의 선택과 행위가 발생한 데에는 아무래도 '고립'이라는 극단적 상황임을 고려할 수밖에 없을 것이다. "아무것도 없는 황량한 땅"에서 이들은 살아남아야만 했다. 여자는 남자가 믿음직스럽다고 느끼고, 그를 따라 일단 쉴 곳을 찾게 된다. 그렇게 그들이 찾은 임시 피난소인 통나무집에서도 '먼지'는 계속해서 들어왔다. '먼지'는 마치 생명체처럼 비유되는데, 이렇게 평소 같으면 무척이나 작고 보잘것없는 물질에 불과했던 것이 이곳에서는 주인 행세를 하고 있다. 게다가 이 먼지들은 "조금 색달랐"기도 하였는데, 그들은 자신이 있는 이곳 통나무집이 "먼지를 모으는 곳"임을 알게 된다.

황량한 땅, 더구나 먼지를 모으는 밀폐된 공간에 갇힌 이들 남녀는 더욱더 극단적인 행동을 벌인다. 서로의 몸을 탐하고, 더는 이곳을 빠져나갈 수 없음에 절망하기도 한다. 여자는 특히 자신의 남편을 떠올리면서, 지금 이곳에 자신과 함께 있는 '남자'를 진정 사랑하게 되었음을 깨닫는다. "서로 사랑하는 두 남녀"의 사이에 균열을 가한 이는 '먼지'를 모으는 "검은 점퍼"의 여자이다. 그녀는 "무단 침입에 남의 먼지까지 망쳐 놓"은 남녀에게 그에 따른 대가를 요구한다. 검은 점퍼 여자에게 오히려 성욕을 느끼기 시작한 남자와 그런 그를 바라보며 질투심에 사로잡힌 여자의 관계적 파탄은 "연출된 공간"에서 벌어진다는 점에서 흥미로운 부분이다. 게다가 "우리 셋이서 하나의 작품을 만들"자는 검은 점퍼 여자의 요구는 비현실감을 극도로 자아내고 있는데, 결국 남녀 둘은 통나무집에서 쫓겨나게 된다. 이 작품은 황폐한 땅에 고립된 여자의 심리와 더불어서 검은 점퍼 여자의 예술가적 기질이 함께 나타나고 있는데, 이러한 극단적인 상황을 통해 인간의 복잡한 내면을 보여 주고자 한 것으로 보인다.

「냉담한 자세」는 구두 회사에 입사한 작중 인물 '우지운'의 일상을 담아낸 작품이다. 새로 입사한 그에게 주변 동료들의 시선은 의외로 차갑기만 하다. 특히, "기획 담당"인 '박성준'은 그에게 매우 공격적인 태도를 보인다. "오늘 처음 보는 사람"이 무엇 때문에 자기에게 "적의를 가지겠는가"라면서 지운은 처음에는 크게 신경을 쓰지 않았다. 하지만 점차 시간이 갈수록 성준의 태도는 거칠어진다. 일과를 마치고 원룸에서 쉬고 있는 지운은 답답한 마음에 이것저것 해 보지만, 성준에게 받은 모멸감은 쉽게 지울 수가 없다. 그는 예전에 다녔던 "인터넷 회사"에서 만난 '유진'을 떠올렸다. 오직 그녀만이 그를 유일하게 안정시키는 존재였기 때문이다. "그에게 남은 것은 원룸의 전세금 정도"가 전부였다.

지운은 지금의 구두 회사에 입사하기 전에 신문 기자로도 일했던 적이 있었다. 하지만 그때도 사내에서 그는 따돌림을 당했었다. 그만한 이유가 있었다. 그는 신문사 내에서 노조위원장을 했고, "신문사 로비에서 사장 저지 데모"를 주도하기도 하였다. 그리고 신문사에서 해고를 당하여 우여곡절 끝에 이곳 구두 회사에 입사를 한 것이다. 지운에게 신문사 시절의 고통은 지속적으로 나타나는데, "집으로 돌아오면 신문사에서의 일들이 머릿속을 들쑤시며 그를" 괴롭혔다. 그럴 때마다 '유진'을 떠올렸다. 그녀의 총기 어린 이마와 긴 속눈썹을 깜빡거리면서 논리정연하게 말하던 모습은 지운 스스로 불안을 잠재우는 특효약과도 같았다.

작중에서 성준이 왜 지운을 그토록 괴롭히는 것인지에 대해서는 명확하게 드러나지는 않는다. 다만, "여고생"과 함께 "술내를 풍기던 사내"의 이미지는 추측컨대 성준이 벌였던 일을 가리키는 것으로 보인다. 결국 지운은 아무런 잘못도 없이 괴롭힘을 당하고, 선제공격을 당한 것은 아닐까. "자신과 세상에 조금씩 냉담해"져 가는 마음은 주변 인간관계의 붕괴와 함께 지운의 절박한 심정을 보여준다. 계속해서 문자를 보내도 답장이 없는 '유진'은 정말 지운에게 어떤 존재일까. 결국 성준과 폭행까지 벌인 지운은 해고를 당했고, 사방의 벽이 일시에 그의 몸을 조이려고 달려드는 것을 느꼈다. 문득 그가 "신문사에서의 일과 박성준에게 당한 일"의 "패턴이 똑같다"는 생각을 한 것은 그때였다. 불안의 무한한 반복이 지운을 서서히 무너뜨리고 있었다.

「초승달」은 '윤주'의 사랑과 그 실패를 담고 있는 작품이다. 그녀는 할머니 손에 자랐다. 하지만 사랑을 받지는 못했다. 할머니는 그녀를 "보물로 바꿔 생각할 만한 여유나 외로움"이 없었다. 윤주에게 할머니는 언제나 먹고 사는 문제에 시달려서 "홀쭉한 배를 채우려다 앙칼지고 그악스런 여편네"였다. 그렇게 스스로 "엉뚱한 장소에 놓여 있"는 거 같은 기분으로 살다가 우연히 동네에서 한 남자를 만나게 된다. "순명 의원"의 담장 너머로 엿본 그의 모습은 귀공자에 가까웠는데, 이때 윤주는 생전 하지 않았던 당돌한 짓을 하기도 하였다. 마침내 그를 마주한 그녀는 조금씩 가까워 졌고, 동네 뒷산과 숲길을 함께 거닐다가 그의 기습적인 손 길을 받아내기도 했다. 그녀는 이러한 경험으로 인해 더욱 그를 사랑하게 되었고, "공군 상근 예비역" 복무를 마친 그 가 대도시로 떠났을 때에도 잊지 못했던 것이다.

  윤주로서는 첫사랑에 실패한 것이고, 그녀 또한 다른 남 자와 결혼을 하는 등 삶을 꾸려 갔지만 그때의 강렬한 첫사 랑의 추억은 완전히 사라진 것이 아니었다. 서점 진열장에 그가 쓴 여행 에세이 책을 우연히 발견하고서, 다시 그를 찾아 나선 그녀는 아직 "내 발길은 그가 있는 곳으로 향했 던 거야."라며 스스로 삶의 이유를 발견한다. 하지만 그가 여행 중에 실종이 되고, 그녀는 절망에 빠진다. 작중 말미 에 그녀는 머리에 큰 수술 자국("마치 초승달 모양으로 꿰매져 있는 자국")을 한 채로 멍하게 자신을 바라보는 그를 발견하 게 된다. 뇌를 크게 다쳐 더는 그녀를 기억하지 못하는 그 의 상태는 영혼이 없는 것이나 마찬가지였다. 윤주는 이제 그가 자신을 "생판 모르는 사람"이라 여기고 있음을 확인하 고서는 집으로 돌아간다. 첫사랑은 완전히 실패로 끝이 난 채, 그녀는 새 가게를 차리기로 하면서 자신만의 방향을 모 색한다. 사랑의 중력에서 벗어난 순간, 다시금 삶의 궤적은 당장에 무중력 상태에 빠진다. 앞으로 그녀에게 또 어떤 사랑이 찾아올 것인가.

마지막 작품인 「조끼를 입은 여자」도 '선희'의 사랑을 다루고 있으나, 이 작품은 앞서 「초승달」과는 달리 사랑의 중력에 무한히 종속되고자 하는 여자의 욕망이 엿보인다. 무엇보다 이 작품의 말미는 "당신 말고는 아무도 날 몰라요." "오세요, 와서 내 조끼를 벗겨주세요."라며 '윤주'와는 다른 모습을 보여준다. 또한 앞서 그녀는 "당신이 내게 자살 폭탄 조끼를 입혔잖아요. 조끼를 벗길 수 있는 건, 입힌 당신뿐이에요. 난 벗는 순서나 회로를 몰라요."라며 다소 섬뜩한 생각을 드러내기도 한다. 그를 향한 선희의 마음은 아마도 일상에서 느끼게 된 무중력 같은 고독감 탓일 수 있다. "근엄한 사회적인 얼굴" 뒤에 감춰진 고독한 마음은 어디에도 자리 잡지 못해서 방황했을 것이다.

한 가정의 아내로서, 남편의 월급이 "꼬박꼬박 그녀의 통장으로 들어"오는 삶은 서서히 그녀를 지치게 했다. 전시회에서 만난 "무역업의 대표"인 남자와 관계를 맺었고, 이것은 곧 그녀에게 '남편'이라는 존재로부터의 해방을 의미했다. 결국 남편이 이혼을 요구했고, 이로써 그녀는 고독한 성녀가 된 것이다. 전시관에서 함께 근무하는 후배 '은미'와의 문제도 있으나, 작중에서 서사의 중점은 선희의 내면이

다. 남동생의 집을 방문하고 다시 홀로 자신의 집으로 돌아 왔을 때 "슬픔과 고독이라는 짐승이 허약해진 그녀에게 맹 수처럼 달려"들기도 했었다. 아내의 도리를 버리고, 다른 남자에게 눈을 뜬 것 자체가 비난을 받아야만 하는 일일까. 김영옥은 관습을 향해 날카롭게 반문을 하며, 오로지 단독 자의 차원에서 슬픔과 고독에 마주하는 상황의 예측 불가 능성을 여실히 보여준다고 하겠다.

　살아 있다는 것은 그 특유의 표현을 필요로 한다. 어쩌면 소설을 비롯한 문학 자체가 이 '살아 있음'에 관한 표현일지 도 모르겠다. 지금 이곳에 여전히 살아 있기에 표현을 하는 것이 가능하겠으나, 오히려 반대로 보면 표현 자체가 우리 에게 낯설게 다가와 급기야 후려칠 때도 있을 것이다. 작가 의 의도에 따라 나온 것일지라도, 그때의 표현은 누구의 것 도 아니다. 김영옥의 이번 단편집에 수록된 각각의 작품들 은 저마다 살아 있는 존재들의 다양한 표현이 담겨 있었다. 대부분 여성 인물들이 중심이나, 어쨌든 중요한 것은 각자 의 인물들이 보여주는 내면의 동요와 그에 따른 행동이 일 종의 '관습'에 대한 저항으로도 읽힌다는 것이다. 가정과 남 편, 또는 주변의 시선, 회사라는 조직 내에서 한 사람의 개 인은 언제나 이드와 초자아라는 격렬한 대립을 애써 감추 며 살고 있는 것인지도 모른다. 겉으로는 평온한 것처럼 보이지만, 안에서는 휘몰아치고 있는 격렬한 욕망과 감정의 폭풍은 김영옥을 황량한 땅에 버금가는 창작의 영역으로 내몬다. 앞으로 그녀가 또 다시 발을 디딜 그곳은 과연 어디일까.

# 작가의 말

두 번째 소설집을 내게 되었다. 삶이 뒤통수를 세게 때리고 나면 단편 하나를 주었다. 여덟 편 중 다섯 편이 그렇게 씌어졌다.

글을 매만지면서 더 세게, 더 자주 얻어맞았으면 작품의 질과 양이 더 풍부해졌을지도 모른다는 아쉬움도 느꼈다.

복잡하고 냉혹하고 차가운 삶이 소설로 간결하게 정리되고, 소설로 모여들고, 소설로 완성되어져서 나는 살아가고 있다.

소설은 내게 생명이 있는 동물에 대한 관심을 가지게 했고, 실행하게 했다. 그리고 내 삶을 신뢰할 수 있게 했다.

실천문학사의 윤한룡 대표님에게도 감사드린다.

추천사를 먼저 써주겠다고 하고, 아픈 말도 해준 윤순례 소설가에게도 고마움을 전한다.

2026년 새달에
김영옥

실천문학 소설

# 앵무조개, 만지다

2026년 2월 28일 1판 1쇄 찍음
2026년 2월 28일 1판 1쇄 펴냄

| | |
|---|---|
| 지은이 | 김영옥 |
| 펴낸이·편집장 | 윤한룡 |
| 디자인 | 윤려하 |
| 관리 영업 | 이소연 |
| 홍보 | 고 우 |

| | |
|---|---|
| 펴낸곳 | (주)실천문학 |
| 등록 | 10-1221호(1995.10.26) |
| 주소 | 남양주시 퇴계원읍 퇴계원로 52 405호 |
| 전화 | 02-322-2161~3 |
| 팩스 | 02-322-2166 |
| 홈페이지 | www.silcheon.com |

ⓒ 김영옥, 2026

ISBN 978-89-392-3192-4 03810

이 책은 경기도, 경기문화재단 〈2025 경기예술생애첫지원문학〉 사업 지원으로
발간되었습니다.